예언의 섬

予 言 の 島

YOGEN NO SHIMA

ⓒ Ichi Sawamura 2019

First published in Japan in 2019 by KADOKAWA CORPORATION, Tokyo.

Korean translation rights arranged with KADOKAWA CORPORATION,

Tokyo through BC Agency.

예언의 予言の島 섬

사와무라 이치 장편소설
이선희 옮김

arte

밖과 안이 하나가 되었을 때

빛과 어둠이 한몸이 되었을 때

그 빛은 멈출 줄 모르고

둥근 '고리'의 시작이 되리라

차례

일러두기

주석은 모두 옮긴이의 것이며, 본문 하단에 각주로 표기했습니다.

프롤로그

"성천님*은 부처님의 친척이야. 그러고 보면 오사요 씨 모습
은 꼭 무녀 같지 않아?"

"그게 무슨 상관이야? 기도든 기원이든, 그런 건 최대한 거
드름을 피우며 해야 더 믿어주는 법이거든."

_ 요코미조 세이시**의 『옥문도』 중에서

낡은 맹장지 너머 객실에 사람들이 모여 있다. 1층 안쪽에 있는
'무쿠이장'에서 제일 넓은 방이다. 누군가가 야단을 치고 다른 누군
가가 죄송하다고 말했다. 둘 다 표준어를 사용했다. TV에서만 듣던
말투는 몹시 낯설고 기묘하며 험악하게 들렸다.

---

*   불교의 수호신으로, 코끼리의 머리에 사람의 봄을 하고 있다.
** 1902~1981, 일본 추리 소설계의 거장.

휘리리릭. 종이 넘기는 소리. 덜컹덜컹 쿵쾅쿵쾅. 촬영 기자재를 조립하고 설치하는 소리. 양말 신은 발로 방바닥을 밟을 때 느껴지는, 소리가 나지 않는 소리.

히로는 맹장지 사이로 살며시 안을 들여다보았다. 어른들의 등이 보인다. 큼지막한 TV 카메라와 모니터도 보인다. 수많은 케이블이 바닥을 기어 다니고 있다. 그중 몇 개는 맹장지 사이를 뚫고 복도로 나가 벽의 콘센트에 꽂혀 있다. 꼭 굵직한 지렁이나 발이 없는 갯지렁이처럼 보였다. 조명이 객실 안을 비추었다.

그 애는 어디에 있을까? 공주님처럼 예쁜 옷을 입고 조금 전까지 나하고 얘기했던, 귀엽게 생긴 그 애는.

까치발을 하거나 몸을 웅크리며 그 애를 찾고 있을 때 남자의 목소리가 들렸다.

"5초 전입니다!"

순간, 객실 공기가 바뀌었다. 긴장감이 서서히 고조되었다.

"4, 3……."

처음 보는 어른이 안쪽을 향해 손가락으로 카운트다운을 했다. 2 다음은 세지 않았다. 어느새 객실에 있는 모든 사람이 입을 다물고 그도 숨을 죽였다. 처음 보는 어른이 손으로 안쪽을 가리켰다. 시작하세요, 라는 뜻일까?

잠시 후, 깊은 한숨 소리가 들렸다. 괴로워하는 듯한 무거운 한숨이었다.

"왜 그러세요?" 어른 중 한 사람이 말했다.

그러자 파락파락 하고 종이 부딪치는 소리와 함께 나이 많은 노파의 목소리가 들렸다. "……머리가 아파서 그렇다오. 어둠이 내려 앉고 나선 계속 그렇구려. 강렬한 영기(靈氣)가 계속해서 뇌를 압박하고 있네, 오슬오슬 춥기도 하고. 이것 좀 보시구려."

목소리의 주인을 보고 싶었지만 아무리 고개를 길게 빼도 보이지 않았다. 히로는 포기하고 모니터를 쳐다보았다. 화면 중앙의 약간 오른쪽에 화려한 옷을 입은 노파가 단정히 앉아, 왼쪽에 있는 중년 남자에게 오른팔을 보여주었다.

"세상에!"

중년 남성이 안 그래도 큼지막한 눈을 휘둥그레 떴다. 이 여관의 주인인 스나가였다. 조명을 받고 햇볕에 탄 까무잡잡한 얼굴이 빛 났다.

"그렇다오, 아까부터 계속 이렇게 소름이 돋는구려."

노파의 말을 듣고 히로는 겨우 상황을 이해했다.

"그렇게 위험한가요? 강하다고 할까, 전투력이 높다고 할까……." 누군가가 물었다.

그런데 말의 내용과 달리 어딘지 모르게 무시하는 느낌이 배어 있었다.

"······그래."

화면 안에서 노파가 바들바들 몸을 떨었다. 관자놀이를 누르면서 얼굴을 찡그리더니, 곧바로 시선을 들어 산 쪽을 바라보았다.

"아주 강한 원한이 느껴지는구려. 엄청난 증오심도 느껴지고. 이 마을에 사는 사람, 이 섬을 찾아오는 사람을 모조리 증오하고 있어. 저쪽 세계로 끌고 들어가려고 하는구려. 자신과 똑같은 고통을 안 겨주기 위해 괴롭히고 또 괴롭히면서 천천히, 서서히······."

죽이려고 하고 있다오.

노파는 들릴락 말락 한 속삭임으로 말을 마무리했다. 객실은 찬 물을 끼얹은 듯 조용해졌다. 머리를 갈색으로 염색한 젊은 촬영 스 태프 두 명이 손으로 입을 틀어막은 채 등을 떨고 있었다. 웃고 있 는 것이다. 노파의 말은 거짓말이다, 엉터리라고 무시하는 것이다.

그들을 보고 히로는 어이가 없었다. 나는 노파의 말투나 태도에 압도되지 않았던가. 노파의 말을 들은 순간, 어두운 산이 떠오르지 않았던가. 그런데 어떻게 노파를 비웃을 수 있지? 그들을 도저히 이 해할 수 없었다. 애당초 사람이 진지하게 말할 때 웃음을 터뜨리는 건 실례가 아닌가.

노파는 모니터 안에서 청록색 염주를 꼭 쥐고 있었다. 그녀는 유 명한 영능력자라고 하는데, 히로도 TV에서 본 적이 있고 섬의 어른 들도 그렇게 말했다. 그는 영혼이나 UFO, 네시처럼 비과학적인 것에는 별로 관심이 없다. 그보다 한 학년 아래인 야마시타 고키는 그런 이야기만 나오면 눈을 반짝거렸지만, 집안 사정으로 6개월 전에 이사 갔다. 고키가 아직 섬에 있었다면 굉장히 좋아했으리라. 그렇게 생각한 순간, 바늘로 쿡쿡 찌르는 것처럼 가슴이 아팠다.

모두 나갔다. 이제 이 섬에는 나밖에 없다. 나 혼자밖에……

"지박령*인가요?"

스태프의 목소리를 듣고 히로는 현실로 돌아왔다.

"그냥 원한을 가지고 있는 원령이라오. 히키타 산에 사는 히키타 원령. 옛날부터 내려오는 이 섬의 전설에도 나오지. 조금 전에 그렇게 얘기했던 것 같은데?"

"아, 네에." 스나가는 황급히 대답하고는 뒤에 있는 섬사람들에게 동의를 구했다. "그렇지?"

섬사람들은 일제히 고개를 끄덕였다.

"지금도 섬사람들을 원망하며 죽이려 한다는 이야기가 있습니다."

어색하게 대답하는 스나가를 향해 노파는 힘없이 미소를 지었다.

"그래, 고맙구려."

그 말을 듣고 히로는 깜짝 놀랐다. 이 섬에 그런 전설이 있었던가? 하지만 어른들은 모두 알고 있는 듯했다.

---

* 땅에 얽매여 있는 영혼으로, 특정 지역에 머물면서 저승으로 떠나지 못하고 있는 영혼을 가리킨다.

한 어른이 노파의 이름을 부르며 말했다. "어떻게 하실 겁니까? 원령과 말씀해보실 건가요? 직접 싸우실 건가요? 아니면 수호령과 의논해본다든지……."

"일단 산으로 가서 대화를 해보지. 잘하면 카메라에 담을 수도 있으니까."

스나가가 찜찜한 얼굴로 물었다. "안 가시면 안 되나요?"

처음 보는 어른들…… 즉, 촬영 스태프들이 고개를 갸웃거리며 서로 마주 보았다. 손에 있는 책자를 들추며 확인하는 사람도 있었다.

"갑자기 왜 그러시죠?"

"이렇게 어두운 밤에 산에 가시면 위험하거든요. 헤헤헤."

억지웃음을 짓는 스나가의 얼굴에서 커다란 땀방울이 빛나더니 뺨을 타고 흘러내려 턱 끝에서 떨어졌다. 다른 섬사람들은 일제히 고개를 숙인 채 바닥을 바라볼 따름이었다.

노파가 가볍게 미소를 지었다. 아직도 머리가 아픈지 미소가 기묘하게 뒤틀렸다. "내 걱정은 안 해도 된다오. 어렸을 때는 종종 산을 돌아다녔으니까. 무당이었던 어머니 손을 잡고 한밤중에 산길을 걸어간 적도 한두 번이 아니었지."

"그래요? 그 유명한 오소레 산⁺의 무당이었나요?"

"아니야."

"네?"

스나가가 얼굴에 웃음을 매단 채 의아한 표정을 지었다.

"아니…… 아무것도 아니라오. 그보다 산으로 가지, 지금 당장."

노파는 그렇게 말하고는 고개를 돌렸다.

그 순간, 노파와 눈이 마주쳤다. 노파가 카메라를 똑바로 보았을 뿐이란 건 알고 있지만 히로는 반사적으로 숨을 멈추었다. 긴장으로 인해 온몸이 딱딱하게 굳었다.

기다란 검은 머리칼. 앞 머리칼은 닭 볏처럼 앞쪽으로 솟아 있다. 온 얼굴에 주름이 깊게 파이고, 눈 주변은 파랗고 얼굴과 입술은 빨갛다. 섬 여인들에게서는 볼 수 없는 짙고 화려한 화장이다. TV용일까?

노파가 조용히 입을 열었다. "이 섬에는 원령이 있다오. 얼마 전에 돌아가신 분도 원령의 저주로 인해 제명대로 못 살고 일찍 죽은 거지. 섬사람 중에도 여기저기가 아프고 시름시름 앓는 분이 있을 거요."

번개를 맞은 듯한 충격이 히로의 온몸을 가로질렀다. '아!' 하고 소리를 지를 뻔해서 그는 재빨리 입을 틀어막았다. 확신에 찬 노파의 말투가 가슴에 박혔다. 머릿속에 부모님의 얼굴이 떠올랐다.

---

* 시모키타 반도의 중앙부에 있는 활화산으로, 일본 3대 영지(靈地) 가운데 하나. 일본에서는 죽은 자가 모이는 산이라고 해서, 무당이 영혼을 불러서 빙의하는 것으로 유명하다.

언젠가부터 하루 종일 기침만 하는 아버지, 자리에 누운 채 시름시름 앓는 어머니. 노파의 말대로다. 자신의 부모님에 관해 정확히 맞혔다. 누군가가 미리 말해준 것은 아니리라. 실제로 스나가 씨를 비롯해 섬사람들도 깜짝 놀라고 있다.

노파가 어떻게 알았지? 이게 영감의 힘일까? 그렇다면 자신의 부모님이 그렇게 된 건 정말로…….

숨을 쉴 수 없었다. 심장이 시끄러울 만큼 쿵쾅거렸다. 섬사람들의 반응에 만족했는지, 노파의 입가에 가벼운 미소가 감돌았다. 다음 순간, 온몸의 털이 일제히 곤두섰다.

"그래, 내 눈에는 보인다오. 강력한 원령이 이 섬을, 이 마을을 지배하고 있어. 난 그 원령에 맞서 싸워야 해."

눈을 피하고 싶어도 피할 수 없었다. 강렬한 공포가 온몸으로 파고들었다. 노파가 말한 원령도 무서웠지만 똑바로 쳐다볼 수 없을 만큼 노파도 무서웠다.

"네, 됐습니다!"

남성의 목소리가 들린 순간, 객실이 소란스러워졌다. 누군가가 누군가에게 마구 호통을 쳤다.

히로는 튕기듯 맹장지에서 떨어져, 로비로 가기 위해 복도를 달렸다. 카운터에 매달려 심장의 고동이 가라앉길 기다렸다. 조금 뛰었을 뿐인데 숨까지 흐트러지고 옷은 땀으로 흠뻑 젖었다.

"히로!"

목소리를 듣고 돌아보자 그 애가…… 사치카가 서 있었다.

사치카는 눈부실 만큼 빛나는 미소를 지으며 말했다. "여기서 기다리면 된대. 이제 너랑 놀 수 있어."

히로도 덩달아 웃으면서 대꾸했다. "진짜? 그럼 도쿄 얘기를 해 줘. 아무로 나미에를 만났다고 했던 거, 진짜야?"

"응. 방송국에서 지나친 적이 있어."

"방송국에서?"

"응, TV 방송국 건물 안에서. 엄청 귀엽게 생겼더라."

"와아아!"

히로는 감탄하면서 카운터 밑의 좁은 공간으로 들어갔다. 사치카가 쿡쿡 웃으면서 그의 뒤를 따랐다. 공주님처럼 굵은 웨이브의 머리칼이 코끝에 닿아 재채기를 할 뻔했다.

"또 누구를 만났는데?"

"그리고 말이야……."

몸을 웅크린 사치카가 자신의 뺨에 검지를 대고 생각에 잠겼을 때, 남자의 긴장한 목소리가 들렸다.

"이거 큰일이군. 무슨 방법이 없겠나?"

복도 안쪽에서 스나가 씨와 섬사람들이 빠른 걸음으로 다가왔다. 히로와 사치카는 서로 마주 보고 입을 다물었다. 섬사람들은 몹시 당황한 듯했다. 목소리를 낮추기는 했지만 거의 말다툼을 하는 것처럼 빠른 말투였다. 그들은 카운터 앞에서 걸음을 멈추었다.

"되돌릴 수 없는 일이 벌어지면 어떡하지?"

"최악의 경우엔 다 죽을 거야."

"그럼 오히려 잘됐지 뭐. 차라리 그러길 바라야겠군."

"그럼 안 돼. 일이 벌어진 다음에는 수습할 수 없다고."

"그래서 내가 애초부터 받지 말자고 했잖아. 왜 저 사람들을 받아들인 건가?"

스나가가 되받아치듯 말했다. "이제 와서 그렇게 말하면 뭐해? 이젠 운을 하늘에 맡기는 수밖에 없어. 아니…… 히키타 원령의 기분에 맡기는 수밖에 없겠지. 안 그래?"

대답하는 사람은 아무도 없었다. 촬영팀이 우르르 다가오자 섬사람들은 입을 다물고 황급히 밖으로 나갔다. 어른들의 발이 눈앞을 지나가자 나무로 된 복도에서 쿵쾅쿵쾅 소리가 났다.

히로는 방금 들은 섬사람들의 말을 떠올렸다. 그렇게 당황한 사람들의 모습은 처음 보았다. 신선하면서도 왠지 모를 불안이 목구멍까지 차올랐다.

그는 자기도 모르게 중얼거렸다. "히키타 원령……."

히키타 원령에 대해 들어본 적은 한 번도 없었다. 부모님은 물론이고 어느 누구도 말해준 적이 없다. 하지만 섬사람들의 이야기는 농담으로 들리지 않았다.

사치카가 물었다. "무슨 말이야?"

조금 전에 보았던 빛나는 웃음은 완전히 사라지고, 불안으로 인해 눈동자가 흔들렸다. 안색까지 나빠진 것처럼 보였다.

그때 기다란 치마가 눈앞을 지나갔다. 공작이 수놓인 검은색 치마가 조용히 현관 쪽으로 향했다. 그 노파다. 사치카의 할머니다. 지금부터 히키타 산으로 가는 것이다.

눈알처럼 생긴 공작의 날개 문양을 바라보면서 사치카가 나지막이 중얼거렸다. "저런 건 전부 속임수 아니야……?"

제1장

경고

1

 오하라 소사쿠가 자신의 임대 아파트에서 자살하려고 했을 때, 아슬아슬한 순간에 막은 사람이 있었다. 바로 아버지였다. 몇 달 전부터 아들과 연락이 되지 않아 걱정돼서 가보았다고 한다.

 아버지가 주변 사람들에게 말한 이유는 나름대로 이해가 되었다. 그런데 왜 그날 그 시간에 아들 집에 갔는지는 본인도 잘 모른다고 한다. 아침 9시에 효고 현 이타미 시의 자택에서 열차를 몇 번이나 갈아타고 네 시간에 걸쳐 도쿄 도 나카노 구에 있는 아들 집까지 간 직접적인 동기는 과연 무엇인가?

 주변 사람들의 질문에 그는 고개를 갸웃거리며 말했다. "아들에게 가보라는 아내의 목소리가 들린 것 같아요."

 그의 아내는 10년 전에 위암으로 세상을 떠났다. 이 세상에 죽은 사람의 영혼이 있을 리 없다. 따라서 죽은 사람의 목소리를 들었다는 건 말도 안 되는 이야기다. 아마 감이나 느낌, 육감 종류이리라. 하지만 그렇게 말해도 설명이 되지 않는다. 끝까지 파고들면 '논리적이 아니다', '직감적이고 감각적이다'라는 말로 귀결되니까.

"한마디로 말하면 부자간의 인연이야. 아버지와 아들인 만큼 느낌으로 안 거지."

평일 밤 9시. 아마미야 준은 그 말을 듣고 한숨을 쉬었다.

"……있잖아, 엄마. 아무리 그래도 느낌으로 어떻게 알아?"

"알 수 있어. 그게 바로 아버지와 아들이야."

"흐음……."

"부모와 자식은 아무리 멀리 떨어져 있어도 통하는 법이거든. 피가 이어져 있어서 서로를 느낄 수 있지. 부모라면 자식이 무슨 생각을 하는지, 무엇을 원하는지 알아야 하고……."

준은 이미 어머니의 말을 듣지 않았다. 그렇게 장황한 말을 들을 때가 아니다. 그는 어깨를 들썩이며 그런 뜻을 드러냈다. 실제로 지금 이야기에서 가장 중요한 건 소사쿠가 살았다는 점이다. 몇 안 되는 친구가 다행히 죽지 않고 살았다. 그 사실이 가장 중요하다.

한편, 소사쿠의 아버지에게 감탄하지 않을 수 없었다. 절체절명의 순간에 아들을 구해낼 수 있었던 건 그만큼 평소에 아들 걱정을 많이 했다는 증거가 아닌가? 거기에 생각이 미치자 저절로 존경의 마음이 솟구쳤다.

"그 작자와는 천지 차이야. 너와 나를 버린 쓰레기와는……."

준은 어머니의 말을 무시하고 휴대폰을 꺼냈다.

본가로 돌아온 소사쿠와 재회한 건 기적의 순간에서 한 달이 지난 7월 하순의 일요일이었다.

"소사쿠……."

오후 2시. 역 앞의 커피숍. 안으로 들어가 4인석에 앉아 있는 소사쿠를 발견하고 무심코 중얼거렸다.

동그란 얼굴. 조금 긴 검은 머리칼, 호리호리한 몸에 수수한 옷차림. 예전에 만났을 때와 거의 변함이 없다. 수염이 지저분하게 자란 것 말고는 5년 전 설날 연휴에 마지막으로 만났을 때와 똑같았던 것이다. 테이블에는 아이스커피 잔이 놓여 있었다.

가까이 다가가자 소사쿠가 얼굴을 들었다. 이쪽을 발견하고 천천히 입을 열었다. "오랜만, 입니다."

"힘들었지?"

준이 막연한 말로 위로하자 소사쿠의 오른쪽 뺨이 살짝 꿈틀거렸다. 웃은 모양이다.

"넌 하나도 안 변했구나, 준."

"그렇지 뭐."

준은 그렇게 대답한 후 소사쿠의 맞은편에 앉았다. 아이스커피를 주문한 뒤 예전처럼 자연스럽게 말했다.

"아무튼 다행이야. 이렇게 만날 수 있어서." 소사쿠가 대답하지 않는 걸 보고 준은 당황해서 황급히 덧붙였다. "이번 기회에 잠시 쉬어. 실업 급여는 나오지?"

"그래."

이번에는 대답을 했다. 준의 입가에 미소가 감돌았다.

"네가 와서 아버님께서 많이 좋아하시지 않아? 네가 없어서 쓸쓸하다고, 작년에 만났을 때 그러셨거든."

"말도 안 되는 소리 하지 마!"

소사쿠의 말투가 갑자기 거칠어졌다. 더구나 표준어다. 사투리는 어디에서도 찾아볼 수 없었다. 상경한 지 15년이나 되었으므로 어쩌면 당연할지 모르겠다. 그렇게 이해하면서도 그의 변화가 너무나 당황스러웠다. 5년 전까지만 해도 사투리가 남아 있었는데.

"서른일곱 살이나 된 아들놈이 직업도 없이 백수가 되어 돌아왔는데 좋아할 리 있겠어? 더구나 재취직은 절망적이고."

테이블을 노려보며 중얼거리는 소사쿠를 보고 일반적인 사실을 말해주었다.

"교토대 출신이 취직을 걱정하다니. 넌 경력이 좋으니까 곧 여기저기서 서로 데려가려고 할 거야."

마흔을 앞두고 회사를 그만둔 건 마이너스일지도 모르겠지만, 소사쿠의 스펙은 그것을 채우고도 남는다.

"이타미대학 출신에 코딱지만 한 과자 회사의 말단 사원과 비교하면……."

"아니야." 소사쿠는 재빨리 말을 가로막더니, 어두운 눈빛으로 준을 바라보았다. "나한테 있는 건 스펙뿐이야. 현실 사회에서 살아남을 수 있는 기술은 하나도 없지. 사회성도, 분위기를 파악하는 능력도, 더구나 충성심도."

"충성심?"

소사쿠가 입술을 일그러뜨렸다. "회사에서 일하는 월급쟁이에겐 필수잖아."

"누가 그렇게 말했는데?"

"상사. 아니…… 예전 상사."

"소사쿠……."

"알고 있어, 준."

그는 천천히 머리를 껴안더니, 머리칼을 마구 휘저었다.

"나도 알고 있다고! 그 녀석들 말이 틀렸다는 걸. 부하 직원을 꽁꽁 옭아매기 위해 자기들에게 유리하게 말한다는 걸. 그런 건 회사에 다닐 때도 알고 있었어. 하지만……." 고개를 숙인 채 잠시 가만히 있더니 꺼질 듯한 목소리로 덧붙였다. "……지금의 내가 정상이라곤 생각할 수 없어. 난 무능한 낙오자에다 패배자이고……."

그의 입에서 스스로를 부정하는 말이 잇따라 튀어나왔다.

"그, 그렇지 않아." 준은 가까스로 말하고는 곧바로 덧붙였다. "널 그렇게 생각하는 사람은 아무도 없어. 나도 그렇고 너희 아버님도 그렇고. 그 뭐라든가 하는 회사 사람들 머리가 이상한 것뿐이야. 그리고……."

"그 말, 전부 거짓말이지?" 소사쿠가 나지막한 목소리로 중얼거렸다. 앞머리 사이에서 충혈된 눈으로 이쪽을 노려보았다. "사실은 나를 무시하고 있잖아?"

"뭐?"

"이쪽에 있었을 때 입만 떼면 '시골의 끈적끈적한 인간관계에 파묻히고 싶지 않아', '우물 안 개구리는 되기 싫어'라고 잘난 척하며 상경하더니, 결국 초라한 모습으로 돌아와서 꼴좋다고 생각하지? 결혼도 못 하고 도망쳐온 녀석, 인생의 절정기가 대학 시절인 녀석이라고 속으로 비웃고 있잖아! 너도, 그리고 너희……."

"소사쿠!"

손바닥으로 테이블을 내리쳤다. 살짝 내리치려고 했는데 생각보다 큰 소리가 났다. 다른 손님들이 일제히 이쪽을 쳐다보았다.

준이 작은 목소리로 사과했다. "죄송합니다."

이쪽을 쳐다보는 시선에 신경 쓰지 않고 되도록 냉정하게 말했다. "그건 네가 그렇게 생각하는 것뿐이야. 아니, 그 상사들로 인해 무의식중에 그렇게 생각하게끔 된 거야. 물론 너도 알고 있겠지만."

소사쿠는 눈길을 피하며 고개를 푹 숙였다. 그 틈을 노린 것처럼 종업원이 나타나 아이스커피 두 잔을 내려놓고 곧바로 사라졌다.

파르르 떨리는 소사쿠의 어깨를 멍하니 바라본 순간, 차가운 기운이 등줄기를 가로질렀다. 비록 미수로 끝났다곤 하지만 그가 죽음을 선택할 만큼 궁지에 몰렸다는 사실. 지금도 궁지에 몰려 있다는 사실. 이 두 가지 사실을 새삼 깨닫고 무서운 생각이 들었다.

2

블랙 기업[*]에서 상사의 악의적인 괴롭힘에 시달렸다. 소사쿠가 마음의 병을 앓고 자살을 시도한 이유는 그것이다. 그로 인해 본가로 돌아온 지금도 열등감과 패배감, 피해망상에 시달리고 있다.

말로 표현하면 간단하지만, 당사자가 준의 친구라면 이야기는 달라진다. 그것도 어릴 때부터 그렇게 머리가 좋던 소사쿠가…… 아는 것도 많고 붙임성도 좋으며 고지식하지도 않고 생각도 유연한 그가. 머리가 좋다고 거만하지도 않고 잘난 척하지도 않는, 눈에 불을 켜고 찾아도 단점이라곤 손톱만큼도 없는 그가.

대학을 졸업하고 들어간 대형 통신 회사에서 5년간 일하다 IT 기

---

[*]   직원에게 낮은 임금, 장시간 노동, 임금 미지급 등 불합리한 근무 조건에서 노동을 강요하는 기업.

업으로 이직했다. 그곳에서 7년간 일한 뒤 다시 이직한 벤처 기업에서 매일 상사의 괴롭힘에 시달렸다. 한 달에 120시간이 넘게 야근하며 일한 탓에 잠자는 시간은 하루에 다섯 시간도 채 안 됐다고 한다.

"지금도 들려. '이건 부탁이 아니라 업무 명령이야'라는 말이……."

"꿈에서?"

"아니, 상사들의 평소 입버릇이었거든."

멍청한 녀석이 할 만한 말이군, 하고 코끝으로 비웃으려고 하다가 그만두었다. 그것은 누구보다 소사쿠가 잘 알고 있으리라.

"여기보다 힘든 회사는 얼마든지 있어. 우리 회사는 편한 편이지."

"여기서 못 견디면 어디 가서도 일할 수 없어."

"너처럼 한심한 녀석을 어디서 받아주겠어? 여기를 그만두면 네 인생은 끝이야, 끝!"

소사쿠가 말해준 상사들의 협박 문구는 놀라울 만큼 평범했다. 웬만한 사람이라면 듣자마자 반박할 말들이지만, 계속 들으면 나쁜 의미에서 익숙해질지도 모른다. 소사쿠처럼.

일종의 세뇌이고 가스라이팅이다. 폐쇄된 커뮤니티에 갇혀 있으면, 대도시인 도쿄 한복판에서도 왜곡된 가치관에 물드는 경우가 있다. 아무리 아니라고 생각해도 빠져나갈 수 없는 것이다.

소사쿠가 자살을 결심한 직접적인 계기는 '회사에도, 아버지에게도 폐를 끼치고 싶지 않다고 생각해서'였다. 아침 7시에 퇴근해 썼은 뒤, 잠깐 눈을 붙이고 11시에 눈을 뜬 직후의 일이었다.

"이상하단 생각은 안 들었어. 오히려 완벽한 조건이다, 이제 죽을 수 있다고 생각했지."

욕실에 마침 유황이 함유된 입욕제와 화장실용 산성 세제가 있었다. 그 둘을 세숫대야에서 섞어 황화수소를 만든 뒤, 그걸 마시고 목숨을 끊으려고 했다. 황화수소를 선택한 이유는, 그래야 집이 더러워지지 않아서였다.

세숫대야 앞에 웅크리고 앉은 순간, 초인종이 울렸다. 어찌할 바를 몰라서 당황하고 있을 때, 밖에서 남자의 목소리가 들렸다.

"문을 연다!"

아버지였다. 다음 순간, 머리끝까지 분노가 치밀어 안으로 들어온 아버지에게 주먹을 휘둘렀다.

"왜 방해하는 거야! 다른 사람들에게 폐를 끼쳐도 돼? ……진심으로 그렇게 어리석은 생각을 했어. 정신없이 고함을 지른 기억도 있고, 아버지에게 몇 대 얻어맞고 힘이 빠졌는데, 그다음은 잘 기억나지 않아."

궁지에 몰린 사람은 도움의 손길을 내민 사람에게 이를 드러내는 법일까? 인정하고 싶지 않지만 사실이리라. 그가 거짓말을 한다고는 여겨지지 않았다.

아버지와 함께 회사에 가서 바로 사표를 냈다. 그의 직속 부장은 손으로 빨간 테 안경을 올리며 진부한 말을 했다고 한다.

"아드님의 미래를 위해 경영자적인 마인드를 심어주려고 했는데, 안타깝군요."

지금은 본가에 내려와 정신과에 다니고 있는데, 기분은 조금도 좋아지지 않는다고 한다.

준이 그의 이야기를 듣고 자신의 소소한 근황을 말했을 무렵에는 이미 어둠이 내려앉아 있었다. 그를 본가에 데려다주고 집으로 돌아온 뒤, 자기 방 침대에 누웠다.

온몸의 기운이 빠졌다. 식욕은 조금도 솟구치지 않았다. 불도 켜지 않고 천장을 올려다보니, 어둠 속에서 지금까지 있었던 일들이 생생하게 떠올랐다.

대학 입시 공부를 할 때, 소사쿠에게 종종 도움을 청했던 일. 그때마다 귀찮아하지 않고 주요 다섯 과목을 꼼꼼하고 친절하게 가르쳐주었던 일. "선생보다 훨씬 이해하기 쉬워"라고 말했을 때, 어정쩡하게 웃던 그의 얼굴.

학교 축제. 고등학교 입시. 그가 안경을 콘택트렌즈로 바꾼 건 중학교 2학년 때였을까? 초등학교 시절에 '탐험'이라고 하며 가까운 산속을 헤매거나 주택가로 들어가 집과 집 사이를 힘들게 빠져나온 적이 있었다. 슈퍼패미컴*을 손에 넣은 사람은 준이었지만 마리오

카트^{**}를 잘한 사람은 소사쿠였다.

기억이 나는 건 전부 사소한 일들뿐이다. 하지만 그런 일들이야말로 무엇과도 바꿀 수 없는 소중한 추억이다. 내성적인 성격 탓에 친구를 만들지 못해, 반 친구들과도 선생님과도 마음을 터놓고 지낼 수 없었다. 새 학기가 되거나 진학한 직후에는 그나마 친하게 지내던 친구와도 헤어져야 했다. 그런 준과 아직도 친구로 있어준 소사쿠가 지금 중대한 위기에 놓여 있다.

부르르부르르. 희미한 진동을 느끼고 옆의 가방을 열었더니 휴대폰이 떨고 있었다. 액정 화면에는 모르는 전화번호가 표시되어 있었다.

"여보세요."

"저기…… 혹시 이타미미나미 고등학교 졸업생인 아마미야 준씨 휴대폰인가요?"

휴대폰 안쪽에서 당황한 남자의 목소리가 새어 나왔다. 들은 적이 있는 목소리였다.

"하루오?"

준은 저도 모르게 소리치면서 황급히 휴대폰을 잡았다. 재빨리 스피커폰으로 바꾸고 방의 불을 켰다.

---

* 닌텐도에서 개발한 가정용 16비트 게임기.
** 마리오 시리즈의 캐릭터들을 주인공으로 한 캐주얼 레이싱 게임.

"그래. 나야, 준이야. 전화번호 바꿨어?"

"아아, 미안해. 깜짝 놀랐어. 잘못 건 줄 알았거든."

미사키 하루오였다. 휴대폰 너머에서 환하게 웃는 사각형 얼굴이 떠올랐다. 초중고는 물론이고 대학까지 같이 다녔던, 소사쿠보다 더 오래된 친구다.

"그동안 어디 있었어? 그러니까…… 1년 만인가?"

하루오는 가볍게 말했다. "남쪽에 있는 도시들을 어슬렁어슬렁 돌아다녔어. 지금은 본가야."

하루오는 사는 곳이 일정치 않았다. 학창 시절부터 학업은 뒷전이고 여행과 자원봉사에 여념이 없었다. 사회에 나오고 나서는 일정한 직업 없이 숙식 제공하는 일자리를 전전하며 이런저런 일들을 경험했다. 여행지에서 알게 된 아이라는 여자친구와 같이 다니는 일도 많다고 한다.

"아이 씨와는 어때? 지금도 잘 지내?"

"뭐, 그럭저럭. 요즘 마음이 편해서 살이 찌는 바람에 체중이…… 아! 그건 그렇고." 하루오의 목소리가 진지하게 변했다. "준, 소사쿠 얘기 들었어. 그래서 돌아왔어."

"누구에게?"

"어머니." 하루오는 목소리를 조금 낮추며 덧붙였다. "별로 좋은 이야기는 아니었어. 험담이라고 할 정도는 아니지만."

준은 힘이 빠져서 어깨를 떨어뜨렸다. 동네방네 소문이 났나 보다. 마흔을 코앞에 둔 남자가 회사를 그만두고 고향으로 돌아왔다, 마음에 병이 들었다, 더구나 결혼도 하지 않았다고 하면 남 이야기를 좋아하는 사람들에게는 씹기 좋은 안줏감이리라.

준은 하루오에게 소사쿠를 만났다고 말했다.

"……지금 상태가 별로 좋지 않아."

하루오가 신음하듯 대꾸했다. "그렇구나."

"어떻게 해주고 싶은데, 내가 해줄 수 있는 건 아무것도 없고. 이럴 때 '힘내'라는 말이 도움이 안 된다는 걸 알고 있지만 그 말밖에 못했어."

"그랬구나."

"아무렇지도 않게 대하는 게 제일 좋다고 하는데…… 밥 먹고 잡담하는 것밖엔 안 떠올라. 공통의 취미가 있는 것도 아니고."

"그렇겠지."

소꿉친구, 죽마고우, 오랜 우정…… 세 사람의 관계를 나타내는 말은 금세 떠오르지만 관계 자체에는 확고한 실체가 없다. 예측하지 못한 사태가 발생하면 구체적인 대책이 떠오르지 않는 것이다.

준의 입에서 약한 목소리가 새어 나왔다. "이럴 때는 어떻게 해야 하지?"

하루오는 한동안 잠자코 있다가 돌연 생뚱맞을 만큼 밝은 목소리로 물었다. "다음 주에 시간 있어?"

"어?"

"다음 주 일요일 아침 10시, 장소는 우리 집. 소사쿠에게는 내가 연락할게."

"하루오, 그건……."

"혹시 일이 있는 거야? 어머니와 어디 가기로 했어?"

"그런 건 아닌데, 그렇게 일찍 만나서 뭐할 건데? 더구나 너희 집에서 만나자니."

단순한 의문을 말하자 하루오는 후후후 하고 가볍게 웃으면서 대답했다.

"오랜만에 같이 놀자."

3

열혈고교팀 주장인 구니오가 연합팀 멤버인 고다이를 향해 마하 킥을 날렸다. 부르르르 하고 버저가 울리는 듯한 효과음이 들리고, 쓰러진 고다이가 깜빡이다 사라졌다.

"아아, 졌어……."

하루오가 맥 빠진 목소리로 말하면서 컨트롤러를 바닥에 내던졌다. 구니오를 조종하던 소사쿠가 중요한 일을 마쳤다는 듯 머리를 한 바퀴 돌렸다.

"치사한 녀석, 갑자기 목도를 버리면 어떡해? 왜 봉술 스페셜을 쓰지 않았지?"

"그건 어디까지나 전술이야. 반칙은 아니거든."

"나왔다! 외아들의 편협한 발상!"

하루오는 조금도 분하지 않은 얼굴로 말하고 컨트롤러를 들어올렸다. 일찌감치 패배했던 준은 바닥에 있는 패미컴을 보았다.

하루오의 본가인 단독주택 거실에서 '다운타운 열혈 행진곡, 가자 대운동회'를 즐기고 있었다. 최대 네 명이 놀 수 있는, 그들이 초등학교 고학년 무렵에 가장 인기가 있었던 게임이다.

"용케 남아 있었네. 패미컴도 그렇고, 소프트웨어도 그렇고."

"원래 뭐든지 소중하게 잘 간직하거든요."

하루오는 익살스럽게 말하고 페트병의 사이다를 벌컥벌컥 들이켰다. TV 화면에서는 시상식이 흘러나오고 있었다. 효과음과 함께 구니오 이외의 캡틴이 화면 밖으로 날아가고, 구니오가 이쪽을 향해 몇 번이나 V 사인을 보냈다. 열혈고교의 우승, 즉 소사쿠가 이긴 것이다.

소사쿠는 화면을 바라보았다. 얼굴에는 표정이 없어서 무슨 생각을 하는지는 알 수 없었다.

"……게임은 잘하는데." 그는 작은 목소리로 말하고는 고개를 숙였다.

역효과였나 보다. 시야 구석에서 하루오의 표정이 흐려졌다.

어떻게 해야 하지? 소사쿠를 격려할 말이 없을까? 그렇게 머리를 쥐어짜고 있을 때였다.

"여행 안 갈래?" 하루오가 패미컴의 전원을 끄며 물었다.

"지금?"

"아니, 조만간. 난 언제라도 괜찮지만⋯⋯."

그렇게 말하며 이쪽을 살펴보았다.

준이 고개를 끄덕였다. "난 좋아. 아직 유급 휴가도 남아 있고."

"⋯⋯의사에게 물어볼게." 소사쿠는 고개를 들고 어정쩡하게 말하더니 곧바로 덧붙였다. "솔직히 말하면 내키지 않아. 괜히 너희들 시간을 낭비하게 하는 거니까."

하루오가 밝은 목소리로 말했다. "그건 걱정 마. 패미컴만 하면 힘들잖아? 야구도 축구도 발야구도 마찬가지고. 이 나이에 아메리카무라*에 가봐야 살 것도 없고, 다이마루 백화점은 시시하기만 하잖아."

"그랜드 프런트 상업 시설도, 야경으로 유명한 아베노 하루카스도 마찬가지야."

어렸을 때는 별문제 없이 할 수 있었던 일도 지금은 하기 힘들다. 새로운 랜드마크가 몇 개나 생겨도 가고 싶은 마음이 들지 않았다.

"나는 술을 못 마시고, 소사쿠는 지금 안 마시는 게 좋잖아. 그럼 여행밖에 더 있어?" 하루오는 그렇게 말하고는 옆에 있던 휴대폰을 들었다. "마침 좋은 곳이 있어. 아무 생각 없이 쉴 수 있는 세토 내해

---

*   일본 오사카에 있는 상가로, 젊은이를 위한 상점이 모여 있다.

의 섬이지."

소사쿠가 무표정하게 물었다. "나오시마 말이야?"

순간, 방파제 끝에 떡하니 놓여 있는 거대한 호박 조형물이 떠올랐다. 노란색 표면에 크고 작은 검은색 물방울이 나란히 찍혀 있는 조형물이다. 예술가인 구사마 야요이의 대명사라고 할 수 있는 편집적인 문양이다.

나오시마는 가가와 현에 있는 유명한 예술 섬이다. 예술을 감상할 수 있는 리조트 섬인데, 대기업인 베네세가 개발해서 운영하고 있다. 가까운 데시마와 이누지마를 합친 세 섬에는 미술관이 몇 개나 있고, 옥외 여기저기에도 예술 작품이 전시되어 있다.

"거길 선택하다니, 뜻밖이야. 하긴 가끔은 예술을 보는 것도 좋을지 모르지."

준의 중얼거림을 듣고 하루오가 코끝으로 웃었다.

"그런 더러운 섬은 아니야."

표정은 온화했지만 눈빛과 말투는 더할 수 없이 진지했다.

"더럽다고? 무슨 말이야? 그 섬에서 무슨 일이 있었어?"

"설명하기도 귀찮아. 어쨌든 내가 말한 곳은 거기가 아니야."

"그럼 어디야? 쇼도시마?" 준은 대표적인 세토 내해의 섬을 들먹였다.

하루오의 얼굴이 느슨해지며 다시 미소가 감돌았다.

"거기도 아니야." 그는 액정 화면을 만지작거리다 휴대폰을 이쪽으로 보여주었다. "이에시마 제도의 남쪽에 있는 섬이지. 행정 구역으론 효고 현 H 시야."

준은 휴대폰에 얼굴을 가까이 댔다. 조금 늦게 소사쿠도 휴대폰을 들여다보았다.

H 시의 공식 사이트 같은 단순한 페이지였다. 화면에는 섬과 바다 사진이 크게 클로즈업되어 있었다. 섬에는 크고 작은 산이 두 개 있었다. 화면 왼쪽에는 작고 완만한 산이, 오른쪽에는 높고 우뚝 솟은 산이…… 섬 한가운데에 있는 낮은 산의 중턱에 집들이 나란히 있고, 그 앞쪽에 항구가 자리하고 있었다. 항구에는 녹슨 어선이 두 척 놓여 있을 뿐이었다. 집과 배, 나무의 비율로 짐작하건대 상당히 작은 섬이다.

사진 옆에는 큼지막한 글자로 이렇게 쓰여 있었다.

무쿠이 섬 MUKUI Island
아무것도 없는 섬, 그렇기 때문에
잃어버린 무언가를 찾을 수 있는 섬

"……이런 곳에 뭐하러 가는데?" 준이 물었다. "아무것도 없다고 대놓고 말하고 있잖아. 그렇다면 정말로 아무것도 없는 거 아니야?"

"그래. 흔히 말하는 명물도 없고 절경도 없대. 섬에는 노인들만 서른 명 있을 뿐이고, 앞으로도 늘지 않을 거야."

하루오는 왠지 기분이 좋아 보였다. 사각형 얼굴에 의미심장한 미소가 감돌았다.

"혹시 그거야? 한계취락*을 보러 가는 거?"

소사쿠의 말을 준이 이어받았다.

"아니면 뒷산을 탐험하는 심정으로……."

"어느 면에선 비슷하지만 아깝게도 땡이야." 하루오가 휴대폰을 내려놓으면서 덧붙였다. "여기는 최근에 화제가 되고 있어. 인터넷에도 조금씩 등장하고 있고. 종합 사이트라든지 오컬트 전문 사이트라든지."

그는 말을 끊고 히죽히죽 웃을 뿐이었다. 넌지시 암시하는 것이다. 이쪽에게 어디 한번 맞혀보라고 하는 것이다.

소사쿠가 물었다. "설마 심령 장소야?"

하루오는 고개를 크게 끄덕였다.

준이 깜짝 놀란 얼굴로 눈을 휘둥그레 뜨며 소리쳤다. "뭐? 심령 장소?"

---

* 극단적인 과소 상태로, 공동체로 존재하기 어려운 취락. 인구의 절반 이상이 65세 이상 노인인 경우 등을 가리킨다.

낙담할 정도는 아니었지만 맥이 빠졌다. 일찌감치 흥미가 사라졌다. 심령 장소는 무서운 분위기가 떠다니거나, 과거에 비참한 사건 또는 사고가 있어서 죽은 사람의 영혼이나 원한이 남아 있다고 소문난 장소를 말한다. 최근에도 그런 곳에 다녀와 몸이 아프다고 하거나 "귀신의 목소리를 들었어"라고 벌벌 떠는 탤런트 또는 자칭 영능력자를 TV에서 본 적이 있는데, 준은 반쯤 웃으면서 적당히 넘기곤 했다.

그런데 눈앞의 두 사람은 어떨까? 장난으로 가자고 하는 걸까? 아니면 진심으로 영혼이나 원한을 믿어서 가자고 하는 걸까?

이쪽의 마음을 아는지 모르는지, 하루오는 눈을 반짝이며 말했다. "모두 분명히 좋아할 거야."

"으으음." 소사쿠가 머리를 긁적였다. "귀신의 집은 싫어하지 않지만 그런 곳은 좀……."

하지만 하루오는 실망한 모습을 털끝만큼도 보이지 않았다. "솔직히 말하면 나도 뭔가 있다곤 생각하지 않아. 영혼 같은 건 믿지 않고, 심령 장소에도 관심이 없어."

준의 입에서 안도의 목소리가 흘러나왔다. "너, 너도 그렇지?"

하루오가 이쪽에 얼굴을 가까이 대고 섬뜩한 목소리로 말했다. "하지만 여기는 달라. 무쿠이 섬에는 이런 얘기가 떠돌고 있어. 1990년대 중반에 여기서 심령 프로그램을 찍었는데, 당시에 출연

했던 영능력자가 갑자기 이상해지더니 그로부터 얼마 지나지 않아서 죽었지. 그때 찍었던 필름은 모두 창고에 처박히고, 스태프와 영능력자의 가족은 잇따라 죽음을 맞이했어. 즉…… 저주를 받은 거야."

그는 괴담을 말할 때처럼 더욱 목소리를 낮추었다.

"무쿠이 섬은 옛날에 유배지여서 죄인들의 원한이나 원통한 마음이 남아 있지. 지금도 이 섬에 가면 이상한 소리를 듣거나 불행한 일을 당한다고 하더군……. 물론 이런 건 믿거나 말거나 하는 얘기지만, 중요한 건 그다음이야." 그는 준과 소사쿠의 얼굴을 순서대로 바라보면서 덧붙였다. "갑자기 이상해져서 죽은 영능력자가 누군지 알아? 바로 그 우쓰기 유코야."

준의 목소리가 높아졌다. "말도 안 돼!"

소사쿠가 무슨 말인가 하려고 했을 때, 하루오가 재빨리 가로막았다.

"더구나 우쓰기 유코는 죽기 직전에 예언을 남겼어. 이른바 생애 마지막 예언이야. 그곳에는 이렇게 쓰여 있지…… 올 8월 25일부터 26일 새벽에 걸쳐 무쿠이 섬에서 여섯 명이 죽는다, 라고."

4

8월 24일. 오전 11시.

JR 이타미 역의 개찰구에서 기다리고 있자 북적이는 사람들 사이로 소사쿠의 모습이 보였다. 고개를 숙인 채 주뼛주뼛 걷고 있다. 지저분한 수염은 더 길게 자라고, 우울한 분위기는 여전하다. 손을 크게 흔들며 이름을 불렀더니 그는 안도한 얼굴로 가까이 다가왔다.

"……무리하는 거 아니야?"

"아니, 괜찮아."

준의 질문에 그는 고개를 작게 끄덕이고 드럼백을 가볍게 두드렸다.

"이거 새로 샀어."

천의 상태로 볼 때 분명히 새것 같았다.

"일부러?"

"그래. 그만큼 이번 여행을 기대하고 있어. 어쨌든 우쓰기 유코와 관계있는 섬이잖아. 더구나 원령이나 예언도…….'

"그걸 믿어?"

소사쿠는 고개를 가로저었다. "내가 설마 믿겠어? 하지만 옛날 생각이 났어. 비록 농담이나 장난일지라도."

준은 쓴웃음을 지었다.

농담. 장난. 그렇다. 인터넷에 떠도는 이야기에 솔깃해하는 어린 애 같은 마음……. 그래도 소사쿠의 마음이 풀린다면 한번 해볼 만한 가치가 있다.

그때 하루오가 나타났다. "여어, 내가 제일 늦었네?"

2박 3일에 어울리지 않을 만큼 커다란 등산용 배낭을 메고, 머리에는 하얀 수건을 감고 있었다.

준이 살짝 고개를 숙이며 사과했다. "여러모로 미안해."

이번 무쿠이 섬 여행은 전부 하루오가 계획했다. 아니, 하나에서부터 열까지 전부 그에게 맡겨놓았다. 숙소를 예약하는 것도, 섬에 도착한 후의 구체적인 계획도.

"내가 다 알아서 할 테니까 걱정 마, 거기서 어떻게 할 건진 도착하고 나서 말해줄게."

말은 이렇게 했지만 힘들지 않았다고 하면 거짓말이리라.

하루오는 아무렇지도 않게 대답했다. "괜찮아."

그의 손에 있는 책 세 권이 준의 눈에 들어왔다. 한 손으로 잡을 수 있을 만큼 작은 책이었다.

"그 책은 뭐야?"

그러자 하루오는 준과 소사쿠를 향해 책을 들었다.

"인터넷으로 주문했더니 오늘 아침에 도착했어. 가는 도중에 같이 읽으면서 분위기를 살리려고."

표지에는 음산한 글자체로 이렇게 쓰여 있었다.

『우쓰기 유코 감정(鑑定) : 심령 사진대백과 PART 4』

『우쓰기 유코의 심령 체험 2』

『유작(遺作) 우쓰기 유코 : 최후의 대예언』

우쓰기 선생님, 안녕하세요.

지난달에 학교에서 소풍 갔을 때 여관에서 찍은 사진입니다. 나란히 선 세 남학생(맨 왼쪽 남학생이 저이고, 다른 두 명은 친구예요) 사이로, 유리창 너머에서 새하얀 손이 보여서 깜짝 놀랐습니다.

우리 반 여학생이 "자살한 여자 손이야", "강한 원한이 느껴져"라고 해서 무섭습니다. 이 사진을 계속 가지고 있어도 될까요? 절에 가져가서 액막이를 해달라고 해야 할까요? 부디 감정을 부탁드립니다.

J.A 님, 초등학생(효고 현)

아주 즐거워 보이는 사진이네요. 더구나 글씨를 너무 잘 써서 깜짝 놀랐어요.

문제의 손 말인데요, 이건 유리에 묻은 손가락의 기름기가 카메라 플래시에 반사한 것 같아요. 영기는 조금도 느껴지지 않네요.

이 사진은 J.A 군에게 무엇과도 바꿀 수 없는 추억이에요. 소중히 간직해두세요. 물론 액막이를 하거나 부정을 없앨 필요는 없어요. 앞으로도 친구와 사이좋게 지내세요.

"추억을 떠올리는 것도 좋지만 이건 너무 오래됐잖아?"

『우쓰기 유코 감정 : 심령 사진대백과 PART 4』에서 얼굴을 들고, 준은 옆에 있는 하루오에게 말했다. 갑자기 열차가 흔들리는 바람에 난간을 잡고 발에 힘을 주었다. 도카이도 본선의 H 역행 신쾌속선 안이다.

오렌지색 손잡이를 잡은 하루오가 "그건 그렇지"라며 웃었다. 그의 오른쪽에서는 소사쿠가 선 채『우쓰기 유코의 심령 체험 2』를 정신없이 읽고 있었다. 턱과 목의 경계선에서 자란 기다란 수염 한 올이 눈에 거슬렸다.

준이 책을 들고 말했다. "까맣게 잊고 있었어. 그때는 그렇게 흥분했는데. 이 사진은 초등학교 5학년 때 내가 보낸 거야."

"그랬구나."

"나는 왜 이 책을 버렸을까?" 준은 접은 자국이 있는 책을 쓰다듬으며 말했다.

당시의 일이 떠올랐다. 감정 결과는 가짜. 심령 사진이 아니라고 우쓰기 유코는 단정했다. 안심하기는 했지만 가짜란 걸 알고 왠지 허탈하기도 했다.

하루오가 먼 곳을 바라보는 눈으로 중얼거렸다. "요즘 말로 하면 리스펙트했지, 우쓰기 유코를⋯⋯. TV에 나오면 꼭 봤고. 심령 사진 감정으로 기보 아이코*와 대결하는 프로그램도 있었잖아? 한바탕 시끄럽게 떠들다가 그대로 끝났지만."

"그래, 기보 아이코도 있었어. 우아아!"

그리운 고유명사가 또 튀어나오자 준이 탄성을 질렀다.

기보 아이코. 우쓰기 유코. 둘 다 1980년대부터 1990년대 중반에 걸쳐 세상을 떠들썩하게 만든 영능력자였다. 영혼을 보거나 목소리를 듣거나 느낄 수 있다고 자칭하는 사람들인 것이다. 심령 사진의

* 영능력자로도 활동한 일본 작가.

진위를 영시(靈視)로 확인하고, 사연 있는 땅이나 건물에서 영혼의 목소리를 듣는다고 한다. 준이 초중생이었던 시절, 반 아이들은 기보파, 우쓰기파로 나누어졌는데, 세 사람은 모두 단연코 후자였다.

준은 다시 『우쓰기 유코 감정 : 심령 사진대백과 PART 4』를 읽기 시작했다. 표지 한가운데에는 부부처럼 보이는 남녀 사진이 크게 자리하고 있었다. 여성의 어깨에서 허리에 걸쳐 오로라 같은 새빨간 빛이 비추었다. 남녀의 두 눈은 검은색 막대 같은 걸로 가려져 있었다. 그 옆에는 화려한 옷으로 몸을 감싼 여성의 사진이 실려 있었다. 가슴을 강조한 커다란 사진이다. 파마를 한 기다란 머리칼, 붉은 입술. 굵은 주름이 깊게 새겨진 얼굴. 날카로운 눈으로 안경 테 밖을 바라보면서 청록색 염주를 감은 손을 마주 잡고 있다. 나이는 예순 살쯤 됐을까?

우쓰기 유코, 그 사람이다. 그녀가 감정하는 심령 사진과 그녀의 한마디 한마디에 당시 어린 준 삼총사는 놀라고 두려워하며 전율했다. 그리고 그 이상으로 정신없이 빠져 들었다.

그런데…….

준이 혼잣말처럼 중얼거렸다. "어느 순간 사라졌지. TV에도 나오지 않고. 우리가 관심을 잃어버린 것도 있었지만…….'

소사쿠가 책에 손가락을 끼우고 진지하게 설명했다. "옴진리교의 여파 아니었나? 1995년에 지하철 사린가스 테러 사건이 일어나면서 옴진리교의 범죄가 잇따라 밖으로 드러났잖아? TV에서 하루 종일 그 사건만 얘기하는 바람에, 방송국에서도 오컬트 프로그램이나 심령 프로그램을 자숙하게 됐지. 이런 장르는 문제가 있다고 하면서 말이야. 그 이전에는 옴진리교의 교주였던 아사하라도 공중부양을 한다 뭘 한다 하면서 매스컴에서는 영능력자처럼 다루었지만⋯⋯."

순조롭게 회복하고 있다고 하기에는 아직 이르다. 그렇게 생각하면서도 소사쿠의 말을 듣고 기쁨이 솟구쳤다. 하루오의 얼굴에도 환한 웃음이 매달렸다.

다음 순간, 소사쿠가 화들짝 놀라며 이내 우울한 표정을 지었다.

"아! ⋯⋯미안해, 정말 미안해. 어설프게 들은 얄팍한 지식을 자랑하는 건 내 나쁜 버릇이야. 그것과 이건 상관이 없겠지. 그래, 사회에선 통하지 않을 거야⋯⋯."

그는 우물쭈물 변명을 늘어놓더니 다시 머리를 긁적였다. 상사에게 그런 비난을 받은 적이 있는 것이리라. 뭐라고 말해야 좋을지 고민하고 있을 때, 하루오가 가볍게 말했다.

"통하고 말고가 어디 있어? 지금은 그냥 우리와 같이 신나게 놀면 돼."

그 말대로다. 나이를 먹을 만큼 먹은 어른들이 열차 안에서 어린 아이용 책을 보면서 옛날이야기를 하고 있는 것뿐이다.

"그래, 신경 쓸 것 없어."

그렇게 말하며 고개를 끄덕이자 소사쿠의 얼굴이 약간 편안해졌다.

H 역에서 내려 역사를 나온 후 H 항구행 버스를 탔다. 날씨는 쾌청하고 창문을 비추는 햇살은 눈부셨다. 차가운 에어컨 바람에 한기를 느끼면서 맨 뒷자리에서 잡담을 나누었다. 화제는 역시 우쓰기 유코였다.

"그럼 이번 여행의 목적을 보여줄까?"

하루오가 『최후의 대예언』이란 책을 꺼내 마지막 페이지를 펼쳤다. 보기만 해도 섬뜩한 글자체로, 시처럼 보이는 글자가 책의 오른쪽에 크게 적혀 있었다.

내 목숨이 끊어지고 20년 후, 저 너머의 섬에서 참극이 일어나리라.

원령의 복수인가 저주인가 재앙인가, 구원은 눈물의 비에 가로막히리라.

바다의 밑바닥에서 뻗어 나오는 손, 살아 있는 피를 마시는 길고 새카만 벌레.

산을 기어 내려오는 죽음의 손, 그림자가 있는 피에 물든 칼날.

다음 날 새벽을 기다리지 않고, 여섯 영혼이 명부로 떨어지로라.

왼쪽 페이지에는 설명이 적혀 있었다.

이건 우쓰기 유코가 사망하기 두 시간 전에 쓴 최후의 예언이다. 영원한 죽음에 접어들었으면서도 인류의 미래를 생각하며 영력으로 미래를 내다보려고 한 그녀의 뜨거운 사랑에는 감탄할 수밖에 없었다. 2017년 8월 25일에 '저 너머의 섬'에서 일어나는 참극이란 과연 무엇인가. 우리가 할 수 있는 건 오직 그녀의 예언과 사랑을 가슴에 품고, 하루하루를 성실하게 살아가는 일이 아닐까······.

편집자의 말에서

예언은 그럴 듯한 말이 늘어서 있을 뿐, 무슨 뜻인지는 알 수 없었다. 고문(古文)처럼 쓰기는 했는데 왠지 어설프게 보인다. 편집부가 쓴 글도 억지스러웠다. 그래도 섬뜩한 느낌은 들었다. 원령, 저주, 재앙, 피에 물든 칼날······.

휴대폰 화면과 비교하면서 하루오가 눈을 반짝거렸다. "오컬트

* '저 너머의 섬'의 일본어는 '무코우 섬'이고 '복수'의 일본어는 '무쿠이'이다.

사이트에 있는 내용과 똑같아. '저 너머의 섬'과 '복수'라는 말은 무쿠이 섬을 가리키잖아?' 그리고 마지막 한 문장과 편집자의 설명을 통해 날짜를 알 수 있고……."

준이 하루오의 말을 받았다. "여섯 명의 죽음을 예언한 게 아니냐는 거지?"

인터넷에서 날조한 이야기가 아니라 본인의 책에서 발췌한 것이었다.

"정말로 사람이 죽으면 어떡하지?"

일부러 심각한 표정으로 묻는 하루오를 보면서 소사쿠가 목소리만으로 웃었다.

"하하하, 이런 느낌은 오랜만이군. 의미심장한 예언에 겁먹었던 초등학생 시절이 떠올라."

"노스트라다무스라든가."

한순간 머릿속이 그 시절로 돌아갔다. '노스트라다무스의 대예언'이 커다란 붐을 이룬 것은 1970년대였지만, 그들의 어린 시절에도 오컬트 책이나 오컬트 프로그램에서 적극적으로 다루었다. 먼저 그 유명한 '1999년 7월, 하늘에서 공포의 대왕이 내려온다'는 내용에 벌벌 떨며 잠들지 못했던 일이 떠올랐다. 지금 생각하면 웃음이 절로 나온다.

"하지만 실제로 무쿠이 섬에 가서 촬영을 했는지는 확인할 수 없어. 중지되었을지도 모르고."

"누가 살을 붙인 게 아닐까? 그래, 분명히 누군가 예언을 읽고 이야기를 부풀렸을 거야."

"그렇겠지."

친구들의 대화를 들으면서 준은 『최후의 대예언』을 바라보았다. 조금 전의 기묘한 느낌은 완전히 사라졌다.

버스가 H 항구에 도착했다. 버스에서 내린 순간, 후끈한 열기와 습기가 온몸을 휘감았다. 눈앞에는 하얗고 네모난 건물이 우뚝 솟아 있었다. 빨간 글자로 큼지막하게 쓴 '승선권 매표소'라는 간판이 정면 벽에 걸려 있었다. 그 옆에는 쇼도시마, 이에시마 본섬, 단가시마, 보제지마라는 간판이 늘어서 있었다. 모두 최근에 새로 만들었는지, 한여름의 햇볕을 받고 반짝반짝 아름다운 빛을 뿌렸다.

섬의 이름들이 늘어서 있는 곳에 낡고 작은 글자의 간판이 보였다.

'무쿠이 섬'.

'쿠' 자가 비스듬하게 기울고, '섬' 자 밑에 'ㅁ'이 보이지 않았다. 떨어졌든지 날려갔든지 했는데, 그대로 방치해놓은 것이리라.

벌써부터 이마로 흘러내린 땀을 닦으며 준이 말했다. "무쿠이 섬은 완전히 무시당하고 있군."

"당연하지. 아무것도 없는 섬이니까. 이쪽이야."

준과 소사구는 하루오의 뒤를 따라 건물로 향했다. 계단을 올라가 활짝 열어놓은 유리문을 통과했다. 노란색 플라스틱 의자가 가지런히 놓인 홀을 지나 막다른 곳에 있는 승선권 매표소로 향했다. 매표소에는 10여 명이 줄을 서 있었다. 옷차림과 목소리로 짐작하건대 대부분은 중국인 관광객인 듯했다. 목적지는 쇼도시마일까?

줄은 좀처럼 줄어들지 않았다. 맨 뒤쪽에 있는 준은 시각표와 항로가 그려진 패널을 올려다보았다. 무쿠이 섬까지 곧장 가는 직행 편은 없고 이에시마 본섬과 보제지마를 경유하는 편도 1,200엔짜리 배를 타는 수밖에 없었다. 승선 시간은 약 한 시간이고, 편수는 하루에 겨우 두 편이다. 지금 있는 배를 놓치면 내일 아침 10시까지 기다려야 한다.

소사쿠가 뒤를 돌아보고 불쑥 말했다. "난 있을 수 있다고 생각해."

"어? 뭐가?"

"예언. 엄밀하게 말하면 미래 예측이지만."

"아아, 아까 그 얘기야? 그런 건……."

소사쿠의 진지한 얼굴을 보고 준은 입을 다물었다. 소사쿠는 미래 예측 덕분에 목숨을 구했다. 그의 아버지가 그 시간에 찾아간 건 미래 예측이라고밖에 할 수 없다. 덕분에 그는 지금 살아서 숨을 쉬고 있다.

"아까는 옛날 생각이 났다는 말로 가볍게 흘려보냈지만, 맞는 일도 있지 않을까?"

"물론이야, 미안해."

소사쿠의 표정이 부드러워졌다. "사과할 것까진 없어. 화가 난 것도 아니고. 내 일도 그렇지만 후쿠치야마 선 탈선 사고가 났을 때 떠돌았던 소문이 생각났거든. 전철을 타려고 했더니……."

준이 눈을 반짝거리며 말했다. "아하, 그거?"

JR 후쿠치야마 선 탈선 사고. 준이 사회에 나온 지 3년째인 2005년 4월 25일에 일어난 사건이다. 탈선한 열차가 아파트에 돌진해, 승객과 승무원을 합쳐 100명이 넘는 사망자가 발생했다. 준이 아는 사람 중에는 피해자가 없었는데 상사의 친척 중에는 두 다리가 부러진 사람이 있다고 한다.

당시에 사고가 나기 직전, 열차에 타려고 한 사람을 '낯선 여성이 말렸다'는 소문이 나돌았다. 가와니시이케다 역이나 이타미 역의 플랫폼에서 옷을 잡아당기며 타지 말라고 했다, 진지한 얼굴로 "무서운 일이 일어날 거예요"라고 속삭였다, 전철을 바라보는 사이에 모습이 사라졌다, 사고 뉴스를 보고 간이 덜컹했다, 그 여성에게 고마우면서도 이상하다는 생각이 들었다…….

여자아이였다거나 젊은 여성이었다는 소문도 있었지만 노파였다는 소문이 가장 많았다. 그런 소문이 떠돈 건 사고가 난 지 일주일쯤 지났을 때부터였을까?

소사쿠가 말했다. "311˚ 때도 비슷한 소문을 들었어. 우에노 역이나 도쿄 역에서 도호쿠 지방…… 특히 바닷가 마을로 가려고 했던 사람을 누군가가 말렸다는 것. 이런 형태의 예측은 있을 수 있을 것 같아."

"그럴지도 모르지."

어정쩡하게 동의했지만 머릿속은 의혹으로 가득 찼다.

중요한 건 후쿠치야마 선의 소문에는 예언자가 있었다거나 미래 예측을 하는 사람이 있었다는 이야기가 아니다. 탈선 사고와 연결하는 건 신빙성을 높이기 위한 방편일 뿐, 소문의 핵심은 어디까지나 '이상한 존재를 만났다'는 것이다. 즉, 유령이나 요괴를 봤다는 증언과 똑같다. 더 엄밀히 말하면 도시전설의 일종이다. 그들이 초등학생이었던 시절(우쓰기 유코가 활약했던 무렵)에 유행했던 화장실에 나타난다는 요괴와 다를 게 없지 않은가.

미래 예측을 믿고 싶어 하는 그의 마음은 이해할 수 있지만 예로 들 만한 이야기는 아니다. 그렇게 생각한 순간.

"왜 이렇게 끈질겨!"

거친 목소리가 날아와 그들은 일제히 뒤를 돌아보았다. 작업용 바지를 입은 까무잡잡한 얼굴의 노인이 맨 앞줄 의자 앞에서 눈을

---

* 동일본 대지진. 2011년 3월 11일에 일본 도호쿠 지방에서 발생한 일본 관측 사상 최대인 리히터 규모 9.0의 지진.

희번덕거렸다. 입은 일자로 꼭 다문 채 콧구멍을 크게 벌름거렸다.

바로 앞에는 화려한 차림의 야윈 여성이 진지한 얼굴로 서 있었다. 나이는 준과 비슷하지 않을까? 돌체앤가바나 로고가 크게 인쇄된 검은색 티셔츠에 목에는 금목걸이를 몇 개나 했고, 하얀색 롱스커트 자락 밑에서는 은색 하이힐이 보였다. 작은 켈리백은 표범 무늬였다.

노인의 고함으로 조용해졌던 공간에 서서히 소란스러움이 돌아왔다. 여성의 새빨간 입술이 움직였다. 목소리는 여기까지 들리지 않았다.

"당신 미쳤어?"

노인은 지긋지긋하다는 표정으로 거칠게 말하더니, 파리를 쫓아내듯 손을 휘저었다. 여성은 어깨를 들썩이고 천천히 걸어갔다. 달칵달칵 울리는 켈리백 소리와 또각또각하는 하이힐 소리가 뒤섞였다. 하얗게 떡칠한 얼굴은 무표정해서 화가 나거나 슬픈 것처럼 보이지는 않았다. 그녀는 자동판매기 옆에서 걸음을 멈추고 밝게 염색한 머리칼을 과장스럽게 흔들면서 벽에 기댔다.

소사쿠가 작은 목소리로 물었다. "뭐지?"

하루오가 여성을 힐끔힐끔 곁눈질했다.

"저렇게 생긴 아줌마들은 워낙 뻔뻔스러우니까 휴대폰 충전기를 빌려달라든지 동전을 달라고 한 거 아니야?"

"아줌마라니, 우리와 비슷한 것 같은데?"

"하긴 우리도 벌써 아저씨가 됐으니까. 하하하."

두 사람의 이야기를 들으면서 준은 슬며시 여성을 살펴보았다. 그녀는 어디선가 꺼낸 태블릿을 쳐다보고, 조금 전의 노인은 불쾌한 얼굴로 의자에 앉아 다리를 덜덜 떨고 있었다.

줄은 천천히 앞으로 나아가 준 일행은 겨우 승선권을 구입했다. 시계를 보니 출항까지는 10분밖에 남지 않았다.

"선착장으로 갈까? 벌써 배가 왔을지도 몰라."

하루오가 빠른 걸음으로 걸으면서 턱으로 출입구를 가리켰다.

"안내 방송을 하지 않을까?"

"방심하면 안 돼. 무쿠이 섬이니까 말이야."

준이 쓴웃음을 지었다. "에이, 설마. 아무리 아무것도 없는 섬이라도 그렇게까지……"

"실례합니다."

그때 누군가가 말을 걸어서 준은 걸음을 멈추었다. 소사쿠와 하루오가 뒤늦게 멈추었다.

조금 전의 여성이 간사이 지방 사투리로 물었다. "무쿠이 섬에 가시는 건가요?"

눈, 코, 입이 모두 크고 강인하며, 위압적이었다.

"네에……" 준이 대답했다.

여성은 잠시 침묵을 지키다가 입을 열었다. "그만두는 편이 좋아요."

농담처럼 보이지는 않았다. 그렇다고 심각해 보이지도 않고, 다만 사실을 전하는 듯한 말투와 표정이었다.

그제야 의식의 한구석에서 이해가 되었다. 조금 전 노인이 거칠게 소리친 이유는 이 말을 들어서였다. 갑자기 이런 말을 들으면 화나는 게 당연하리라. 하지만 준은 화가 나기는커녕 반응조차 할 수 없었다. 조금 전에 소사쿠와 나눈 일이 실제로 일어난 것이다.

소사쿠가 입을 벌린 채 멍한 표정을 지었다.

"네? 그게 무슨 말씀이죠?"

하루오가 반쯤 웃으며 묻는 소리를 듣고 준은 정신이 들었다.

"무서운 일이 벌어질 거예요." 여성은 표정을 바꾸지 않고 말하더니 입을 다물었다.

하루오가 곤란한 얼굴로 말했다. "이보세요, 그렇게 말한다고 해서 '알겠습니다, 그럼 안 갈게요'라고 말할 수는 없잖아요?"

여성은 곧바로 이쪽을 향해 물었다. "여러분도 그런가요?"

"그게 그러니까……." 소사쿠가 허둥지둥하며 준을 힐끔 쳐다보았다. "너무 갑작스러운 말이라서 어떻게 해야 할지 모르겠군요."

노골적으로 의혹과 거부 의사를 보여도 여성은 신경 쓰는 모습도 없이 "그래요?"라고 새침한 얼굴로 말했다. 그러곤 냉정한 눈으로 하루오와 소사쿠를 차례로 바라보았다.

"더는 권하지 않겠어요. 뭐……."

여성의 시선이 준을 바라보다 멈추었다. 그러곤 새빨간 입술 끝을 살짝 올리고 "이쪽은 괜찮을 것 같네요, 강력한 수호령이 지키고 있으니까요"라고 말하더니 출입구를 지나 천천히 계단을 내려갔다. 준은 망연한 모습으로 여성의 뒷모습을 바라보았다.

맨 처음 입을 연 사람은 하루오였다. "……꼭 그거 같아. 큰 사건이 있었을 때마다 나돌았던 소문."

소사쿠가 고개를 끄덕였다. "그래. 그래서 지금 상상하고 있어. 혹시 우리가 탈 배가……."

"잠깐! 저기 좀 봐!" 준이 밖을 가리키며 덧붙였다. "저 여자, 우리 배에 타는 거 아냐?"

유리문의 한참 너머에서 콩알처럼 작아진 그녀가 선착장을 향해 걸어가고 있었다. 세 사람은 서로 얼굴을 바라본 뒤, 허겁지겁 여성의 뒤를 따라갔다.

5

선착장에는 '무쿠이 호'라고 적힌 중형 여객선이 이미 정박해 있고, 스무 명 남짓한 손님이 한 줄로 서서 배에 타려고 하고 있었다. 줄 한가운데에서 그 여성의 모습이 보였다. 표범 무늬의 켈리백이 시선을 끌었다. 앞쪽에서 아까 그 노인 같은 사람의 등도 보였다.

준이 빠른 걸음으로 걸으면서 말했다. "역시 타는군."

"그렇다면 배가 전복되거나 불에 타지는 않을 거야." 소사쿠가 나란히 걸으며 말을 받았다. 생각 탓인지 얼굴이 창백했다.

하루오가 뒤를 돌아보고 소사쿠의 말투를 따라했다. "그렇다면…… 무서운 일은 섬에서 벌어지는 거겠지."

"그, 그게 그렇게 되나?"

준이 당황한 얼굴로 묻자 하루오가 짤막하게 대꾸했다.

"당연하지."

우쓰기 유코를 저주로 죽였다…… 그렇게 소문난 섬. 그녀가 죽기 직전에 참극이 일어난다고 예언한 섬. 예언이 가리키는 날에 섬으로 가는 준 일행을 도시전설처럼 말리려고 한 여성. 다시 말해.

"절묘한 타이밍으로 기묘한 일이 벌어지고 있어. 가슴이 두근거리는군."

하루오가 진심으로 즐거운 표정을 지었다. 준이 웃으면서 "그러게"라고 대꾸했다. 소사쿠는 아무 말도 하지 않았다. 생각 탓인지 승객들을 바라보는 얼굴이 찜찜해 보였다.

줄을 서서 트랩에 올라 배를 타려고 한 순간, 찌지직 하고 잡음이 섞인 안내 방송이 울려 퍼졌다. "이제 곧 출항하겠습니다"라는 말만 겨우 알아들을 수 있었다. 중년의 승무원 두 명이 느릿느릿한 동작으로 밧줄을 정리하고 트랩에 손을 댔을 때였다.

"……만요."

가느다란 목소리가 귀에 닿았다.

"잠깐만요! 저도 탈게요!"

커다란 배낭을 멘 체구가 작은 여성이 소리를 지르면서 이쪽으로 달려왔다. 적어도 본인은 달리고 있다고 생각하리라. 정신없이 휘두르는 두 손이 보였다. 타다다닥 울리는 발소리도 들렸다. 갈색 똥머리가 세차게 흔들렸다.

하지만 그녀는 믿을 수 없을 만큼 발이 느렸다. 실제로 아까부터 가까워지는 느낌은 눈곱만큼도 들지 않았다. 엔진 소리 탓인지, 승무원들은 그녀를 알아차리지 못하고 배에서 트랩을 떼려고 했다.

"스톱, 스톱!"

준은 승강구에서 몸을 내밀어 승무원들을 향해 소리치면서 손으로 여성을 가리켰다. 두 명의 승무원은 동시에 "뭐?"라고 하며 햇볕에 탄 얼굴을 찡그렸지만, 준이 가리키는 쪽을 보고 귀찮은 표정으로 움직임을 멈추었다.

여성은 충분히 시간을 들여서 달려오더니 "죄송해요"라고 말하며 승무원에게 승선권을 내밀었다. 저가 제품처럼 보이는 흑백 줄무늬 티셔츠에 와이드 데님 팬츠가 통통한 체형을 더욱 강조하는 것처럼 보였다.

"하아아……."

그녀는 크게 숨을 토해냈다. 어려 보이는 동그란 얼굴에서 땀방울이 빛났다. 뛰다가 지쳤는지, 헉헉 숨을 내쉴 뿐 트랩을 오르려고 하지 않았다. 한 승무원이 들으란 듯이 노골적으로 혀를 찼다.

준이 트랩을 뛰어 내려가 그녀에게 말을 걸었다. "괜찮으세요? 배낭이 무거우면 들어줄게요."

"네……? 그럼 신세 좀 져도 될까요?" 여성은 지친 눈으로 준을 올려다보며 스스럼없이 말하더니 메고 있던 배낭을 준에게 내밀었다. "고맙습니다. 그쪽이 아니면 큰일 날 뻔했어요."

미소를 짓자 오른쪽 뺨에 보조개가 드러났다. 어린아이처럼 티 없이 맑은 미소였다.

"……뭘 이 정도로요."

준은 그렇게 대답하고는 배낭을 받으며 여성에게 손을 내밀었다. 정면에서 그녀의 미소를 본 탓인지 목까지 새빨개졌다. 여성은 순순히 준의 손을 잡았다.

"고맙습니다."

"준, 무슨 일이야?"

승강구로 온 하루오에게 "그냥 좀 도와준 것뿐이야"라고 냉정하게 대답했다. 그러자 그는 "오호!"라고 과장스럽게 반응하며 힘들게 올라오는 여성을 힐끔 쳐다보았다.

"정말 죄송해요. 이 배를 놓치면, 내일까지, 배가 없는데, 그러면, 정말로, 큰일이라서……." 여성은 이마의 땀을 닦으면서 이쪽을 향해 띄엄띄엄 말했다.

내일까지 배가 없다……? 무쿠이 섬에 갈 생각인가?

"오호라!" 하루오는 싱긋 웃으며 준의 어깨를 가볍게 두드렸다. "분위기가 점점 더 뜨거워지는군. 벌써부터 즐거운데?"

제2장

금기

1

무쿠이 호는 조용한 바다를 천천히 나아갔다. 대부분의 승객은 이에시마 본섬과 보제지마에서 내리고 남은 사람은 열 명도 채 되지 않았다. 선내의 천장은 몹시 낮았다. 중앙에 통로가 있고, 좌우에 초록색 좌석이 가로로 3열, 세로로 6열씩 있었다. 관광버스 좌석과 비슷하지만 팔걸이가 없고 뒤로 젖힐 수도 없다.

바로 앞자리에서 소사쿠와 하루오가 이야기를 나누고 있다. 통로를 사이에 둔 옆자리에서는 섬사람처럼 보이는 노인 두 명이 각자 떨어져 앉아 있었다. 그중 한 명은 조금 전 노인인데, 팔짱을 낀 채 눈을 감고 있었다. 의미심장한 경고를 한 두터운 화장의 여성은 갑판에 있는지 보이지 않았다. 표범 무늬의 켈리백만이 구석에 놓여 있을 뿐이었다.

준은 넌지시 출항 직전에 올라탄 여성을 쳐다보았다. 그녀는 맨 뒷줄의 왼쪽 끝자리에서 멍하니 창밖을 바라보았다. 복장으로 볼 때 일 때문에 가는 것 같지는 않았다. 섬사람의 친척일까? 시기적으로 보면 고향에 가거나 성묘하러 가는 건지도 모르겠다.

계속 쳐다보고 있자 그녀가 준의 시선을 알아차리고 미소를 지으며 작게 인사를 했다. 준은 황급히 인사로 답하고 손에 있는 『심령 사진대백과 PART 4』로 시선을 돌렸다.

> 앨범을 정리했더니 이런 사진이 나왔습니다. 아들의 왼쪽 위에 있는 연기 같은 게 뭘까요? 제 눈에는 괴로워하는 노인의 얼굴처럼 보입니다만.
> 아들이 태어나기 한 달 전에 시아버지가 폐렴으로 세상을 떠났는데, 무슨 관계가 있지 않을까요? 감정을 부탁드립니다.
>
> 우쓰기 선생님의 열혈팬 님, 주부(나라 현)

이건 노인의 얼굴이 아니라 렌즈가 뿌예서 그렇게 보이는 것뿐입니다. 영기는 느껴지지 않습니다. 느껴지는 건 아드님을 아는 남성(남편일까요?)의 기쁨과 "이 아이를 소중하게 키우자"라는 결심뿐입니다. 물론 이건 영감으로 알아낸 게 아니라 단순한 느낌이지만, 사진을 보고 마음이 따뜻해진 건 사실입니다.

시아버님은 분명히 하늘나라에서 따뜻한 시선으로 손자를 지켜보고 있을 겁니다.

*

작년에 딸과 가까운 강으로 놀러 갔을 때 찍은 사진입니다. 딸 뒤쪽에 여성의 창백한 얼굴이 보입니다. 여성의 왼쪽 눈에서 피가 흘러내려 소름 끼칩니다.

이날 이후로 저희 집에는 불행한 일이 계속되고 있습니다. 연초에 어머니가 교통사고로 세상을 떠났고, 중학교에 입학한 딸은 괴롭힘을 당해 학교에 가지 않습니다. 아내는 최근에 눈이 나빠져서 왼쪽 눈은 거의 보이지 않는다고 합니다. 그리고 제가 다니는 회사도 실적이 좋지 않아 도산하기 직전입니다. 정처 없이 떠도는 여성의 혼령이 저희 가족에게 달라붙은 건가요?

　　　동반 자살도 생각하고 있습니다 님, 회사원(효고 현)

심정은 충분히 이해가 됩니다.

가족을 괴롭히는 여성의 얼굴 말입니다만, 이건 슈퍼마켓의 비닐봉지입니다. 빛이 비치는 정도에 따라 울퉁불퉁한 부분이 얼굴처럼 보이는, 전형적인 착시 현상이죠. 그리고 빨간 피 같은 건 슈퍼마켓의 로고입니다. 현미경으로 자세히 보시면 Y자와 그 슈퍼마켓의 상징인 새의 일러스트를 확인할 수 있습니다.

가족에게 잇따라 일어나는 불행한 사건과 이 사진과는 아무런 관계가 없습니다. 이건 어디까지나 일반론이지만 여러 문제가 발생했을 때는 각각 개별적인 원인과 개별적인 해결책이 있는 법입니다. 지금은 하나하나의 문제에 차분히 대처해보는 게 어떨까요? 가족 모두가 밝게 웃을 수 있는 날이 오길 진심으로 기도하겠습니다.

*

처음으로 편지를 보냅니다. 친구와 드라이브를 갔을 때 찍은 사진입니다. 아무도 없는 조수석에 사람의 그림자가 찍혀 있습니다. 앞바퀴 부분에 있는 연기 같은 것도 사람의 얼굴로 보입니다.

예전에 우쓰기 선생님께서 지박령이라고 감정하신 사진과 비슷한 것 같아, 혹시나 해서 보냅니다. 감정 부탁드립니다.

야마다 님, 대학생(치바 현)

영혼의 모습이 찍혀 있습니다. 그것도 매우 강한 원한을 가진 지박령입니다. 이곳에서 사고로 세상을 떠난 젊은 커플이 야마다 님과 친구를 몹시 질투하고 있습니다. 이 사진을 본 순간, 머리가 깨질 것처럼 아팠습니다.

이 사진의 필름이 있으시다면 곧장 저희에게 보내주십시오. 이쪽에서 공양을 올리겠습니다. 이미 필름을 처분했거나 분실하신 경우에는 당분간 아침저녁으로 불단에 물과 향을 올리며 커플의 명복을 빌어주십시오. 친구분도 마찬가지입니다. 운전할 때는 안전에 신경 쓰십시오. 되도록 자동차도 개조하지 마시기 바랍니다.

입에서 혼잣말이 새어 나왔다. "그렇군……."

준이 어렸을 때는 알아차리지 못했던 우쓰기 유코와 출판사 편집자의 수법을 지금은 손에 잡힐 듯이 알 수 있다.

다시 말해, 그들의 수법은 다음과 같다. 독자가 책장을 넘길 때, 맨 처음 시선이 향하는 건 섬뜩한 투고 사진이다. 손발이나 머리가 사라진 사진, 기묘한 빛이 비치는 사진, 얼굴에 보이는 음영. 독자, 특히 아이들은 일단 그곳에 시선이 가고 불안을 느낀다.

우쓰기 유코는 그런 대부분의 사진을 심령 사진이 아니라고 단언한다. 한편, 투고자의 고민에는 성실하게 대답한다. 그러면 독자는 마음을 쓸어내림과 동시에 그녀에게 좋은 인상을 가지게 된다. 그녀를 신뢰하게 되는 것이다.

그러다 '여기다!' 하는 곳에서 그녀는 진짜 심령 사진이라고 말한다. 그리고 못을 박듯이 "나는 이 사진 속 영혼의 공격을 받아서 머리가 아프다"라고 덧붙인다. 이런 걸 영장(靈障)이라고 하는 걸까? 진위는 알 수 없지만 믿는 사람은 믿으리라. 그리고 두려워할 것이다. 우쓰기 유코가 피해를 입었다면 이건 분명히 진짜 심령 사진이다, 라고 생각하면서.

유치하다고 할 수 없지만 너무나 단순하다. 상대를 방심하게 하고 믿게 만든 뒤 놀라게 하는, 너무도 간단한 수법이다.

하루오가 돌아보고 물었다. "재미있지?"

준이 반쯤 웃으면서 대답했다. "재미있어. 이런 수법에 넘어가 춤을 추었다니."

"이 나이가 되어도 춤을 추고 있지만." 하루오의 높은 웃음소리가 배 안에 울려 퍼졌다.

"이번에는 자진해서 춤을 추러 가잖아?" 소사쿠의 말투가 조금 밝아진 듯한 느낌이 들었다.

하루오가 배 안을 둘러보며 말했다. "그런데 가슴 두근거리는 사람은 우리뿐인 것 같아. 우리 말곤 그렇게 보이는 사람이 없어. 인터넷에서는 화제가 되었지만."

"당연하지. 직접 찾아가려면 돈이 들잖아."

"하긴 그래. 반대로 열렬한 오컬트 마니아라면 이미 섬에 가 있을지도 몰라."

"요즘 그런 녀석이 있겠어?"

하루오가 기묘한 억양을 붙여서 말하더니, 눈을 가늘게 뜨고 양 눈썹을 모으며 입술을 비틀었다. 만담꾼인 오키 고다마의 흉내였지만 소사쿠는 몰랐는지 눈을 동그랗게 떴다.

하루오는 얼굴에서 힘을 빼고 가볍게 말했다. "애초에 마니아가 뭐하러 섬에 가겠어? 예언대로 사람이 죽는지 안 죽는지 확인하러? 죽으면 좋아하고 안 죽으면 실망해? 그건 말이 안 되잖……."

그때 뒤쪽에서 그의 말을 가로막는 목소리가 들렸다. "확인하러 가는데요?"

매표소에서 만났던 화려한 차림의 여성이 통로에 서서 이쪽을 쳐다보았다. 손에는 펜디 손수건을 쥐고 있었다.

그녀는 준의 손에 들려 있는 『심령 사진대백과 PART 4』를 눈으로 가리키면서 물었다. "여러분도 그렇지 않나요? 알면서도 가는 거잖아요?"

하루오가 경쾌하게 대답했다. "뭐 그렇죠."

이런 상황에서 조금도 주눅 들지 않는 모습이 하루오답긴 하지만 웬일로 존댓말을 사용했다.

"하지만 솔직히 말해 예언이 맞으면 곤란해요. 주요 목적은 위로 여행이니까요. 옛날의 좋았던 오컬트 문화를 떠올리면서 상심한 죽마고우를 위로하러 가는 거거든요." 하루오는 소사쿠의 어깨를 가볍게 두드리며 말했다.

"그나저나 참 독특한 모임이군요."

그녀의 입술 끝에 빈정거리는 미소가 감돌았다. 그녀는 의자 등받이를 잡고 상대를 평가하듯 한 사람씩 바라보더니 일부러 목소리를 낮추며 말했다.

"하지만 유감이네요……. 예언은 반드시 맞을 거예요."

골치 아픈 사람과 엮이고 말았다. 지금의 상황을 새삼 깨닫고, 불안과 권태감이 가슴으로 퍼져나갔다. 다음 순간, 여성의 몸에서 뿜어 나온 향수 냄새가 코를 찔렀다. 싸구려 향수 냄새가 폐를 자극하며 서서히 구토증이 치밀어 올랐다.

형식적인 웃음으로 빨리 대화를 끝내자. 일단 이 자리를 떠나게 하자. 그렇게 생각하고 말을 하려는 순간, 소사쿠가 쓸데없는 말을 했다.

"반드시요? 그렇다면 지금까지 계속 맞았나요?"

그녀가 득의양양한 얼굴로 대답했다. "물론이에요. 인터넷에 몇 가지 올라와 있으니 확인해보세요. 지하철 사린가스 사건도, 한신 아와지 대지진도, 미국의 911 테러도, 311 대지진도 모두 맞혔어요. 자신의 죽음까지도요. 이 세상에 유코 님만큼 위대한 영능력자는 없어요. 유코 님의 인도를 받고 점술사가 된 이 우쓰로 레이코가 단언할 수 있어요. 가미오카 류타로는 멍청해서 다른 사기꾼들과 구별을 못 했지만요."

"아아……."

준의 입에서 가벼운 탄성이 흘러나왔다. 이야기의 내용과 상관없는 사람을 그리움과 함께 떠올린 것이다.

지금은 은퇴한 탤런트인 가미오카 류타로는 1990년대에 자신이 진행하던 프로그램에서 오컬트 부정론을 주장하면서 출연한 영능력자를 격렬하게 비난했다. 우쓰기 유코도 한두 번 그의 프로그램에 출연한 적이 있었다.

하루오가 어정쩡한 미소를 지으며 어쩔 수 없이 동의했다. "개중에는 가짜들도 있었어요. 정어리로 점을 친다는 얼굴이 새하얀 여자는 완전히 사기꾼이었어요. 재미는 있었는데 말이죠. 갑자기 비명을 지르면서 말린 정어리를 물어뜯더니, 그 잘린 모습을 보고 운을 본다고……."

"그런 사기꾼들과 똑같이 취급하지 말아요!" 그녀…… 레이코는 진지한 얼굴로 되받아치더니, 흰자위가 보일 만큼 눈을 희번덕거렸다. "정말로 무서운 일이 벌어질 거예요. 농담이 아니에요."

하루오가 어깨를 들썩이더니 익살스럽게 말했다. "아이고, 무서워라!"

레이코의 진지한 얼굴을 보고 확신했다. 그녀는 틀림없이 우쓰기 유코의 열혈팬이다. 팬심이 깊어지면서 점술사가 되고 이름까지 비슷하게 지었으리라. 그녀의 책을 읽고 예언에 심취하여 진지하게 받아들이고 있다. 그래서 매표소에서 우리에게 경고한 것이다.

그녀는 불만스러운 얼굴로 코로 크게 숨을 내쉬더니, 이내 하이 힐 소리를 울리며 걸어갔다. 그러곤 켈리백 옆에서 벽에 기댄 채 불쾌한 얼굴로 팔짱을 꼈다. 똥 머리 여성이 무표정한 얼굴로 그 모습을 바라보았다.

그때, 여성의 목소리로 배 안에 안내 방송이 울려 퍼졌다. 무슨 말인지는 거의 알아들을 수 없었지만 이제 곧 도착한다는 것만은 알 수 있었다.

창밖의 오른쪽에 작은 섬이 보였다. 사진에서 보았던 높은 산이 성벽처럼 우뚝 솟아 있었다. 머릿속으로 지도를 떠올렸다. 지금 이곳은 무쿠이 섬의 북동쪽이리라. 이 배는 이제 섬의 동쪽을 돌아 정남쪽에 있는 항구로 들어갈 것이다.

어느새 하늘에는 먹구름이 자리하고 있었다. 아까 배를 탔을 때보다 파도도 거칠어졌다. 배의 반대편에서 작고 하얀 예인선이 나타나, 길고 평평하며 녹이 잔뜩 낀 구조물을 이끌고 북쪽으로 나아갔다.

눈에 보이는 모든 게 어둡다. 어딘지 모르게 음침하다. 하루오의 말처럼 조금씩 분위기가 뜨거워지고 있다. 무쿠이 호가 속도를 늦추기 시작했다.

2

"묵을 수 없다니, 그게 무슨 말이죠?"

하루오가 놀란 얼굴로 물으면서 팔꿈치로 카운터를 짚었다. 책상 앞에 앉은 풍만한 체형의 중년 여성이 이중 턱을 옆으로 흔들면서 사무실 수화기를 내려놓았다.

"그 말 그대로인 것 같은데요?"

찢어질 것처럼 부풀어 오른 알로하셔츠의 가슴에서 '무쿠이 섬'이라는 둥근 글자가 춤추고 있었다. 이곳의 유니폼인가 보다.

준 일행은 항구 옆에 있는 '연락소·승선권 매표소'라는 간판이 걸린 조립식 가건물 안에 있었다. 내부는 널찍했지만 직원은 눈앞의 여성 한 명밖에 없었다. 벽에 걸린 선풍기에서 흘러나온 바람이 뜨뜻미지근한 공기를 휘젓고 있었다.

하루오는 당황하면서도 미소를 잃지 않고 따졌다. "이보세요, 아주머니. 오늘 와서 다짜고짜 부탁하는 게 아니잖아요? 미리 예약을 했다고요! 무쿠이장이란 곳이요. 다른 여관과 착각하는 거 아닌가요?"

"그 무쿠이장의 주인인 스나가 씨가 지금 전화로 확실히 말했어요. 오늘은 도저히 안 됩니다, 숙박하실 수 없습니다, 라고요."

"어떤 사람이었죠? 목소리나 말투나……."

"그러니까…… '네에, 무쿠이장입니다아'라고 했어요." 여성은 얼굴을 찡그리면서도 상대의 성대모사를 했다.

하루오가 어깨를 떨어뜨렸다. "그래요, 그런 말투였어요."

무쿠이 섬에 도착해 배에서 내린 준 일행은 항구에서 대기했다. 여관 주인이 데리러 오기로 되어 있었던 것이다. 섬 안쪽으로 들어가는 다른 승객들의 뒷모습을 바라보면서 준은 해방감에 젖어 바닷바람 냄새를 맡았다. 소사쿠는 멍하니 흐린 하늘을 올려다보았다.

15분을 기다려도 데리러 오는 사람은 없고 전화를 해도 연결이 되지 않았다. 기다리다 지친 하루오가 연락소로 들어가 여직원에게 문의를 했는데, 지금 상황에 이른 것이다.

"미안하지만 밖에서 기다려줄래?" 하루오가 겸연쩍은 표정을 짓고는 카운터에 있는 전화기를 들고 귀에 대면서 덧붙였다. "이래서는 얘기가 되지 않으니까 내가 직접 담판을 지을게. 목소리가 커질지도 몰라서 그래."

그의 맞은편에서 여직원이 몸을 흔들며 과장스럽게 한숨을 쉬었다. 소사쿠가 말없이 고개를 끄덕이고 덜컹덜컹 미닫이문을 열었다.

준은 작은 항구를 걸어 다녔다. 녹슨 어선 두 척이 나란히 흔들리고 있었다. 연락소 앞의 좁은 콘크리트 길은 여기저기에 금이 가고, 나란히 있는 건물 몇 채는 모두 셔터가 내려져 있었다. 예전에는 상점이었던 모양이다. 연락소 안에서 "이제 와서 그렇게 말하면 어떡해요!"라고 화를 내는 하루오의 목소리가 새어 나왔다.

매표소 앞에 한 대 있는 음료수 자동판매기는 전체적으로 색이 바랬다. 먼지를 뒤집어쓴 채 유리가 뿌예서 상품도 보이지 않았다.

유리에 닿을락 말락 얼굴을 대고 소사쿠가 말했다. "그래도 물건은 새거야. 새로 나온 콜라도 있고."

주머니에서 지갑을 꺼내 동전을 넣었다. 동전이 안으로 떨어지는 소리가 주변에 울려 퍼졌다.

"……생각났어. 우쓰기 유코가 인기 있던 시절에 캔 주스는 아직 풀 탭 방식이었어. 고리를 당겨서 떼도록 되어 있는 거 말이야."

"그랬지." 준은 그렇게밖에 대답하지 않았다.

문득 그리움이 솟구쳐서 가볍게 몸을 떨었다. 이런 기분에 휩싸이는 건 낡은 학교 건물 탓도 있으리라. 그렇게 생각하면서 항구 동쪽에 있는 작은 곶으로 시선을 향했다.

4층짜리 하얀색 학교 건물의 정면 현관이 서쪽, 즉 이쪽을 향해서 있었다. '무쿠이 초중학교'라고 쓰인 표지판이 시계 밑에 붙어 있었다. 그 옆의 썩어 들어가는 목조 건물은 옛 건물인가 보다. 평일인데도 조용하고 앞쪽 교정에도 사람이 보이지 않았다. 교정 구석에는 녹슨 철봉과 늑목이 자리하고 있었다.

폐교였다. 1980년대 후반에는 이미 전교생이 열 명이 채 안 되었다고 한다. 폐교된 것은 2002년. 하루오의 말처럼 이 섬은 인구 과소화가 진행되고 있었다.

실제로 항구에는 준 일행 말고는 아무도 없고, 누군가가 나타나는 기척도 없었다. 그리고 어찌된 일인지 지금 여관에서는 숙박을 거절하고 있다. 버림받은 듯한 쓸쓸함과 불안이 솟구친 순간.

"응?"

소사쿠의 목소리를 듣고 준이 돌아보았다. 소사쿠의 시선은 길 건너편을 향해 있었다. 색이 바랜 집들이 '낮은 산'의 경사면을 따라 서로 기대듯 나란히 서 있었다. '섬마을'이라는 말이 어울리는, 낡고 조용하며 쓸쓸한 분위기였다.

그 앞쪽의 나지막한 돌담에 한 노파가 손을 짚고 서 있었다. 물방울 일 바지에 갈색 블라우스, 머리에는 파란 수건을 감고 있었다. 허리가 구부러지고 몸이 오그라든 게 보였다. 손발이 작게 떨리는 것도 보였다.

가장 시선을 잡아끈 건 노파의 표정이었다. 눈을 부릅뜨고 이쪽을 응시하고 있었다. 더구나 치아가 없는 입을 물고기처럼 뻐끔뻐끔 열었다 닫았다 했다. 놀라고 당황한 표정이 역력했다.

"왜 저러지?"

"글쎄……."

소사쿠가 페트병을 몇 개 가지고 다가와서 내밀었다. "여기……."

말없이 녹차 페트병을 받았다. 노파가 마음에 걸려서 고맙다고 말할 여유가 없었다.

"아아……."

노파의 입에서 희미한 목소리가 흘러나왔다. 벌어진 캄캄한 입이 기이하리만큼 눈에 띄었다. 노파는 한 손으로 가슴을 누르며 괴로운 듯 몸을 비틀었다.

"큰일이다!" 준은 소리치더니 재빨리 항구를 가로질렀다. "괜찮으세요?"

준이 말을 걸자 노파는 천천히 두 손을 들어올렸다. 그리고 마른 나뭇가지 같은 손가락으로 준의 두 팔을 잡았다.

뒤늦게 온 소사쿠가 물었다. "하, 할머니. 왜 그러세요?"

노파가 천천히 입을 벌리며 말했다. "오랜만이구려…… 또 촬영하러 왔소?"

"네?"

"잘 오셨소. 몸이 좋아졌구려."

주름이 쭈글쭈글한 얼굴에 미소가 떠올랐다. 치아가 없는 입에서 히히히, 라는 웃음소리가 새어 나왔다.

"미안하구려, 히히히…… 너무 깜짝 놀라서, 히히, 숨을 쉴 수 없었다우. 저승길이 보이는구려, 히히히."

노파는 준의 팔을 잡은 채 계속 웃어댔지만, 무슨 말인지 이해할 수 없었다. 눈을 가늘게 뜨고 망가진 장난감처럼 경박하게 웃는 노파를 보고 있노라니 등줄기에 오한이 가로질렀다.

"저기…… 그게 무슨 말씀이시죠?"

조심스럽게 물어봐도 노파는 "크크크, 미안하구려"라고 말하며 웃음을 그치지 않았다. 당황해서 소사쿠와 얼굴을 마주 보았을 때, 사람의 기척이 느껴졌다. 단단한 땅을 밟는 발소리가 천천히 다가왔다.

민가 앞쪽에 좁고 경사가 급한 돌계단이 있었다. 콘크리트를 대충 굳혔을 뿐인 조잡한 돌계단이었다. 나란히 있는 집들 사이를 뚫고 '낮은 산'의 정상을 향해 뻗어 있었다.

누더기를 걸친 노인이 천천히 그 돌계단을 내려왔다. 남자라는 건 아무렇게나 마구 자란 수염 탓에 알아보았다. 수염 색깔은 어깨까지 내려오는 기다란 머리칼과 똑같은 지저분한 회색이었다. 불그죽죽한 얼굴은 주름이 자글자글하고, 빼빼 마른 발은 싸구려 파란색 샌들을 신고 있었다. 하지만 외모에서 풍기는 인상과 달리 걸음 걸이는 흔들림이 없었다.

노인의 발소리와 옷 스치는 소리, 바닷바람의 울음소리만이 주위에 메아리쳤다.

"……사나에 씨."

노인이 걸음을 멈추고 웃음을 그치지 않는 노파의 이름을 불렀다. 금속이 부딪치는 듯한 날카로운 목소리에 기묘한 위엄과 무게가 깃들어 있었다.

겨우 진정한 노파를 향해 그는 조용히 말했다. "잘 보세요…… 이 사람들은 촬영팀이 아닙니다."

"뭐?"

사나에라고 불린 노파는 눈을 희번덕거리며 의외라는 표정을 지었다. 무슨 뜻인지 해석하려고 최대한 머리를 굴리고 있는데 소사쿠가 불쑥 큰 소리로 말했다.

"아하, 그런 거군."

"왜? 무슨 말인데?"

"우리를 방송국 촬영팀으로 착각했나 봐."

"뭐?"

소사쿠는 입고 있는 티셔츠와 반바지, 들고 있는 드럼백을 손으로 누느렀나.

"이 모습은 방송국 촬영팀 같기도 하잖아? 나도 그렇고, 준도 그렇고. 그리고 저기…….."

"아아, 하긴 뭐…….." 준이 마지못해 동의했다.

색깔은 다르지만 소사쿠와 비슷한 차림에다 목에는 수건을 감고 있었다. 그러고 보니 예전에 TV에서 AD나 조명팀 스태프가 이런 차림이었던 게 떠올랐다.

"내가 대신 사과하지."

노인은 두 손을 무릎에 대고 약간 허리를 구부렸다. 이쪽을 향해 고개를 숙이는 거라고 뒤늦게 알아차렸다.

"이렇게 사과하실 것까지야…… 하하하."

준의 입에서 얼빠진 웃음소리가 새어 나왔다. 마음이 놓였는지 소사쿠의 표정이 느슨해졌다.

이타미에서 왔다, 단순한 관광객이다, 방송국 촬영팀이 아니다, 라고 준이 설명하자 노파는 눈을 가늘게 뜨고 고개를 끄덕였다.

"아하, 그런가? 하긴 그래. 4반세기 가까이 지났으니 또 올 리는 없겠지."

"네, 그렇습니다."

"경비를 줄이느라 인원수가 줄었다고 생각했다네. 요즘은 방송국도 불경기지? 응?"

"방송국 스태프가 아니라니까요."

"참, 그렇지."

사나에는 뭐가 그렇게 재미있는지 입을 가리며 또 웃었다.

소사쿠가 진지한 표정으로 돌계단에서 내려온 노인을 올려다보며 물었다. "혹시…… 예전에 왔다는 촬영팀 말입니다만, 우쓰기 유코 프로그램에……."

"그래그래. 그래서 착각한 거야." 머리칼과 수염, 그리고 깊은 주름에 가려서 표정은 알 수 없었다. 노인은 약간 몸을 비틀고 돌계단의 끝인 산꼭대기를 가리키며 천천히 말했다. "저 산 깊은 곳에 원령이 있다고 말했지. 여기에 도착하자마자 그렇게 말했어. 원령이 똑똑히 보인다고. 낮에 사전 조사를 했고 촬영은 밤에 했지. 그런데 말이야…… 촬영하는 도중에 별안간 쓰러지더니 그대로 본토로 돌아가버렸지."

준이 물었다. "네? 왜죠?"

"히키타 원령의 저주를 받았기 때문이지. 당연한 일이야." 노인은 고개를 끄덕이며 말하더니 기다란 수염을 쓰다듬었다.

이야기가 엉뚱한 곳으로 빠졌다. 아무런 예고도 없이 비과학적인 이야기로 바뀐 것이다.

'죄인들의 원한이나 원통한 마음이 남아 있지.' 하루오의 말이 머리를 가로질렀다.

"그런 게 실제로……."

"이 섬을 구경거리로 만들려다 저주를 받은 거야. 자업자득이지."

비웃는 것 같기도 하고 가여워하는 것 같기도 했다. 사나에가 힘차게 고개를 끄덕였다.

소사쿠가 물을까 말까 하다가 조심스럽게 물었다. "저기…… 그런 이야기가 전해 내려오는 거죠? 전설이라고 할까……."

"전해 내려오는 전설……이라."

노인의 머리칼 사이로 반쯤 뜬 칙칙한 눈이 보였다. 이 계절에 맞지 않게 등 뒤에서 차가운 바람이 불어왔다. 노인의 기다란 머리칼이 바람에 나부꼈다.

"이 산…… 히키타 산에는 절대로 들어가선 안 돼."

바람이 가라앉은 타이밍을 노린 것처럼 노인이 그렇게 말하며 등 뒤의 '낮은 산'을 가리켰다. 준 일행의 어리둥절한 표정을 보고 노인이 다시 말을 이었다.

"내일은 밖에 나와도 안 되고."

소사쿠가 물었다. "왜죠?"

노인은 당연한 걸 묻는다는 표정으로 고개를 작게 가로저으며 단호하게 말했다. "안 그러면 히키타 원령에 의해 죽임을 당하기 때문이지!"

그러곤 천천히 몸을 돌려 한 단, 한 단, 돌계단을 올라갔다. 사나에는 입을 꼭 다물고 몇 번이나 고개를 끄덕였다.

하늘이 더욱 흐려졌다. 다시 바람이 불기 시작했다. 경사가 급한 돌계단을 올라가는 노인의 등을 보고 있을 때, 하루오가 의아한 얼굴로 다가왔다.

"여기서 뭐해?" 그러더니 돌계단을 올려다보며 입술을 일그러뜨렸다. "세상에! 여기엔 아직도 저렇게 장로 같은 사람이 있구나."

"여관은 어떻게 됐어?"

준의 질문에 하루오가 얼굴을 찡그렸다.

"틀렸어. 아무리 물어도 이유를 말해주지 않아. 더는 못 참고 버럭 고함을 질렀더니, 영문을 알 수 없는 말을 하지 뭐야? ……이제 곧 원령이 내려와서 손님을 받을 수 없대. 이 섬에는 그런 관습이 있다고 하면서. 말하는 것도 두려워하는 것 같았어. 말이 통하지 않더라고."

일치한다. 조금 전에 노인이 해준 이야기와 똑같다. 예전에 유배지였다는 이 섬에는 아직도 섬사람들 사이에 원령의 존재가 뿌리를 내리고 있는가. 손님을 받아서 돈을 버는 것보다 관습을 우선할 만큼 굳게 믿고 있는가.

"이제 알아들었겠지?" 사나에가 마을을 올려다보며 말했다.

소사쿠가 당황한 얼굴로 준을 쳐다보았다. "설마라고 생각하지만…… 우쓰기 유코는 정말로 그 원령에게……."

"그게 말이 돼?" 곧바로 그렇게 대꾸했다.

마음속으론 소사쿠와 똑같은 생각을 했지만, 그 말에 동의하기에는 너무도 어리석게 여겨졌다.

"그보다 어떡하지? 섬사람에게 재워달라고 할까?"

사나에를 힐끔 쳐다보면서 물어보자 하루오가 밝은 표정으로 말
했다.

"실은 말이야……."

3

사나에에게 인사하고 나서 계곡에 있는 좁고 구불구불한 길을 북쪽을 향해 걸어갔다. 맨 앞에 서서 일행을 이끈 사람은 하루오였다.

왼쪽에는 집들이 자리하고 오른쪽에는 걸어서 건널 수 있는 작은 강이 흐르며 그 너머에는 '높은 산'이 보였다. 급한 경사면에는 나무들이 울창하게 자리 잡고 있었다.

이 섬에 또 한 군데 있는 숙박 시설인 '민박 아소'에 가는 길이다. 연락소에서 확인했더니 다행히 빈방이 있다고 한다. 오래된 민가를 현대식으로 리모델링한 민박집으로, 주인이 다니던 회사를 그만두고 이탈리아 레스토랑에서 경험을 쌓은 뒤 3년 전에 문을 열었다고 한다. 인터넷에서 조사한 하루오의 말에 따르면 '글과 그림을 비롯해 모든 정보에 허세가 잔뜩 묻어 있었디'는 이유로 가격도 보지 않고 후보에서 제외했다고 한다.

하루오가 말했다. "……우쓰기 유코가 원령에게 졌다, 저주를 받았다는 이야기는 사실이었구나."

소사쿠가 준 콜라 페트병은 벌써 텅 비어 있었다. 준은 마시던 사이다 페트병을 내밀었다.

"목마르지? 이거 마셔."

"고마워. 전화로 오래 말했더니 목이 타서……."

하루오는 사이다를 받자마자 단숨에 전부 들이켰다.

생각 탓인지 얼굴이 창백해진 소사쿠를 보고 준이 일부러 가볍게 말했다. "아무튼 섬사람들이 그렇게 여길 만한 일이 있었다는 거겠지. 우쓰기 유코가 여기로 촬영하러 와서 원령이 있다는 산에 들어갔다 촬영하는 도중에 쓰러졌어. 섬사람들은 지금도 히키타 원령이라는 걸 믿는 것 같으니까 옛날에는 더 심하게 겁을 먹었을지 몰라."

"그래, 그럴 거라는 건 나도 알아." 소사쿠가 이온 음료로 목을 적시고 나서 덧붙였다. "반박하는 건 아니지만 우쓰기 유코가 쓰러짐으로써 섬사람들은 그때까지 그저 떠도는 이야기에 불과했던 원령을 진지하게 믿게 됐을지도 몰라. 유명한 영능력자, 통속적인 오컬트의 대표자 같은 사람이 의도치 않게 민간전승을 믿게 만들었다고나 할까?"

"오! 머리가 팽팽 돌아가는데?"

하루오가 웃으면서 장난스럽게 말하고 크게 트림을 했다. 그러곤 무슨 생각을 했는지, 흠칫 놀란 얼굴로 다시 입을 열었다.

"그건 다시 말해, 민간전승이 통속적인 오컬트를 이겼다는 거잖아? 영능력자를 쓰러뜨린 원령을 지금도 섬사람들이 믿고 있는 거니까. 그런 의미에서는 역시 우쓰기 유코가 졌다고 할 수 있겠군. 어때? 이러면 말이 되지?"

"그렇게도 말할 수 있겠지."

소사쿠는 잠시 생각에 잠긴 듯한 표정을 지었다. 이제 심령 사진을 보고 두려워할 때는 지났다. 영능력자의 한마디에 벌벌 떠는 일도 없다. TV에서 오컬트 프로그램을 보는 일은 있어도 진짜로 받아들이는 일은 없다. 소사쿠가 말하는 통속적인 오컬트는 이미 공포의 대상이 아니다. 이상하다, 기묘하다고 고개를 갸웃거리며 매력을 느끼는 일도 없다. 다만 어린 시절이 그리울 따름이다.

하지만 이 나이가 되어도 토속적인 풍습이나 민간전승에는 끌리는 부분이 있다. 역사의 무게나 마음 깊은 곳을 찌르는 뭔가를 느끼게 된다. 적어도 영감이나 영능력자, 예언 같은 것보다는 보편성이 있다. 그리고 조금은 무섭게 느껴진다.

히키타 원령이란 무엇인가? 이 섬에는 어떤 이야기가 전해 내려오고 있는가.

아무튼 무쿠이 섬에는 지금도 원령이 있다. 우쓰기 유코가 지고 원령이 이겼다는 하루오의 말도 나름대로 설득력이 있었다.

나란히 있는 집들 너머의 오른쪽에서 작은 입간판이 보였다. 길거리에서 흔히 볼 수 있는 칠판식 입간판이다.

WELCOME TO 민박 아소, 여기입니다←

글씨가 빨간색과 하얀색, 노란색 분필로 큼지막하게 쓰여 있었다. 아무리 봐도 어색하다. 섬 분위기와 어울리지 않았다.

하루오가 당황한 얼굴로 말했다. "분명히 반대편에는 직원이 장난처럼 이렇게 썼을 거야. '안녕하세요! 오늘의 별자리 점 순위에서 물고기자리는 7위였습니다. 이건 좀 미묘하네요, 당신이 무슨 자리인지는 모르지만요.'"

하지만 간판의 반대편에는 민박집 주인이 심혈을 기울이고 있는 유기농 채소에 대한 설명이 작은 글씨로 빼곡히 적혀 있었다.

하루오가 크게 웃음을 터뜨렸다. "뭐야? 이런 패턴이야?"

'민박 아소'의 외관은 오래된 민가로밖에 보이지 않았지만, 리모델링한 지 얼마 안 됐는지 로비는 깨끗하고 널찍했다. 카운터에는 검은색 강아지 장식품이 몇 개 놓여 있었다.

주인인 아소는 준과 비슷한 나이대로 보이는 주걱턱 남성이었다. 헐렁한 감색 여름옷을 입고, 콩알 무늬 수건을 머리에 두르고 있었다.

하루오가 말했다. "갑자기 밀고 들어와서 죄송합니다."

아소는 눈을 가늘게 뜨고 부자연스러운 사투리와 억양으로 말했다. "당치도 않습니다. 오히려 여기까지 찾아와주셔서 감사합니다."

이쪽의 난감해하는 표정을 보았는지, 그는 미안한 얼굴로 머리를 긁적였다.

"죄송합니다. 빨리 이 섬에 녹아들고 싶어서 사투리를 쓰려고 해도, 도쿄 출신이라서 그런지 사투리가 영 어색하네요."

지나친 배려는 오히려 부담스러운 법이다. 허세가 있기는 하지만 나쁜 사람은 아닌 모양이다. 그런데……

준이 쭈뼛거리며 말했다. "전 표준어를 사용하는 게 좋을 것 같습니다."

하루오도 열쇠를 받으며 솔직하게 말했다. "저도 거기에 한 표요. 어색하면 오히려 역효과가 나니까요."

아소가 눈을 휘둥그레 떴다. "역효과요?"

"간사이 지방 사람 중에는 상대가 사투리를 잘못 쓰면 기분 나빠하는 사람이 많거든요. 다른 지방에 있을 때는 괜찮은데, 간사이 지방에 있을 때의 간사이 사람은 마음이 좁으니까요. 저도 약간 그런

면이 있고요. 영역 의식이 강해서 그럴까요?"

하루오의 설명은 간결하고 정확했다.

"그건 생각도 못 했어요······." 아소는 과장스럽게 허공을 올려다보며 말했다.

2층 안쪽에 있는, 넓은 툇마루가 딸린 5평쯤 되는 방이었다. 현대적이지도 독특하지도 않은, 어디에서나 볼 수 있는 전형적인 일본식 방. 마음은 안정되지만 새로운 부분은 하나도 눈에 띄지 않는다. 창밖도 옆집 벽이 보일 뿐이었다.

그렇게 생각한 순간, 방 한쪽에 있는 장식품이 눈에 들어왔다. 새카만 몽둥이처럼 생긴 장식품이다. 높이는 50센티미터쯤 될까? 민속 공예품이라기보다 단순한 조형물이라고 해야 하려나? 앞발을 들고 서 있는 개나 여우처럼 보이기도 하지만, 코와 귀, 앞발 같은 부분이 튀어나와 있을 뿐이라서 확실하지는 않다. 표면에는 칼로 잘라낸 흠집 같은 모양이 옆으로 몇 줄기나 내달리고 있었다.

볼수록 존재감이 강해졌다. 그 물체가 오히려 이쪽을 보는 듯한 감각에 휩싸일 정도였다. 눈이나 얼굴에 해당하는 부분은 없지만 마주 보는 듯한 느낌이 들었다. 시선을 돌리려고 해도 돌릴 수 없었다. 아무도 보지 않는 곳에서 움직일지 모른다는, 말도 안 되는 망상에 사로잡히기도 했다. 어디에서나 볼 수 있는 일본식 방 안에서 검은색 장식품 주변만이 기괴한 분위기를 자아내고 있었다.

소사쿠가 얼굴을 가까이 대고 조심스럽게 말했다. "숯이군."

짐을 놓고 왔는지, 드럼백은 보이지 않았다.

"그러고 보니 프런트에도 검은색 강아지 장식품이 있었어. 그건 기성품이라고 할까, 어디에서나 팔 것 같은 물건이더군."

"이 녀석은 파는 물건이 아닌 것 같은데?"

일찌감치 바닥에 누운 하루오가 손발을 쭉 폈다. 툇마루의 의자에 앉은 준은 멀리서 장식품을 보더니, 눈앞의 작은 테이블에 열쇠를 내려놓았다. 그때 노크 소리가 들리고, 아소가 인원수만큼 물수건과 보리차 페트병을 가지고 들어왔다.

"실례하겠습니다."

물수건은 기분 좋을 만큼 차가워서, 얼굴에 댔더니 눈이 번쩍 뜨이는 듯했다. 세심한 배려에 고마운 마음이 들었을 때, 낮은 탁자 앞에 앉아 있던 하루오가 아소에게 물었다.

"저기 있는 새카만 장식품은 뭔가요?"

아소는 문 앞에서 빙긋이 웃으며 대답했다. "깜장벌레입니다. 이 섬의 수호신이죠."

소사쿠가 깜짝 놀라며 물었다. "벌레라고요?"

"이 섬에선 갯지렁이를 깜장벌레라고 부르는데, 그게 유래 같습니다. 저걸 놓아두면 원령이 오지 않는다, 산에서 내려와도 그냥 지나간다는 이야기가 있죠. 아시나요? 이 섬에는 원령 이야기가 전해 내려오고 있거든요."

"히키타 원령 말이죠?"

아소가 반가운 얼굴로 몇 번이나 고개를 끄덕였다. "그래요, 그겁니다! 재미있는 건 말이죠, 깜장벌레는 굉장히 유연하다는 겁니다. 숯으로 만들고 수호신으로 사용하기만 하면 개처럼 생겼든 고양이처럼 생겼든, 다른 사람이 만든 거든 자기가 만든 거든 전부 깜장벌레라고 부르죠. 그렇게 유연한 덕분에 이 섬에 뿌리를 내린 게 아닐까 합니다. 반대로 갯지렁이 자체는 그렇게 중요하게 여기지 않더군요. 고작해야 물고기 먹이입니다. 그런데 갯지렁이와 수호신을 같은 이름으로 부르다니, 이것도 대범하다고 할까 별생각이 없다고 할까……."

이런 종류의 이야기를 좋아하는지 그는 얼굴에 웃음을 가득 담고 즐겁게 말했다. 억지로 사투리를 쓰지 않아도 된다는 걸 깨달은 탓일지도 모르겠다. 아소의 갑작스러운 수다에 당황했는지, 하루오와 소사쿠는 멍하니 입을 벌렸다.

아소가 계속 말을 이었다. "물고기 먹이라고 하니까 생각이 났는데, 예전에는 이 섬에서 지렁이를 양식했다고 하더군요. 1980년대의 한 시기뿐이지만요. 그런데 즉시 접었다고 하더라고요. 다들 장사는 특기가 아닌가 봅니다. 저도 남 말할 처지는 아니지만요."

하루오가 말했다. "린타로와 구마타로에게는 이길 수 없었나 보군요."

낚시 미끼로 사용하는 지렁이의 상품명이다. 그 사실을 깨달음과 동시에 조바심이 치밀었다. 그 남자…… 준의 아버지 취미가 낚시였던 것이다.

하루오가 물었다. "혹시 이 깜장벌레는 주인장께서 만들었나요?"

"아니요, 손님들께서 종종 물어보시는데 저는 그런 재주가 없습니다. 이렇게 헐렁한 작업복을 입고 있어서 그런지, 도예나 예술을 한다고 다들 선입견을 가지시는 것 같더군요. 어떤 분은 메밀국수 장인이 아니냐고 하기도 하고요."

"네? 직접 만드신 게 아닌가요?"

아소가 씁쓸하게 웃었다. "네, 제가 직접 만든 게 아닙니다. 저 안쪽에 있는 건 섬 주민인 후루하타 씨라는 분이 만든 거죠. 촌장은 아니지만 실권이 있다고 할까, 이 섬을 이끌어나가시는 분입니다. 민박집을 오픈한 다음 날에 와서 몇 개나 주시더군요. 지금도 가끔 가져와주시고요."

"아하, 그런 분이 계시는군요."

"네에, 과묵한 데다 외모가 신선처럼 생겨서 무서워 보이지만 친절한 분이에요."

준 일행은 서로 얼굴을 마주 보았다. 그 노인이다. 히키타 산에 들어가선 안 된다, 내일은 밖에 나오지 마라. 그렇게 경고했던 남루한

99

제2장 금기

차림의 노인…….

아소가 불만스러운 얼굴로 말했다. "후루하타 씨와 경찰관 말고
는 아직도 마음을 터놓고 얘기하는 사람이 없습니다. 여기서 민박
집을 하고 싶어서 의논하러 왔을 때도 반대하는 분이 많았는데, 후
루하타 씨의 한마디로 가까스로 허락을 받았어요. 섬사람들끼리 회
의하는 자리에서 '새로운 사람을 받아들여야 한다'라고 말씀해주
셨다고 하더라고요. 후루하타 씨 앞에서는 대놓고 저희를 따돌리지
않지만, 흔쾌히 받아들이지 않는 분이 많습니다."

하루오가 고개를 끄덕이며 맞장구쳤다. "시골에선 그런 일이 흔
하죠."

그래서 더욱 사투리를 쓰고 억양을 바꾸려고 노력한 건가. 나름
대로 고심한 끝에 내린 타개책이었던 것이다. 호감만이 아니라 동
정과 연민이 솟구쳤다.

방구석의 깜장벌레가 눈에 들어왔다. 섬의 수호신이자 히키타 원
령을 물리치기 위한 장식품. 유연하고 자유롭게 생긴 덕분에 쉽게
친밀감을 느낄 수 있었다. 결코 남에게 피해를 주지 않는다.

그렇게 생각해도 방 안을 감싸는 공기는 달라지지 않았다. 오히
려 음침한 느낌마저 들었다. 새카맣고 거대한 갯지렁이가 서 있다.
굵고 짤막하며 물렁물렁한 지렁이 같은 몸을 수축해 이쪽을 위협하
고 있다…….

머릿속에서 부풀어 오르는 망상을 뿌리치려고 한 순간.

"어?" 아소가 방을 가로질러 툇마루로 가더니, 심상치 않은 얼굴로 밖을 올려다보았다. "이런! 비가 오는군요."

창밖에서 쏟아지는 빗방울이 보였다.

4

아무리 기다려도 비는 그칠 기색이 없어서, 준 일행은 방에서 잡담을 하며 시간을 보낼 수밖에 없었다. 섬을 일주한다는 계획을 세운 하루오는 한순간 낙담했지만, 이내 마음을 가다듬고 이야기를 주도했다. 그러는 사이에 TV를 켜고, 지역 방송국의 어설픈 광고를 보며 촌스럽다고 딴지를 걸기도 했다.

즐거웠다. 분위기는 화기애애했고, 소사쿠도 어색하기는 하지만 몇 번 소리 내어 웃기도 했다. 그것 자체는 기뻤다. 하지만 마음은 몹시 혼란스러웠다.

하나는 방구석의 깜장벌레가 마음에 걸리고, 또 하나는 TV에서 흘러나오는 일기예보 탓이었다. 갑자기 발생한 태풍이 시코쿠 지방의 남쪽으로 다가오고 있었다. TV 화면에는 파도가 거칠게 휘몰아치는 무로토 곶이 나오고 있었다. 태풍은 내일 아침에 와카야마 현을 지나 모레에는 미에 현에 상륙한다고 한다. 즉, 이 섬을 직격하는 일은 없는 모양이다. 그런데…….

일기예보를 들은 하루오가 가볍게 말했다. 그래도 "여기는 괜찮지 않을까?"

그러자 소사쿠가 뭔가 생각난 것처럼 말했다. "참, 아이 씨에게는 이번 여행에 관해 말했어?"

"물론 말했어. 친구들끼리 즐겁게 놀다 오래." 하루오는 슬며시 비아냥거리는 미소를 짓더니 혼잣말처럼 덧붙였다. "이제 슬슬 가정을 갖는 편이 좋으려나? 그 사람도 서른이 넘었고, 아이도 갖고 싶다고 하고."

자기 마음대로 자유롭게 사는 것처럼 보이지만, 그 나이에 걸맞은 고민과 불안도 가지고 있나 보다.

진심으로 고개를 끄덕이며 맞장구를 쳤다. "그게 좋겠다. 좋은 사람이잖아?"

소사쿠도 크게 고개를 끄덕였다.

하루오는 복잡한 얼굴로 말했다. "그런가? 준도 빨리 애인을 만들어야지."

"난 괜찮아. 생각 없어."

"왜 애인이 생기지 않나 모르겠네."

준이 냉담하게 대꾸했다. "글쎄……."

"수상해. 혹시 변태적인 취미라도……."

"그만해!" 준이 큰 소리로 말을 끊었다.

꽉 쥔 주먹이 부들부들 떨리는 게 보였다.

소사쿠가 놀란 표정으로 준을 바라보았다. TV 소리만이 실내에 울려 퍼졌다.

준이 거북한 표정을 짓는 하루오에게 사과했다. "……미안해, 무심코 목소리가 높아졌네."

"신경 쓰지 마. 이제 그만 밥 먹으러 가자." 하루오는 그렇게 말하며 벌떡 일어섰다.

휴대폰 시계가 오후 6시 반을 가리켰다.

계단을 통해 1층으로 내려갔다. 로비 안쪽의 막다른 곳에 큼직한 문이 있고, 그 위에 '식당 DINING ROOM'이라고 쓰인 나무판이 걸려 있었다. 문 너머에서 즐거운 목소리가 새어 나왔다.

하루오가 덜컹거리며 문을 열자 앞쪽의 2인석에 앉은 나이 많은 단발머리 여성이 반갑게 맞아주었다.

"어머나, 안녕하세요!"

머리칼은 부자연스러울 만큼 까맣고 얼굴은 유난히 하얘서, 꼭 투구를 쓴 것처럼 보였다.

하늘하늘한 검은색 원피스를 입은 그녀는 손에 든 종이 앨범을 덮으며 말했다.

"엔도 아키코예요. 이쪽은 내 아들인 신타로고요." 그러곤 억지로 만든 듯한 미소를 지으며 맞은편에 앉은 청년에게 말했다. "신타로, 인사하렴."

스무 살, 아니 그보다 조금 많을까? 피부가 하얗고 갸름한 얼굴이 어머니와 판박이였다.

신타로는 벌떡 일어나 큰 소리로 인사했다. "아, 안녕하세요. 엔도, 신타로입니다."

소매 밑의 손발이 푸르스름하게 보일 만큼 하얗고 가느다랬다. 신타로가 어색하게 고개를 숙인 순간, 허벅지가 테이블에 닿으면서 절반 정도 남은 맥주병이 크게 흔들렸다. 아키코가 재빨리 맥주병을 잡았다. 모자의 접시는 이미 비어 있었다.

"미안해요, 먼저 먹었어요."

호호호, 하고 그녀는 손으로 입을 가리며 웃었다. 어떻게 대꾸해야 할지 몰라서 주춤거리고 있자 하루오가 짤막하게 대답했다.

"미안하긴요. 당치도 않습니다."

아키코 모자의 옆에 서 있던 여성이 준을 보면서 말했다. "아까는 고마웠어요."

하루오의 입에서 감탄사가 흘러나왔다. "오오오!"

밝은 갈색 똥 머리에 통통한 체격, 눈에 띄는 보조개를 본 순간, 몇 시간 전 기억이 되살아났다. 배를 놓칠 뻔했던 여성이다. 섬사람의 친척이 아니라 여행객이었던 모양이다.

준이 가볍게 미소를 지었다. "뭘 그 정도로……."

여성이 꾸벅 고개를 숙였다. "에하라 가즈미예요. 잘 부탁합니다."

준이 가볍게 대꾸했다. "아마미야 준이야. 말 놔도 되지? 그쪽도 편하게 말해도 괜찮아."

"이 분위기는 뭐지? 자기소개 시간이야?"

하루오가 농담처럼 말했을 때, 위협적인 목소리가 식당에 울렸다.

"그래, 그거야!"

하루오는 소리가 난 쪽을 쳐다보고 과장스럽게 놀란 표정을 지었다.

"여기에 왜……."

경찰 제복을 입은 나이 많은 남성이 테이블에 팔꿈치를 대고 창가의 2인석에 앉아 있었다. 단정하게 빗어 넘긴 검은 머리. 새하얀 귀밑머리. 넓은 이마에는 굵은 주름 세 줄기가 깊숙이 새겨져 있었다. 허리에 찬 권총과 경찰봉이 눈에 들어왔다.

"무쿠이 섬에 오신 걸 환영합니다. 이 섬을 지키고 있는 다치바나 아키지입니다."

남성은 환하게 웃으며 새하얀 치아를 드러내고 말하더니, 손에 있는 아이스커피를 들어올렸다.

하루오가 주눅 들지도 않고 당당하게 물었다. "여기에 왜 경찰관이 있죠?"

"잠시 비를 피하려고 들어왔습니다. 더구나 여기 커피가 참 맛있거든요."

"무례한 질문이지만, 조폭으로 착각한 사람이 많지 않나요?"

"물론입니다. 아니면 대부분 '무라마쓰'나 '무라마쓰 대장'*이라고 부르곤 하죠."

"그럴 줄 알았습니다. 미사키 하루오입니다."

두 사람은 마주 보고 호탕하게 웃었다. 하루오가 무례하게 말해서 가슴이 조마조마했지만 덕분에 거리는 가까워진 듯했다.

자기소개를 마친 준은 실내를 둘러보았다. 10평쯤 되는 공간에 나무 의자와 테이블이 몇 개 놓여 있었다. 한가운데의 4인석에 식사가 차려져 있고, '미사키 하루오 님 일행'이라는 팻말이 놓여 있었다. 바로 옆의 2인석에서 가즈미가 휴대폰을 만지작거렸다.

안쪽 벽 앞에는 큼지막한 깜장벌레 네 마리가 나란히 놓여 있었다. 방에 있던 깜장벌레와 비슷하게 생겼다. 굵고 새카만 갯지렁이가 똑바로 서 있는 것처럼 보였다.

* 「울트라맨」에 나오는 우락부락하게 생긴 대장.

주변을 둘러보니 모든 테이블에 작은 깜장벌레가 놓여 있었다. 테이블 위에 있는 건 5센티미터가 채 되지 않았다. 아키코 모자 사이에도, 가즈미 앞에도, 다치바나 앞에도. 물론 준 일행의 테이블에도.

기묘한 장식이 놓여 있다……. 그런 느낌이 드는 건 이 섬의 풍속이 낯설기 때문일까? 익숙지 않은 물체를 반사적으로 거부하는 이쪽의 문제일까? 위화감에 사로잡힌 채 자리에 앉았다.

식사는 간소한 일본의 가정식이었다. 말린 전갱이에 건더기가 잔뜩 들어간 된장국, 채소조림, 순무 장아찌에 구운 김, 간판에서 강조한 유기농 채소가 특별히 맛있다곤 할 수 없었지만 그래도 평소보다 많이 먹었다.

하루오가 다른 사람들에게 말을 건 덕분에 대화는 끊이지 않고 이어졌다. 이미 식사를 마친 아키코 모자와 가즈미도 자리에서 일어설 기색은 보이지 않았다. 다치바나에 이르러서는 완전히 친숙해진 모습으로, 아소에게 커피를 한 잔 더 부탁하기도 했다.

"아무런 예비지식도 없이 그냥 훌쩍 왔어요. 그렇지, 신타로?"

"응."

아키코 모자가 여기에 온 건 어제 낮이었다. 도쿄의 세타가야 구에 살고 있으며, 모자 둘이 마음 내키는 대로 자유롭게 여행하는 도중에 무쿠이 섬의 존재를 알게 되었다고 한다.

하루오가 물었다. "아무것도 없는 섬에는 무슨 일로……."

"그래서 왔어요. 이번 여행을 조용한 곳에서 마무리하고 싶어서요. 그렇지, 신타로?"

신타로는 천진난만한 미소를 지었다. "응, 엄마."

"아, 신타로. 입에 생선 껍질 묻었어."

아키코는 허리를 들고 두 손으로 아들의 뺨을 잡았다. 그러곤 얼굴을 붙일 것처럼 가까이 대더니 손으로 아들의 입술을 매만졌다. 신타로는 황홀한 표정으로 조용히 눈을 감고 있었다. 옆에서 보기에는 마치 입맞춤을 하는 것처럼 보였다.

기이한 광경이었다. 어색한 공기가 식당을 가득 메웠다. 소사쿠와 하루오는 곁눈질을 하며 서로 바라보았다.

"자아, 이제 됐단다."

"엄마, 고마워."

아키코는 아무 일도 없었던 것처럼 다시 자리에 앉더니, 입가를 누르며 가볍게 웃었다.

"여기는 정말 조용하고 좋은 곳이에요. 그리고 아무것도 없는 건 아니에요." 그녀는 눈앞의 깜장벌레를 손가락으로 찌르며 덧붙였다. "이건 지역 기념품으로 팔아도 될 텐데."

다치바나가 자연스럽게 대꾸했다. "그렇게 대단한 건 아니거든요."

역시 대단하다. 경찰관 일을 하면서 이상한 사람들을 많이 보아서 그런지, 독특한 모자를 보고도 당황한 기색은 보이지 않았다.

"섬 밖에서는 아무런 의미도 없죠. 이 섬에서 사람이 사라지면 같이 사라진다고 할까, 생각도 나지 않는 물건이죠. 그 정도밖에 안 됩니다."

"그러면 너무 아깝잖아요. 섬 주민들끼리 한번 의논해보는 게 어때요?"

다치바나는 쓸쓸한 미소를 지으며 고개를 가로저었다.

한편, 에하라 가즈미가 여기에 온 이유는 매우 간단했다. 장기 휴가 중이라고 한다.

"저요? 전 그냥 혼자 발길 닿는 대로 여행하고 있어요."

그동안 일에 시달린 탓에 몸과 마음이 한계에 부딪힌 걸까? 그녀를 보니 왠지 그런 생각이 들었다. 어려 보이는 얼굴이나 천진난만한 표정에도 어딘가 그늘이 있는 것처럼 보였다. 밝은 얼굴로 지금까지 여행한 곳에 관해 말하는 그녀를 하루오가 가엾다는 눈길로 바라보았다.

"여기는 마음 편히 쉬기엔 딱이에요. 그렇지, 신타로?"

"응, 엄마."

"왠지 그럴 것 같아요." 가즈미는 밝게 대답하고 바로 덧붙였다. "참, 아주머니. 아까 보여주셨던 앨범, 한 번 더 보여주세요. 부자들이 사는 저택을 보고 싶어요."

"그렇게 대단하지도 않은데요 뭐."

아키코는 싫지 않은 얼굴로 앨범을 펼쳤다. 가즈미가 자리에서 일어나 앨범을 들여다보았다. 소외된 기분이 들었는지, 신타로가 거북한 얼굴로 몸을 웅크렸다.

"신타로, 신타로." 대강 식사를 마친 하루오가 작은 목소리로 신타로를 부르더니, 쭈뼛쭈뼛 다가온 그에게 물었다. "엄마가 사진을 가지고 다녀?"

신타로가 수줍은 얼굴로 대답했다. "네, 나 어릴 때 사진이에요."

외모는 어엿한 성인이지만 말과 행동은 어린아이 같다. 당황한 얼굴로 바라보았다.

그때 하루오가 씁쓸한 얼굴로 말했다. "너도 참 힘들겠구나. 그런데 히키타 원령에 대해 알고 있어?"

"그게 뭔데요?"

"무쿠이 섬의 전설이야. 아저씨들도 자세한 건 잘 모르지만, 산에 뭔가가 살고 있대. 가끔 마을로 내려오기도 하고."

"와아아!"

신타로는 가느다란 눈을 크게 떴다. 눈동자가 반짝반짝 빛났다.

준도 이야기에 끼어들었다. "너, 그런 거 좋아해?"

"우쓰기 유코 알아?"

그렇게 말한 순간, 이 섬에 관한 예언이 떠올랐다. 이런애 속이기

111

같은 치졸한 문장. 이 섬에 전해지는 풍습이나 전승에 비해 너무나 얄팍한 내용. 시간 때우기용 잡담에는 딱 좋으리라.

"몰라요."

준은 신타로에게 그 이야기를 들려주었다. "아저씨들이 어렸을 때 엄청 인기 있었던 영능력자인데……."

신타로는 흥미진진한 얼굴로 준의 이야기를 들었다. 듣는 도중에 "진짜?", "책에 실렸어요?"라며 추임새를 넣었다. 준은 더욱 자세하고 더욱 뜨겁게 우쓰기 유코와 당시의 인기에 관해 말했다. 하루오와 소사쿠가 잇따라 끼어들어 자세한 부분을 보충하면서 이야기는 더욱 부풀어 올랐다.

하지만 예언에 관해서는 아무도 말하지 않았다. 미리 입을 맞추거나 서로 눈짓을 한 건 아니지만 자연스레 말하는 걸 피했다. 그때였다.

"세상에……!"

아키코의 감격한 목소리를 듣고, 준 일행은 이야기를 멈추었다.

아키코는 눈물을 글썽이고 코를 훌쩍이며 말했다. "죄송해요. 신타로가 다른 사람과 말하는 걸 너무나 오랜만에 봐서……."

가즈미가 안쓰러운 얼굴로 아키코에게 티슈를 내밀었다.

잠시 어색한 침묵이 이어지더니, 아키코가 눈물을 그치고 자기 이야기를 시작했다. 초등학교에 들어간 신타로가 괴롭힘을 당한 끝에, 2학년이 되자마자 바로 이사했다는 것. 그로부터 얼마 지나지 않아서 남편, 즉 신타로의 아버지가 병에 걸려 세상을 떠났다는 것. 남편의 유산이 있어서 먹고살기에는 부족하지 않지만 마음에 깊은 상처를 입은 아들은 계속 학교에 가지 않고, 지금도 집에만 틀어박혀 있다는 것.

신타로가 자리로 돌아가서 거북한 얼굴로 몸을 웅크렸다.

"그래서 걱정이 돼서…… 스물다섯이나 됐는데도 이렇게 과보호를 하고……." 아키코가 훌쩍이면서 고개를 숙였다.

마음 아픈 이야기였다. 하지만 그래도 위화감을 씻을 수 없었다. 어린아이 같은 신타로의 모습도 마음에 걸렸지만, 그보다 아키코의 행동이 더 이해하기 어려웠다.

두 사람의 관계가 기이하게 여겨지는 건 신타로 탓이 아니다. 처음의 계기는 그랬을지 모르겠지만 결정적인 요인은 그게 아니다. 오히려 아키코가…… 엄마가 아들에게서 떨어지지 못하는 탓이다. 아니, 떨어질 수 없는 탓이다.

아키코의 흐느낌이 식당을 가득 메웠다. 아소가 새 커피를 들고 발소리를 죽이며 다가왔다.

"남편분은 돌아가신 후에도 마음 편히 눈을 못 감으시겠군요." 다치바나가 조용히 말하면서 목 주변을 더듬어 칙칙한 은색의 로켓 펜던트를 꺼냈다. "나도 그렇답니다. 만약 지금 죽으면 귀신이 되어, 이혼한 마누라와 딸에게 나타날 겁니다. 이미 30년이나 얼굴을 못 봤지만 그들을 생각하는 마음은 변함이 없죠."

그는 뭉툭한 손가락으로 로켓을 열었다. 안에는 이미 갈색으로 변한 오래된 사진이 들어 있었다. 이 거리에서는 똑똑히 보이지 않지만 아이를 안고 있는 여성의 사진인 듯했다.

아소가 조심스럽게 커피를 내밀었다. "언제 봐도 따님이 참 귀엽게 생겼어요."

"경찰관님, 이혼하셨어요?"

"그래요, 여기에 온 지 얼마 안 돼서요. 미리 말하지만 다른 남자들과 달리 양육비는 꼬박꼬박 보냈습니다. 지금도 생활비를 보내고 있고요."

"훌륭해요! 그 남자와는 천지 차이예요!"

무심코 가시 돋친 말투가 튀어나왔다. 진정되었던 공기가 다시 어색하게 변했다. 가즈미가 고개를 갸웃거리며 이쪽을 쳐다보았다. 준이 그녀의 시선을 피하며 고개를 숙였다.

침묵을 깨뜨린 사람은 하루오였다. 그는 동정하는 얼굴로 입을 열었다. "준과 이 경찰관 아저씨는⋯⋯."

그때 날카로운 여성의 목소리가 하루오의 목소리를 가로막았다.

"개성 있는 면면들이 다 모였군요."

준 일행은 동시에 목소리가 난 쪽을 돌아보았다. 어느새 출입구

앞에 레이코가 우두커니 서 있었다. 머리칼과 어깨는 젖었고, 두껍게 화장한 얼굴에는 수많은 빗방울이 맺혀 있었다. 롱스커트의 여기저기에 흙탕물 같은 게 묻어 있었다.

아소가 당황한 얼굴로 레이코에게 다가갔다. "저기, 야마다 님. 야마다 다미에 님. 숙박만 한다고 하셔서 식사 준비는……."

"알고 있어요. 그리고 본명으로 부르지 마세요." 레이코는 고베 사투리로 차갑게 말하고는 자랑스럽게 덧붙였다. "거기 독특한 그룹은 아시겠지만 옛날에 굉장히 위대한 영능력자 선생님께서 돌아가시기 전에 예언했죠. 내일 이 섬에서 참극이 일어난다고……."

세 번째 어색한 침묵이 찾아왔다. 창밖에 내리는 촉촉한 빗소리가 귀로 파고들었다.

주춤거리며 입을 연 이는 신타로였다. "……우쓰기 뭐라는 분요?"

"세상에! 총각도 알고 있어?"

"응. 하지만 예언은 몰라요."

의례적인 미소를 지으면서 아키코가 최소한의 말로 타일렀다. "신타로!"

레이코가 차가운 눈길로 모자를 쏘아보았다.

"개성 넘치는 누님." 하루오가 비아냥거림을 섞어서 부르더니 단도직입적으로 물었다. "여긴 뭐하러 왔지?"

레이코는 음산한 미소를 지으며 가슴을 펴고는 우쓰기 유코의 예언을 낭랑하게 읊조렸다. "내 목숨이 끊어지고 20년 후, 저 너머의 섬에서 참극이 일어나리라……."

무슨 생각이지? 지금 뭐하는 거야?

갑작스러운 상황에 아무도 대응하지 못한 채, 모두 일제히 레이코를 응시할 뿐이었다. 아소가 황급히 끼어들려다가 레이코의 날카로운 눈길을 받고 흠칫 놀라며 물러섰다.

"……여섯 영혼이 명부에 떨어지로라." 그녀는 마지막까지 막힘없이 읊조리고 나서 일동을 둘러보며 덧붙였다. "문장을 그대로 해석하면 여섯 명이 죽는다는 거죠."

아무도 대답하지 않았다. 하루오와 소사쿠는 서로 얼굴을 마주 보았다. 신타로의 눈길은 불안하게 허공을 방황하고, 가즈미는 미간에 주름을 잡았다.

레이코는 팔짱을 끼고 천천히 걸음을 내디뎠다. "이미 맞는 부분도 있다는 건 알죠? '구원은 눈물의 비에 가로막히리라'는 부분이에요. 이미 비가 내리고 있으니까요."

"비가 그치면 예언이 빗나가게 되지." 하루오가 어이없는 얼굴로 말하고, 옆에 있는 깜장벌레를 만지작거렸다.

하지만 레이코는 단호하게 소리쳤다. "비는 그치지 않아요! 유코 님의 예언은 반드시 맞을 거예요. 난 체크인을 하고 나서 조금 전까지 섬을 한 바퀴 돌아봤어요. 내 영감이 뭔가 알아차릴 수도 있다고 생각했죠. 마을도 대강 둘러보았고, 낮은 산에도 올라갔……."

그때 덜컹 하고 의자가 뒤로 밀리는 소리가 들렸다.

"뭐라고요?"

다치바나가 벌떡 일어선 것이다. 생각보다 키는 작았지만 가슴과 몸통은 실팍했다.

그는 믿을 수 없다는 표정으로 물었다. "아가씨가…… 히키타 산에 올라갔다는 건가요?"

느닷없는 상황에 소스라치게 놀랐는지, 레이코는 몸을 뒤로 빼고 말을 더듬었다. "그, 그러려고 했는데 날이 어두워져서 관뒀어요. 산길로 들어가기 직전에, 입구에 있는 파란 기와지붕 집 앞에서 돌아왔죠. 그곳도 영기가 충분……."

"거긴 우리 집입니다. 정말로 그 이상 들어가지 않은 거죠?"

"네, 하이힐이라서요. 내일은 운동화를 신고……."

"그 이상 들어가면 안 돼요!" 다치바나는 가로막듯이 말한 뒤, 기묘한 동작을 하면서 덧붙였다. "이봐요, 아가씨. 히키타 원령은 정말로 장난이 아닙니다. 쓸데없는 짓을 하면 염라대왕을 만나게 된다고요! 이건 농담이 아닙니다. 진짜예요. 제발 부탁이니 말 좀 들어요!"

그는 울상을 지으며 애원하듯 말했다. 조금 전까지 온몸을 휘감았던 위엄과 강인함은 털끝만큼도 보이지 않았다. 탄탄한 근육질

몸이 별안간 한여름의 시든 배추처럼 연약한 노인으로 변했다. 어떻게 된 거지?

곤란한 건가? 아니면…… 두려운 건가?

레이코가 의아한 눈길로 다치바나를 뚫어지게 바라보았다.

"으음." 그는 신음을 내면서 고개를 돌렸다. "여섯 영혼이라……."

그러고는 느긋한 동작으로 의자를 바로 놓았다.

"아소 씨."

"네."

"잘 먹었어요. 오래 있어서 죄송합니다. 여러분에게도 미안하군요." 웃지도 않고 그렇게 말하더니 실례하겠습니다, 라는 말을 남기고 식당에서 나갔다.

잠시 후, 현관 쪽에서 부스럭부스럭 천이 스치는 소리가 들렸다. 다치바나가 비옷을 입는 소리다.

"……무슨 일이지? 갑자기 왜 저래?"

레이코는 고개를 갸웃거린 뒤, 가까운 의자에 앉으려고 하다가 그만두고 벽에 기댔다.

하루오가 대답하듯 입을 열었다. "글쎄…… 그런데 당신도 작작 좀 하시지. 우리에게 그 예언을 들려줘서 뭘 어쩌려는 거야? 겁먹게 하려는 거야?"

"난 그저 위험하다고 경고하려는 것뿐이에요."

"경고할 의미가 있어? 예언은 반드시 맞는다면서?"

하루오가 정곡을 찔렀다. 예언이 반드시 맞는다면 미리 경고해봐야 소용없다.

"그래요. 그걸 어떻게든 빗나가게 하려는 거예요. 모두의 영력을 합쳐서 기도를 올리면, 아무리 유코 님 예언이라도 빗나가게 할 수 있으니까요."

소사쿠가 감탄하면서도 황당한 얼굴로 중얼거렸다. "그래, 틀린 말은 아니야."

그 옆에서 하루오가 투덜거렸다. "어이가 없군. 난 당최 무슨 말인지 모르겠어."

신타로가 걱정스러운 얼굴로 아키코를 바라보자 그녀는 다정한 미소로 대꾸했다.

가즈미는 심각한 얼굴로 식당 문을 바라보았다.

5

　욕탕은 좁고 더구나 하나밖에 없다. 여유 있게 들어가려면 욕조에
는 한 사람이 고작이고, 둘이 들어가면 다리를 뻗을 수 없다고 한다.

　"욕탕에 들어가는 순서는 손님들끼리 정하십시오." 아소는 그 말
로 설명을 마무리했다.

　식사는 끝났지만 모두 방으로 돌아가지 않고 식당에 남아 있었
다. 신타로는 술을 깨기 위해 물을 마시고 다른 사람들은 모두 아소
가 타준 커피를 마셨다.

　맨 처음 목욕할 사람은 "내가 먼저 할게요, 피부가 워낙 민감하거
든요"라고 고집을 부린 레이코로 정해졌다. 그다음은 가즈미, 아키
코 모자순이고, 나머지는 자동으로 정해졌다.

　슬슬 방으로 돌아갈까 하고 타이밍을 엿보고 있을 때, 아소가 쟁

반을 들고 뜬금없이 사과했다.

"아까는 죄송했습니다. 다치바나 씨가 좀 과장스러운 면이 있거든요. 제가 중간에서 말을 잘 끊었다면 이렇게 분위기가 어색해지지는……"

가즈미가 대답했다. "아소 씨 잘못이 아니에요. 다른 사람 잘못도 아니고요. 그냥 단추를 잘못 끼운 것뿐이에요."

하루오가 불만스러운 표정을 지었다. "그런가? 난 아무리 생각해도 레이코 씨가 문제를 만든 것 같던데? 예언이 어쩌고저쩌고하면서 이해할 수 없는 이유로 섬을 마구 헤집고 돌아다니면 다치바나 씨…… 섬사람은 기분이 나쁠 수밖에 없잖아."

레이코가 벽에 기댄 채 부루퉁한 표정을 지었다. "당신들 독특한 그룹도 예언을 확인하러 온 거 아닌가요?"

"섬사람들에게는 실례일지 모르지만 우리는 호기심일 뿐이거든요?" 준이 말했다.

하루오와 소사쿠도 차례대로 고개를 끄덕였다.

"예언 같은 게 맞을 리 있어요?" 가즈미가 냉정하게 말하고는 바로 덧붙였다. "아무리 그래도 그렇지, 그 나이에 예언을 들었다고 그렇게 당황하는 건 좀 이상해요. 섬을 마구 헤집고 돌아다녔다고 했는데, 잠시 뒷산에 올라갔을 뿐이잖아요?"

하루오가 대답했다. "그만큼 섬사람에게는 중요한 일이란 뜻이겠지."

가즈미가 아소를 똑바로 쳐다보면서 물었다. "이 섬에 그런 전설이 있나요?"

"있습니다."

전원의 시선이 일제히 아소에게 쏠렸다. 아키코와 신타로는 어딘지 모르게 즐거워 보이고, 레이코는 불만스러운 얼굴로 아소를 노려보았다. 소사쿠는 아이스커피를 마시고, 하루오는 테이블에 있는 깜장벌레를 만지작거렸다.

"저도 섬사람들에게서 들었습니다. 다들 말하고 싶어 하지 않아서 조각난 정보를 이어 붙이고, 군데군데 상상으로 보충했다는 점을 미리 말씀드리죠." 그는 헛기침을 하고 나서 조용하고 담담하게 말을 이었다. "가마쿠라시대*까지 여기는 유배지였다고 하더군요. 죄인을 섬으로 귀양 보낸 거죠. 그러던 어느 날, 히키타 아무개라는 죄인이 여기로 유배를 왔습니다. 처음에는 다른 죄인들과 친하게 지냈답니다. 아는 것도 많고 학식도 높아서 사람들의 존경을 한몸에 받았다고 합니다. 어느 고귀한 가문의 사람인 것 같다…… 그런 소문이 나돌았다고 하더군요."

가끔 말을 끊을 때마다 침묵이 마음에 걸릴 만큼 식당은 조용했다.

---

* 1185~1333년, 일본 최초로 무신정권이 존속한 시대.

"그러던 어느 날, 히키타는 산으로 쫓겨났습니다."

"네? 갑자기 왜요?"

아소는 한 호흡 쉬고 나서 대답했다. "기이한 병에 걸린 탓이죠. 온몸이 퉁퉁 붓고 뼈마디가 구부러져 원래대로 돌아오지 않았답니다. 얼굴에 생긴 수많은 사마귀에서는 기름처럼 번들거리는 체액이 찔끔찔끔 새어 나왔다고 합니다. 퉁퉁 부은 혀가 입에서 튀어나오는 바람에, 말을 할 수도 식사를 할 수도 없었다더라고요."

가즈미가 파고들듯이 아소의 얼굴을 올려다보았다.

"그로부터 한 달 동안, 산에서는 주변 사람들을 저주하는 소리가 들렸습니다. 한 달이 지났을 무렵, 히키타는 자기 힘으로 산을 내려올 수 없을 만큼 쇠약해졌죠. 이윽고 저주는 신음으로 바뀌고, 어느새 기괴한 소리만 들리게 되었습니다. 끄에엑, 끄에엑……."

순간, 산속 광경이 머리에 떠올랐다. 한 남자가 어두운 나무들 사이로 비에 젖은 땅 위를 알몸으로 기어가고 있다. 온몸은 사마귀로 뒤덮이고 손발은 구부러졌다. 피부를 뚫고 나올 듯한 뼈는 애처로울 만큼 휘어졌다. 썩은 포도처럼 짓이겨진 혀는 턱까지 축 늘어졌다. 번들거리는 얼굴에는 흙과 나뭇잎이 붙어 있고, 부어오른 눈꺼풀 사이에서는 피눈물이 흘러내렸다.

퉁퉁 부은 목구멍이 오그라들었다. 혀가 바들바들 떨렸다.

크게 벌린 입에서는 두꺼비처럼 끄에엑, 끄에엑…….

"지금도 가끔 산에서 그런 소리가 들린다고 하더군요."

아소의 목소리는 거의 속삭임에 가까웠다. 밖에서 들리는 빗소리에 파묻힐 만큼 작았지만 그래도 똑똑히 알아들을 수 있었다. 사람들은 모두 입을 다문 채 꼼짝도 하지 않고 그의 이야기에 귀를 기울였다.

"그 이후 히키타 아무개는 원령이 되고, 그의 처절한 원한은 산에 스며들어 그곳에 들어온 사람을 죽이게 됐습니다. 자신과 똑같은 병에 걸리게 해서 힘을 빼앗고 죽음에 이르게 만드는 거죠. 가끔 산을 내려오는 일도 있다고 하더군요, 지금도 여전히……." 아소는 연극적인 말투로 마무리하고는 입을 다물었다.

레이코가 두 손으로 창백한 얼굴을 어루만졌다. 준은 어느새 웅크리고 있던 등줄기를 펴고 커피를 목으로 흘려보냈다.

"말씀을 잘하시네요. 저도 모르게 빨려 들어갔어요."

느낌을 솔직하게 말했더니 그는 쑥스러운 표정을 지으며 뒷머리를 긁적였다.

"굉장하다!" 신타로가 무표정한 얼굴로 손뼉을 쳤다. 얼굴은 어쩐지 창백해 보였다.

하루오가 다정하게 웃으면서 물었다. "무서웠어?"

신타로는 생각에 잠긴 표정으로 말했다. "아뇨, 재미있었어요. 이상하다고 할까, 기묘하다고 할까…… 뭐라고 해야 할까……."

도중부터는 거의 혼잣말에 가까웠다.

아키코가 도와주려고 옆에서 덧붙였다. "낭만이 있지? 시골 특유의 낭만. 거기에 매료된 거지? 그렇지, 신타로?"

"응, 엄마. 그거야."

마주 보고 웃는 두 사람을 곁눈질로 보고 있을 때, 아소가 진지한 얼굴로 입을 열었다.

"저는 무섭습니다. 제가 말하고도 무섭네요." 하지만 이내 가벼운 미소를 지었다. "물론 그런 사건이 실제로 있었다곤 생각지 않습니다. 히키타라는 죄인이 두꺼비*처럼 변하다니, 그런 절묘한 우연이 어디 있겠습니까? 아마 누군가가 히키타 산이라는 이름에서 만든 창작이겠죠. 더구나 원령 같은 건 있을 리 없잖습니까?"

가즈미가 이해할 수 없다는 얼굴로 미간에 주름을 잡았다.

아소는 그런 가즈미를 보면서 말을 이었다. "역사의 한 페이지를 넘기면, 어쩌면 죄인이 병에 걸려 죽었다는 기록이 있을지 모르죠. 원인을 모른 채 산에서 죽은 사람이 있을지도 모르고요. 원령이 있다고 말한 건 그런 일들의 인과관계를 설명하고 의미를 부여하며, 사람들을 함부로 산에 들어가지 못하게끔 하기 위한 수단이었을 겁니다. 별로 대단하지 않은 히키타 산을 두려워하고 공경하게 만들

---

* 두꺼비의 일본어는 '히키카에루'이다.

기 위해 권위를 부여했다고나 할까요? 이렇게 생각하면 히키타 아무개의 전설에서 그의 핏줄이 고귀하다고 언급한 것도 작위적이라는 걸 알 수 있습니다."

"우아!"

무의식중에 탄성이 흘러나왔다. 진위는 분명하지 않지만 상당히 설득력이 있다.

"자연에 대한 경외감! 이 작은 섬에서 그걸 유지하기 위해 옛날 사람들이 지어낸 게 히키타 원령이라는 개념이었다…… 이게 제 가설입니다. 하지만 무쿠이 섬 주민들은 지금도 그게 전설이 아니라 실제로 있었던 일이라고 믿고 있죠. 비과학적이기는 하지만 어리석은 일은 아닙니다. 오히려 숭고하고 경건하다고 할까요? 그 모습을 보면 저는 가슴이 두근거리고 온몸에 전율을 느낍니다. 무쿠이 섬은 결코 아무것도 없는 섬이 아닙니다. 독특한 전승과 풍습이 지금도 살아 숨 쉬고 있죠." 아소는 잠시 말을 끊었다가 레이코를 보면서 단호하게 덧붙였다. "사람마다 의견은 다르겠지만, 영능력자의 예언을 진지하게 받아들이기보다 이런 풍습을 소중히 지키는 편이 좋지 않을까요? 저는 이 나라의 아름다운 문화를 사랑합니다."

분명히 아소의 이야기는 레이코의 가치관과 대립하고 있다. 도발이나 선전포고라는 표현은 좀 과장스럽긴 하지만…….

"흥!"

레이코는 불만스러운 얼굴로 코웃음을 치며 눈길을 피할 뿐 아무 말도 하지 않았다. 식당의 공기가 다시 어색해졌다.

준은 커피를 한 모금 마시고 나서 황급히 말했다. "잘 들었습니다. 학교에서 공부하셨나요?"

"특별히 배운 건 아닙니다. 젊었을 때부터 일본의 전승에 관심이 있었어요. 그런 분야의 소설도 많이 읽었고요. 단지 민속을 좋아하고 토속을 좋아하는 사람일 뿐입니다." 아소가 겸손하게 대답했다.

"흐음, 제가 보기엔 둘 다 똑같은 것 같은데요? 다 거짓말 같아요." 가즈미가 등받이에 몸을 기대며 콧소리를 낸 후 입이 찢어져라 하품을 했다.

토속적이며 오랜 전통이 스며 있는 히키타의 원령도, 시대의 파도를 타고 인기를 얻은 영능력자의 예언도 그녀에게는 똑같은 모양이다.

"하하하, 비슷하긴 하죠. 세속적으로는요." 아소의 말에서 자부심이 느껴졌다.

가즈미는 기묘한 미소를 지으며 생각에 잠겼다가 잠시 후 입을 열었다. "그런데 진짜 원령이라면 제사를 지내지 않나요?"

"네?"

"아! 죄송해요, 아무것도 아니에요. 즐거웠어요." 그녀는 졸린 얼굴로 눈을 비비면서 아소에게 인사하더니, 의자를 뒤로 빼고 일어났다. "잘 마셨어요. 전 그만 방으로 갈게요."

그 말을 계기로 해산하는 분위기가 되었다. 가즈미에 이어서 아키코 모자도 서로 몸을 기대고 문 너머로 사라졌다.

"잘 먹었어요. 이야기도 재미있었고요."

아소에게 그렇게 말했더니 그는 기쁜 얼굴로 고개를 숙였다. 소사쿠가 일어서서 하루오의 이름을 불렀다. 하루오는 멍한 표정으로 손에 있는 깜장벌레를 바라볼 뿐이었다.

"하루오."

다시 소사쿠가 불러도 고개를 들지 않았다.

"하루오!"

세 번째 이름을 불렀을 때에야 "으아! 깜짝이야!"라고 말하며 의자에서 펄쩍 뛰어오르더니, 공허한 웃음을 터뜨렸다.

6

방에서 TV를 보면서 이런저런 이야기를 했다. 예능 프로그램이 끝나고 뉴스가 흘러나왔다. 맨 처음 위화감을 느낀 사람은 소사쿠였다.

"하루오, 왜 그래?"

방으로 돌아오고 나서 하루오는 계속 딴생각을 하는 듯했다. 건성으로 대답한 일이 몇 번 있었고, 이쪽 이야기를 듣지 않고 "왜?"라고 되묻는 일이 몇 번 있었다.

"아무것도 아니야. 좀 피곤해서 그래." 바닥에 누워 있던 하루오는 입이 찢어져라 하품을 하더니, 과장스럽게 몸을 일으키며 사과했다. "미안해, 하필 비 오는 날에 이런 곳에 오다니. 내가 스케줄을 잘못 짜서 그래."

"괜찮아."

"그래. 나도 불만 없어."

준이 농담처럼 말했다. "다른 곳에 갔다면 죽었을지도 모르고."

소사쿠가 소리 내어 웃으면서 편안하게 말했다. "이런 섬이 있다는 건 몰랐는데, 네 덕분에 알게 됐잖아? 세토 내해의 섬이라고 하면 아와지시마와 쇼도시마, 나오시마 정도밖에 몰랐거든."

몸도 마음도 좋아지고 있는 듯했다.

준이 말했다. "갈 일도 없었고."

소사쿠가 하루오를 향해 물었다. "참, 네가 지난번에 그랬잖아. 나오시마가 더럽다고. 그게 무슨 뜻이야?"

하루오가 팔짱을 끼고 대답했다. "아아, 그거? 30여 년 전부터 나오시마 옆에 있는 데시마에 산업 폐기물을 불법 투기했나 봐. 1990년대에 접어들어 그런 사실이 드러나면서 소란스러워졌을 때, 그 쓰레기를 나오시마로 옮겼거든. 15년에 걸쳐 전부 운반해서, 최근에 겨우 뒷정리까지 끝났다더라고. 그렇다고 사건이 전부 끝난 건 아니야. 데시마의 흙이 깨끗해지는 건 아직 먼 미래의 얘기지. 중요한 건 현대 사회의 일그러짐 같은 문제가 일어난, 아니…… 지금도 일어나고 있는 현장이야. 난 그런 섬에서 예술이니 문화니 부르짖는 게 마음에 들지 않거든. 그런 현실을 전부 뭉뚱그려 더럽다고 한 거야."

말투는 가벼웠지만 눈길은 한없이 진지했다.

하루오에 대한 존경심이 솟구쳤다. 실없는 사람처럼 항상 헤실헤실 웃는 듯 보였는데, 이렇게 가치관이 확실할 줄이야. 새삼 그가 훌륭하다는 생각이 들었다. 결벽증이 있는 게 아닐까 하는 생각도 들었지만 결코 이상하지는 않았다.

소사쿠가 페트병의 녹차를 마셨다.

하루오는 굳은 표정을 풀며 다시 가볍게 말했다. "물론 일그러진 건 나오시마와 데시마만이 아니야. 어쩌면……."

그때 노크 소리가 들렸다. 준이 문을 열었더니 아키코가 서 있었다. 유카타*를 입고 개운한 표정을 짓고 있었는데, 얼굴의 주름이 보기 흉할 만큼 눈에 띄었다. 식당에서 만났을 때와는 인상이 많이 달랐다. 아직 덜 마른 머리칼이 머리에 찰싹 달라붙어서 두피가 보였다.

"우리는 끝났어요. 이제 들어가셔도 돼요."

그녀의 등 뒤에는 역시 유카타를 입은 신타로가 서 있었다.

"신타로, 물은 어때?"

하루오의 다정한 질문에 신타로는 쑥스러운 미소를 지었다.

"뜨, 뜨겁고 좁아요."

"뜨겁다고? 그러면 난 샤워만 할까?"

* 목욕을 한 뒤나 여름철에 입는 무명의 홑옷.

하루오는 그렇게 말하며 수건과 갈아입을 옷을 손에 들었다.

소사쿠, 하루오와 함께 1층으로 내려가 로비에서 헤어졌다. 프런트 옆에 있던 술 자동판매기에서 캔 맥주를 사고 방으로 돌아와 이불을 깔았다. 누워서 맥주를 마시며 TV를 보는 사이에 준은 깜빡깜빡 졸기 시작했다. 생각보다 피곤했던 모양이다.

아직 씻지 않았다, 자면 안 된다……. 그렇게 생각한 순간, 강렬한 잠기운이 몸속으로 파고들었다.

"준, 준!"

다급하게 부르는 소리를 듣고 "으으음……" 하고 몸을 뒤척이면서 준은 눈을 떴다. 폴로셔츠에 바지 차림의 소사쿠가 굳은 얼굴로 서 있었다.

"……왜 그래?"

"하루오가 안 보여. 날짜가 바뀔 때까지 대화를 했던 건 기억이나. 그즈음에 깜빡 잠들었다가 일어났더니 안 보여…… 휴대폰과 지갑도 없어. 신발도 없고. 더구나 유카타에서 일부러 옷을 갈아입었어." 소사쿠는 절박한 목소리로 주름투성이의 유카타를 흔들면서 말했다. "밖으로 나간 것 같아."

빗소리가 귀에 닿았다. 창 밖에서 횡횡 바람이 거칠게 울고 있다. 폭풍우가 몰아치고 있다. 이런 상황에서 밖에 나가야 할 이유는 떠오르지 않았다.

휴대폰 시계를 보았더니 오전 6시였다. 하루오에게 부자연스러운 일이 일어나고 있다. 아니면…… 레이코가 말한 무서운 일이 일어나고 있다.

준은 이불을 젖히고 벌떡 일어났다. 발소리를 내지 않고 복도를 지나 1층으로 내려갔다. 프런트에서 몇 번 초인종을 눌렀지만 아소가 나오는 기척은 없었다. 우산꽂이에는 비닐우산이 몇 개 꽂혀 있었다.

현관문을 연 순간, 무수한 빗방울이 얼굴을 때렸다. 생각보다 훨씬 큰 빗소리가 로비로 흘러 들어왔다. 소사쿠의 말처럼 하루오의 신발은 보이지 않았다.

소사쿠가 황급히 밖으로 뛰어나갔다. 준도 서둘러 비닐우산을 들고 샌들을 신었다. 강물이 눈에 띄게 불었다. 주변을 둘러보아도 하루오의 모습은 보이지 않았다. 항구에서 불어오는 바람이 뺨을 세차게 때렸다.

소사쿠는 마을로, 준은 항구로 향했다. 한순간 비와 오존 냄새에 섞여 된장국 냄새가 코로 파고들었다. 가까운 집에서 아침 식사를 준비하는 모양이다. 평온한 일상 냄새에 허를 찔려서 준은 그 자리에서 걸음을 멈추었다.

숨이 찼다. 뺨을 타고 흘러내리는 땀이 차가웠다. 무릎 아래쪽은 벌써 비에 젖었다. 유카타 자락에도 빗물이 스며들었다. 불쾌함과 함께 불안이 증폭되었다.

항구에서는 바다가 마구 날뛰고 앞바다에서는 새하얀 파도가 춤을 추었다. 주변에는 아무도 없었다. 나란히 있는 어선이 끼익끼익 소리를 내며 흔들리고 있었다.

선착장에 도착했을 때, 앞바다에 떠 있는 그림자가 눈으로 뛰어들었다. 눈의 초점이 맞은 순간, 입에서 "아!" 하는 소리가 튀어나왔다. 펼쳐진 비닐우산이 절묘한 균형을 유지하며 흔들리고, 그 옆에 하루오가 떠 있었다. 어선 바로 옆에서 하늘을 보고 반듯이 누워 있었던 것이다.

흙빛으로 변한 사각형 얼굴과 입술. 부릅뜬 눈은 아무것도 보고 있지 않았다. 입고 있는 파란색 티셔츠가 혼탁한 바닷속에서 이리저리 흔들렸다. 티셔츠의 가슴 부분에는 '바닷사람'이라는 뜻의 '海人'이라는 글자가 붓글씨로 크게 쓰여 있었다. 장난이다. 틀림없이 누군가가 장난치는 것이다.

"하……."

하루오, 라고 부르려고 하다가 힘이 빠져서 준은 그 자리에서 무릎을 꿇었다. 끌어올려야 한다. 구해야 한다. 추운 바다에서 꺼내 차가운 비를 맞지 않는 곳으로 데려가야 한다. 소사쿠에게 연락해야 한다. 그전에 110번, 경찰에 신고해야 한다.

지금 해야 할 일, 당장 하지 않으면 안 될 일이 머리에 떠올랐지만 온몸이 마비된 것처럼 꼼짝도 할 수 없었다. 바다에서 흔들리고 있는 하루오의 시신을 멍하니 바라보는 수밖에 없었던 것이다.

"준! 그쪽은 어때?"

멀리서 외치는 소사쿠의 목소리를 들으면서 준은 하루오의 시신을 물끄러미 바라보았다.

제3장

참극

1

하루오의 시신을 본 순간, 소사쿠는 그 자리에 선 채 얼음처럼 굳었다. 손에서 떨어진 비닐우산이 바람에 춤을 추며 이리저리 굴러다녔지만 소사쿠도, 준도 주우러 가지 않았다.

소사쿠가 그 자리에서 무너졌다. 바닷물이 찰싹찰싹 튕기며 준의 몸을 적셨다. 그 순간, 준은 정신을 차리고 가장 가까운 집을 향해 달려갔다. 초인종은 보이지 않았다. 문패도 없었다. 이런 섬에서는 그런 게 필요 없는 걸까?

우윳빛 유리로 된 미닫이문을 두들기며 소리를 질렀지만 대답은 돌아오지 않았다. 문은 잠겨 있었다.

아무도 없나? 그렇게 생각한 순간, 눈앞이 조금 어두워졌다. 유리문 안쪽에서 불을 끈 탓이라고 뒤늦게 이해했다. 안에 사람이 있다.

이쪽에 사람이 있는 걸 몰랐든지, 아니면…….

"죄송하지만 문 좀 열어주세요! 사람이 죽었습니다!"

준은 크게 고함을 치며 계속 문을 두들겼다. 하지만 아무도 나오지 않았다. 소리는 물론이고 기척도 느껴지지 않았다. 옆집도, 그 옆집도, 그 옆집도 마찬가지였다. 아무리 세게 문을 두들겨도, 아무리 목이 터져라 불러도 사람이 나오지 않았다. 안에서 된장국 냄새나 밥 냄새가 떠다니는 집도 있었다. 그럼에도 밖으로 나오는 사람은 한 명도 없었다.

외지인을 무시하는가? 거부하고 방치하는가? 이 섬에서 배제하고 있는가?

"젠장! 어떻게 이럴 수 있지?"

다섯 번째 집에서 마침내 준이 폭발했다. 문을 걸어차며 부수고 싶은 충동을 가까스로 억눌렀다. 비에 흠뻑 젖은 얼굴을 손으로 닦고 있을 때, 소사쿠가 뒤에서 다가왔다.

"준."

입술까지 새파래졌지만 눈에는 이성의 빛이 깃들어 있었다.

"미안해. 겨우 진정돼서 일단 110번에 신고했어. 다치바나 씨가 올 거야."

준은 가까스로 대답했다. "……미안해."

"아무도 안 나와?"

말없이 고개를 끄덕이자 소사쿠는 크게 심호흡을 했다.

"일단 하루오를 끌어올리자. 남자 세 명이면 충분히 끌어올릴 수 있어."

소사쿠는 그렇게 말하고 몸을 돌리더니 항구를 향해 걸음을 내디뎠다. 비에 젖는 것도 신경 쓰지 않는다…… 아니, 비가 내리는 걸 모르는 게 아닐까? 그런 생각이 들 만큼 그의 발걸음은 흔들림이 없었다. 그런 소사쿠의 등을 바라보면서 준은 마을을 뒤로했다.

항구로 돌아가 몇 분을 기다렸을까? 비옷을 걸친 다치바나가 돌계단에서 내려왔다.

다치바나는 하루오를 내려다보면서 나지막하게 중얼거렸다. "어떻게 이런 일이……."

침묵한 건 몇 초뿐이고, 그는 거침없이 준과 소사쿠에게 지시를 내렸다. 사무적이고 기계적인 말투였지만 이런 상황에서는 이상하리만큼 마음이 든든했다.

그는 옆에 떠 있는 어선에서 갈고리를 찾은 후, 그 갈고리를 하루오의 티셔츠에 걸어 천천히 끌어당겼다. 그의 좌우에서 준과 소사쿠가 시신을 잡고, 셋이 힘을 합쳐 겨우 끌어올렸다.

털썩. 갑판에 떨어진 물에 젖은 시신을 준은 무표정하게 내려다보았다. 실감이 나지 않았다. 이게 하루오의 시신이란 걸 인정하기 싫었다. 지금이라도 먼지가 되어 사라지거나 녹아내려서 갑판 밑으로 떨어지는 광경이 머릿속에 떠올랐다. 부패한 것도 아닌데 왜 그렇게 느껴진 걸까? 숨이 끊어지고 생명 활동이 멈춤으로써 하루오에 대한 인상이 180도 달라졌다.

"일단 연락소로 데려가세. 고즈에 씨는 아직 안 왔겠지만 문은 열려 있을 거야."

다치바나의 지시를 듣고 준은 하루오의 시신을 들어올리기 위해 몸을 숙였다.

"미사키 씨, 내가 잠시 살펴볼게."

연락소 안. 소파를 한쪽으로 밀어붙이고 만든 공간에 하루오의 시신을 내려놓고 다치바나가 조용히 말했다. 다치바나는 비옷을 벗어 옆에 두고 나서, 반듯하게 눕힌 하루오 옆에 무릎을 꿇은 후 경건하게 두 손을 마주 잡았다.

준은 세면장에 있던 수건으로 젖은 머리를 닦았다. 아무런 감정도 솟구치지 않았다. 하루오가 죽고, 다치바나가 시신을 보고 있다. 머리로는 그 광경을 인식하고 있지만 다음 단계로 나아가지 않았다.

"여보세요."

소사쿠가 창가에서 휴대폰을 귀에 대고 방 번호와 이름을 말했다. 아소에게 연락하나 보다. 다음 순간, 소사쿠의 말을 듣고 귀를 의심했다.

"갑자기 하루…… 미사키가 죽어서 연락드렸습니다. 아침 식사를 1인분 취소할 수 있을까요? 늦게 연락드려서 죄송합니다." 소사쿠는 상사에게 보고하는 것처럼 담담하게 말했다.

"아뇨, 괜찮습니다. 아직 원인은 모르지만 어쨌든 저희 불찰이니까요. 네, 연락이 닿는 대로 미사키가 정식으로 말씀드릴 겁니다."

"소사쿠, 정신 차려!"

준이 달려가 소사쿠의 어깨를 붙들었다. 다치바나가 손을 멈추고 의아한 얼굴로 이쪽을 보았다. 소사쿠가 한계까지 눈을 부릅떴다. 시선은 어디도 보고 있지 않았다. 입가에는 억지로 만든 웃음이 달라붙어 있었다.

휴대전화 안쪽에서 "네에?"라고, 곤혹스러워하는 아소의 목소리가 새어 나왔다. 시트콤의 한 장면처럼 황당해하는 반응이었지만 따지고 보면 소사쿠의 행동이 훨씬 더 황당했다. 아니, 상식을 벗어난 행동이다.

"아뇨, 배려해주시지 않아도 됩니다. 그러면 고별식과 장례식, 발인 등은 이쪽에서 진행하도록 하겠……."

"소사쿠!" 준이 소사쿠의 손에서 휴대폰을 잡아챘다.

소사쿠의 얼굴에서 표정이 조금씩 희미해지다가 이윽고 사라졌다. 벌어진 입에서 갈라진 목소리가 새어 나왔다. "준…… 하루오가 죽었어."

"나도 알아. 일단 좀 진정해."

"그래. 그래서 내가 인계받아 뒤처리를 하고 있어. 하루오에게는 내가 잘 알아듣게 말할 테니까……."

준이 주위가 떠나가라 고함을 질렀다. "야!"

소사쿠가 흠칫 놀라며 몸을 떨었다. 준이 소사쿠의 옷깃을 잡고 마구 흔들었다.

"정신 차려! 어떻게 된 건진 모르겠지만 하루오는 죽었어. 여행 온 섬에서, 한밤중에 어딘가에 갔다가 아침에 바다에 떠 있었다고! 이게 현실이야. 알았어?" 머리를 마구 흔드는 소사쿠를 향해 준은 다시 덧붙였다. "일단 그 사실을 받아들여! 이, 이제 하루오는 살아서 돌아올 수 없다고!"

준의 입에서 나오는 한마디 한마디가 가슴을 후벼 팠다. 당연한 사실을 새삼 깨달았다. 하루오는 죽었다. 이유가 무엇이든 이제 살아서 돌아올 수 없다. 다시는 말을 할 수도 없다.

소사쿠는 입술을 덜덜 떨면서 창문에 기댔다. 얼굴을 덮은 손가락 사이에서 흐느낌과 중얼거림이 새어 나왔다.

"하루오……."

준은 소사쿠에게서 손을 떼고 다치바나를 돌아보았다. 다치바나는 말없이 고개를 끄덕이고 다시 하루오의 시신을 살펴보았다.

바람이 연락소의 벽을 때렸다. 실내에는 소사쿠의 오열과 다치바나의 발소리만 메아리쳤다. 하루오의 시신을 살펴보는 다치바나의 모습을, 준은 말없이 지켜보았다.

10분쯤 지났을까. 후텁지근하다고 생각한 순간, 다치바나가 들고 있던 하루오의 머리를 조심스럽게 바닥에 내려놓으며 입을 열었다.

"익사네. 특별한 외상은 보이지 않는군. 독약을 먹은 흔적도 없고. 한마디로 말해 사고야."

"잠깐만요. 누가 바다로 떠밀었을지 모릅니다. 그래서 바다에 빠졌을지도……."

"미사키 씨를 마지막으로 본 게 언제지?" 다치바나가 예리한 눈으로 이쪽을 쳐다보았다.

소사쿠가 어두운 목소리로 대답했다. "……12시 반쯤이었습니다. 저는 잠시 후에 잠들었고요."

다치바나는 안타까우면서도 한편으로 어딘지 모르게 안도한 모습으로 말했다. "그런 시간에 깨어 있는 사람은 이 섬에 없네. 노인들은 다 초저녁에 잠드니까. 이 섬에선 쉰일곱 살인 내가 제일 젊지."

"하지만 여기 직원분도……."

"고즈에 씨 말인가? 그 사람은 보제지마 사람이야. 남편의 어선을 타고 출퇴근하지."

"그럼 아소 씨는요?"

다치바나가 천천히 일어나며 말했다. "그 사람은 숫자에 넣지 않았어. 애초에 아소 씨가 왜 미사키 씨를 바다에 빠뜨리겠나? 곤경에 처한 사람들을 흔쾌히 재워줬는데, 한밤중에 데리고 나가서 죽였다는 건가? 말도 안 되는 소리 하지 말게."

"그건 경찰이……."

다치바나는 어이없는 얼굴로 말을 가로막았다. "아마미야 씨, 모든 건 단순하게 생각하는 편이 좋아. 이 섬에서는 더욱 그렇지. 복잡한 일은 일어나지 않으니까. 가령 한밤중에 목이 마르다, 주스를 마시고 싶다…… 그러면 어떻게 하지?" 그는 이쪽이 대답하기 전에 출입구를 가리켰다. "저기로 주스를 사러 가겠지? 이 섬에서 주스를 파는 곳은 저 자동판매기뿐이니까. 미사키 씨는 술을 못 마시지 않나? 저녁 식사 때 그렇게 말하는 걸 들었네. 더구나 탄산음료를 좋아한다고 하더군."

소사쿠가 당황한 얼굴로 고개를 끄덕였다. "네에……."

"주머니에 지갑이 있는 걸 보니 아마 콜라나 주스를 사러 나왔다가, 바다를 보는 사이에 발이 미끄러져서 떨어졌다……. 이게 가장 자연스럽겠지 않겠나? 그러면 한밤중에 바깥에 나온 것도, 일부러 옷을 갈아입은 것도 전부 이해가 되잖나? 어렵게 생각할 필요는 없네."

이제 됐다, 는 식으로 그는 헛기침을 했다.

그럴까? 하루오는 겨우 그까짓 일로 죽은 걸까? 너무도 어이가 없는, 하지만 가장 가능성이 있는 이야기를 듣고 준은 아무 말도 할 수 없었다.

소사쿠가 머리를 껴안고 괴로워했다. "말도 안 돼……."

다치바나가 침통한 얼굴로 말했다. "오하라 씨, 자네 마음은 아플 만큼 이해가 되네. 어제 처음 만나 몇 마디 나누었을 뿐이지만, 미사키 씨가 좋은 사람이란 건 금방 알 수 있었으니까. 나도 너무나 슬프고 가슴이 아프다네."

그는 가까운 사무용 의자에 있던 담요를 들고 하루오의 발밑으로 다가가더니, 자세를 바로 하고 정중하게 펼쳐 하루오의 시신을 덮어주었다. 그러곤 작게 심호흡을 하고 가볍게 손뼉을 한 번 쳤다.

모든 동작이 하나의 의식 같았다. 다른 곳에서 본 적이 없는 기묘한 동작이었지만 그가 하루오에게…… 죽은 자에게 경의를 표하고 있다는 점은 충분히 알 수 있었다. 틀림없이 이 섬의 예의범절이리라. 그는 이 섬의 관습에 따라 지금 하루오의 죽음을 애도하고 있다.

그는 책상 한쪽에서 10센티미터쯤 되는 깜장벌레를 들어올렸다. 토템 폴*을 본뜬 듯한 과장스러운 얼굴이 앞뒤에 새겨진 숯 장식물이다. 원래는 여기가 아니라 다른 지역의 특산품이었을까? 그는 하

---

* totem pole, 북아메리카 원주민들이 사용하는 토템상을 세우기 위한 기둥.

루오 옆에 다시 몸을 숙이더니 담요 밑에 있는 시신의 가슴에 깜장 벌레를 세워놓았다.

준과 소사쿠는 파고 들어갈 것처럼 일련의 동작을 지켜보았다. 연락소 전체의 공기가 평온하면서도 엄숙하게 바뀌었다.

다치바나가 일어서며 비옷을 들고 말했다. "이제 됐네. 히키타의 원령이 옮겨간다…… 그런 전설이 있지. 이 섬에서는 사람이 죽으면 이런 식으로 시신을 지킨다네. 이제 시신에 손댈 수 있는 사람은 스님이나 장례회사 사람뿐이야. 다른 사람들은 시신에 손댈 수 없다네. 아무리 가족이라도……." 그는 사람들을 차례대로 쳐다보고 목소리에 힘을 주어 덧붙였다. "물론 강요할 생각은 없지만 잠시만 우리 관습을 따라주지 않겠나? 부탁하네."

준과 소사쿠는 서로 마주 보고 나서 대답했다.

"알겠습니다."

분위기에 휩쓸렸다고 할 수도 있지만, 다치바나의 진지한 모습을 보고 감동한 것도 사실이었다.

"고맙네. 본토의 경찰서에는 내가 연락하지."

그 말을 남기고 다치바나는 연락소에서 나갔다. 마을을 향해 성큼성큼 걸어가더니, 재빨리 돌계단을 올라가 이윽고 시야에서 사라졌다.

삼시 후에 소사쿠가 입을 열었다. "……하루오의 가족에게는 우리가 연락해야겠지?"

"아이 씨에게도."

준이 대답한 순간, 소사쿠가 "우욱!" 하고 오열하면서 벽에 기댔다. 그런 다음에는 머리칼을 쥐어뜯으며 하염없이 눈물을 흘렸다.

꼼짝도 할 수 없었다. 아무 말도 할 수 없었다. 불룩한 담요를 보기만 해도 슬픔이 솟구쳤다. 해야 할 일이 있는데 몸이 움직여지지 않았다. 하루오를 잃어버린 고통이 몸과 마음을 마구 쥐어뜯었다. 초등학교 시절부터 계속 준과 함께했던 하루오가 죽다니…….

하루오……라고 이름을 부르려는 찰나, 덜컹덜컹 소리를 내며 문이 열렸다. 바깥 공기가 흘러 들어와 피부를 어루만졌다.

"어, 어떻게 이런 일이…….'

레이코였다. 그녀는 멍하니 입을 벌린 채 발소리를 죽이고 안으로 들어왔다. 빨간 스니커즈에 청바지. 꽉 끼는 검은 티셔츠에는 샤넬 로고가 크게 인쇄되어 있었다. 그녀의 뒤에서 가즈미가 얼굴을 내밀고 접이식 우산을 접었다. 티셔츠의 줄무늬가 하얀색과 검은색에서 하얀색과 감색으로 바뀐 것 말고는 어제와 똑같은 차림이었다. 검은색 보디백을 어깨에 멘 채 늘어뜨리고 있었다.

레이코는 불룩하게 부풀어 오른 담요를 망연히 내려다보았다.

"이봐요, 무슨 일이 있었던 거예요?"

"실은……."

사실대로 설명하자 그녀는 한 손으로 입을 틀어막고 바들바들 떨었다. 뼈마디가 불거진 손가락 사이에서 목소리가 새어 나왔다.

"그럴 수가……." 그녀는 사람들의 시선을 한몸에 받으며 흥분한 목소리로 말했다. "바다의 밑바닥에서 뻗어 나오는 손이야! ……유코 님 예언이 맞았어!"

2

쾅! 실내에 커다란 소리가 울려 퍼졌다. 준이 주먹으로 책상을 내리치는 소리였다. 주먹이 파르르 떨리고 있었다.

"사, 사람이 죽었는데 한다는 말이 그거야?" 준이 목소리를 쥐어짜며 고함을 질렀다. 그러곤 분노가 담긴 눈으로 레이코를 노려보고 따지듯 말했다. "다치바나 씨는 정중하게 애도해주었어. 이 섬 특유의 기묘한 방법이긴 했지만. 그런데 당신에겐 위대한 우쓰기 유코 님의 대예언이 더 중요한 것 같군. 영혼이니 영능력이니 하는 건 이런 때 필요한 게 아닌가? 고통에 빠진 사람을 구, 구하기 위한 게 아니냐고!"

레이코는 굳은 미소를 지으며 사과했다. "미안해요. 그쪽 말씀이 맞아요. 정말 미안해요. 너무 당황하는 바람에 그만……."

그녀는 공포에 질린 얼굴로 조금씩 뒷걸음질 쳤다.

소사쿠가 잉어처럼 입을 뻐끔거리며 말했다. "준, 진정해. 지금 싸울 때가 아니잖아."

준은 대답하지 않았다. 온몸이 긴장으로 터질 것 같았다. 뜨뜻미지근한 공기가 가득 차면서 연락소 안은 숨이 막힐 지경이었다. 준이 숨을 크게 들이마신 순간, 그의 가슴팍으로 손을 내미는 사람이 있었다.

"이거 드세요."

가즈미였다. 그녀는 준과 레이코 사이에 슬쩍 끼어들더니 준을 올려다보며 미소를 지었다. 손바닥에는 포장된 사탕이 놓여 있었다. 알사탕이다. 준이 어렸을 때 슈퍼마켓이나 과자가게에 종종 사러 갔던, 하나에 10엔짜리 알사탕. 항상 소사쿠나 하루오와 같이 갔는데.

"조바심이 날 때는 당을 보충하는 게 최고예요. 사탕을 먹으면 대부분 마음이 가라앉거든요. 그러니까 드세요."

준은 무표정한 얼굴로 되받아쳤다. "지, 지금 장난할 때야? 그런 건 사이비야. 영혼이니 예언이니 하는 것도……."

가즈미는 웃음을 무너뜨리지 않고 대답했다. "난 간호사예요. 정확하게 말하면 간호사였지만. 영양학도 배웠고, 임상도 배웠어요. 그래서 잘 알아요. 이럴 때는 정말로 사탕이 효과가 있어요."

조금 전과 말투는 똑같았지만 한마디 한마디에 설득력이 있었다. 얼굴에서도 자세에서도 관록이 느껴졌다. 준은 긴장을 풀고 가즈미의 손에서 사탕을 집어들었다.

가즈미가 보디백의 지퍼를 열며 말했다. "여러분도 드세요."

보디백 안에는 크고 작은 색색가지 사탕이 잔뜩 들어 있었다. 알사탕만이 아니다. 밀크사탕, 파인사탕, 딸기밀크사탕. 작은 황금색 포장 안에 들은 건 쓰나피코일까? 쓰나피코는 참치살을 굳힌 것으로 사탕이 아니라 술안주이지만 그리움을 불러일으키는 건 마찬가지였다.

전원이 사탕을 하나씩 집었다. 소사쿠와 레이코, 준은 말없이 비닐 포장을 벗겨서 사탕을 입에 넣었다.

"……정말이야. 마음이 가라앉고 있어." 맨 처음 입을 연 사람은 준이었다. 그러곤 입안에서 사탕을 굴리며 덧붙였다. "플라시보 효과일지도 모르겠지만."

가즈미가 보디백의 지퍼를 닫으면서 대답했다. "그것도 있을 거예요. 사탕을 먹으면서 울거나 화내기는 힘들거든요. 의외로 의식을 입에 집중해야 하니까요."

어린아이의 공갈 젖꼭지와 똑같은 원리인가? 준은 자신도 모르게 쓴웃음을 지었다. 소사쿠도 웃음을 참는지, 얼굴이 가볍게 떨렸다. 조금이기는 하지만 연락소 공기가 느긋하고 평온하게 바뀌었다.

예언의 섬

사람들을 진정시키는 가즈미의 순발력에는 놀랄 수밖에 없었다. 강하게 말한 것도 아니고 자기를 낮춘 것도 아니다. 논리와 유머와 최소한의 설명으로 놀라울 만큼 간단히 상황을 바꾸었다. 간호사로 일한 경험 덕분일까? 아마 유능한 간호사였으리라.

그녀는 좁은 실내로 들어가 우산을 구석에 놓고 하루오의 옆으로 다가갔다. 상체를 숙이고 하루오의 가슴팍에 있는 깜장벌레를 뚫어지게 쳐다보았다.

간호사라는 직업 탓에 시신을 확인하지 않곤 견딜 수 없는 걸까? 그런데…….

"다치바나 씨가 시신에는 손대지 말라고 하더라고. 섬의 관습이라면서."

"그래요?"

그녀는 턱에 손을 대고 준을 힐끔 쳐다보더니, 고민하는 얼굴로 천장을 올려다보았다. 어느새 그 자리에 있는 모든 사람이 그녀의 모습을 지켜보았다. 숨이 막히는 건 더위 때문만은 아니다. 레이코가 선풍기를 켜자 날개 돌아가는 소리가 나지막하게 울렸다.

"……뭐, 확인해볼까?"

가즈미는 그렇게 말하더니 깜장벌레를 들어 올리고 담요를 힘껏 들추었다. 휘익 하는 소리와 동시에 하루오의 흙빛 얼굴이 나타났다. 가늘게 뜬 눈은 위를 쳐다보고, 입술은 힘없이 반쯤 벌어져 있었다. 영혼의 깃들지 않은, 죽은 사람의 표정이다.

그녀가 진지한 얼굴로 몸을 숙이는 걸 보고 황급히 만류했다.

"아, 안 돼! 무슨 짓이야? 안 된다고 했잖아!"

"누가요?"

조금 전과는 다른 날카로운 목소리가 돌아왔다.

"……저기 ……다치바나 씨가."

그녀가 얼굴을 들고 물었다. "그러면서 뭐라고 그랬죠? 보기엔 분명히 익사였던가요?"

"그래, 사고 같다고 했어."

"그 점이 수상해요!" 그녀가 단호하게 말하더니 어안이 벙벙한 얼굴의 준과 소사쿠를 올려다보며 덧붙였다. "익사체는 물에 가라앉는 법이죠. 폐에 물이 고여 공기가 없어진 경우, 인체는 바다 위로 떠오르지 않아요. 바다 위로 떠오르는 건 부패해서 몸속에 가스가 찬 다음이에요. 이건 체중과 상관없이 비중 문제이고, 전문적 지식이 필요한 것도 아니죠. 즉, 다치바나 씨의 말은 이상해요. 너무나 부자연스러워요. 더구나……."

그녀는 손에 든 깜장벌레와 담요를 바닥에 놓고 선언하듯 말했다.

"더 이상한 일이 있어요. ……22년 전에는 이런 관습이 없었어요."

"헉!" 소사쿠의 입에서 기묘한 소리가 튀어나왔다.

"제가 이 섬에 왔을 때는 마침 노인의 장례식이 끝난 다음이라서 섬사람들로부터 이런저런 얘기를 들었는데, 독특한 장례 풍습은 하나도 없었어요. 뿐만 아니라 깜장벌레가 있었던 것도 기억나지 않아요. 적어도 시신에 손대면 안 된다는 말은 없었어요."

"잠깐만 기…… 컥!"

파인사탕을 삼킬 뻔했던 준이 심하게 기침을 했다. 소사쿠가 깜짝 놀라며 준의 등을 토닥거렸다. 뒷말을 이어받은 사람은 레이코였다.

"대신 내가 물어볼게요. 당신이 22년 전의 무쿠이 섬 관습을 어떻게 알죠?"

곤혹스러워하면서도 상대를 압도하는 표정이었다. 입안에 사탕이 있는 탓일까? 공기가 빠지는 듯한 소리가 목소리에 섞여 있었다.

가즈미는 대답하지 않고 시신을 보면서, 보디백에서 연보라색 천조각 같은 걸 꺼냈다. 의료용 장갑이었다. 그러더니 재빨리 장갑을 끼고 하루오의 두 뺨을 만진 뒤, 눈꺼풀을 열고 들여다보며 힘을 주어 입을 벌렸다. 동작은 매끄럽고 자연스러웠다.

레이코가 수상쩍은 눈길로 물었다. "그 경찰관이 뭐 때문에 그렇게 이상한 짓을 해야 하지?"

어느새 말투도 거칠어졌다. 가즈미는 말없이 하루오의 머리를 만지고 두 손으로 껴안은 곳에서 동작을 멈추었다.

"에하라 가즈코…… 그러고 보니 이름도 가명 같군. 성도 그렇고 이름도 그렇고, 어디서나 한두 명은 있잖아?"

"가즈미예요."

"살짝 바꾼 점이 더 수상해. 나이를 알 수 없는 점도 수상하고."

"서른 살이에요."

"생각보다 나이가 많군. 뭐, 상관없어. 그리고 한 가지 더." 레이코는 발에 힘을 주고 버티면서 눈을 가늘게 뜨고 가즈미를 내려다보았다. "내게는 보여…… 굉장하군, 당신의 수호령. 이렇게 높은 레벨의 영혼은 본 적이 없어. 신계(神界), 아니 보살계에서 내려왔나? 마더 테레사에 필적할 정도야."

두껍게 화장한 레이코의 얼굴에 천천히 황홀한 미소가 떠올랐다.

이야기가 갑자기 비약했다. 논리적인 질문을 하는가 싶더니, 아무런 예고도 없이 수호령이니 신계니 하는 이야기로 들어갔다. 준은 눈을 크게 뜨고 두 여성을 바라보았다. 그리고 누워 있는 친구의 시신으로 눈길을 돌렸다.

가즈미가 혼잣말처럼 중얼거렸다. "……레이코 씨에게는 보이겠죠. 그래서 레이코 씨에게는 영혼이 있고 수호령도 있으며 원령도 있어요. 영감도 저승도, 신계도 보살계도 있고, 아카식 레코드°도 있고요. 그 결과 예언도 있어요."

---

*   akashic records, 원시 시대부터 모든 사상, 감정이 기록되어 있다는 세계 기억의 개념.

무시하는 걸까? 진지하게 받아들이는 걸까? 그건 잘 모르겠지만 표정과 말투에는 포기의 감정이 배어 있었다. 이런 이야기는 지긋지긋할 만큼 많이 들었다고 체념하는 얼굴이다.

"그래, 그게 뭐 어때서?" 레이코는 태연하게 맞장구치고 나서 다시 물었다.

가즈미는 대답하지 않고 쓸쓸한 미소를 지으며 레이코를 올려다볼 따름이었다. 무거운 침묵에 숨이 막히기 시작한 순간.

"준 씨."

"응? 왜?"

"준 씨."

그녀는 거듭 준을 부르면서 이쪽을 올려다보았다. 어리게 보이는 얼굴에는 불신감이 역력했다.

준이 쭈뼛거리며 물었다. "……왜?"

"하루오 씨의 뒷머리가 깨져 있어요."

"뭐?"

그녀는 하루오의 머리를 안은 채 담담하게 말했다. "설령 실수로 바다에 떨어졌어도 그 정도 높이에선 머리가 깨지지 않아요. 넘어져서 그런 것 같지도 않고요. 어디까지나 제 경험이지만, 뒤에서 단단한 걸로 내리친 것 같아요. 누군가가 하루오 씨를 뒤에서 때려 살해한 후에 바다에 버렸다…… 그렇게 보여요."

"헉!"

그 자리에 있던 모든 사람들이 일제히 숨을 들이마셨다.

"다치바나 씨도 그렇게 생각할 거예요. 아니면 이미 그런 사실을 알고 있든가요. 알면서도 준 씨에게 숨긴 거예요. 불의의 사고에 의한 익사라고 거짓말을 하고, 들키지 않게끔 거짓 의식까지 하면서 말이죠……." 그 말을 끝으로 가즈미는 입을 다물었다.

연락소 안에는 선풍기 소리와 사람들의 숨소리만 가득 찼다. 준이 조용히 다가가 그녀 옆에서 몸을 숙였다. 그녀에게 눈짓을 하고 하루오의 머리에 손을 내밀었다.

"……이럴 수가!"

"뒷머리가 깨졌죠? 만져보면 이상하다는 걸 금방 알 수 있어요." 그녀는 당연한 것처럼 말했다.

준은 대답하지 않고 입을 다문 채, 하루오의 뒷머리에 손을 대고 그 자리에서 엉덩방아를 찧었다.

잇따라 일어난 기묘한 사건을 머릿속에서 순서대로 정리해보았다. 하루오가 죽었다. 한밤중에 민박집을 빠져나갔다 아침에 바다에서 시신으로 발견되었다. 경찰관인 다치바나는 하루오의 죽음을 익사라고 하면서 섬의 관습대로 의식을 치렀다. 그런데 에하라 가즈미가 그것에 의문을 제기하며 하루오는 살해되었다고 다른 추측을 내놓았다. 다치바나는 이런 사실을 알고 있었다고 덧붙이면서.

그렇게 추측한 근거는 섬에 관한 지식이다. 그녀는 예전에 무쿠이 섬에 온 적이 있는 모양이다.

생각해보면 이 섬은 참 기묘하다. 아무리 문을 두들겨도 사람이 나오지 않는다. 그리고 또 한 가지, 레이코의 말처럼 하루오의 죽음은 유코의 예언과 부합하고 있다…….

아니, 이건 말이 안 된다. 진지하게 생각할 가치가 없는 단순한 우연이다. 기묘한 사건이 아니다. 애초에 '사건'조차 아니다.

준이 가즈미를 보면서 말했다. "고마워. 우리만 있었다면 다치바나 씨의 말을 그대로 믿었을 거야. 그 사람이 무슨 생각으로 그런 말을 했는지는 모르겠지만, 우리에게 사실과 다른 얘기를 한 건 확실한 것 같네."

"네."

"그런데 이제 어떡하지? 어떻게 해야 할지 모르겠어."

속마음을 솔직하게 털어놓았다. 머릿속을 정리해도 혼란은 가라앉지 않았다. 가즈미에게는 고맙다고 말했지만, 앞으로 어떻게 해야 할까?

"그건…….."

가즈미가 고개를 갸웃거리며 말하려는 찰나, 빠작 하고 뭔가가 깨지는 소리가 들렸다. 준이 얼굴을 들자 소사쿠가 이를 악문 채 어깨를 추켜세우고 있었다. 방금 들린 소리는 그가 사탕을 깨문 소리였다.

"준, 그걸 몰라서 물어?" 그는 신음하듯 말하더니, 퉷 하고 사탕 조각을 토해냈다. "가장 수상한 사람에게 물어보면 되잖아! 아니, 수상한 정도가 아니야. 한없이 범인에 가까운 사람이지. 그 사람 집이 마을의 맨 위쪽에 있었지? 무슨 일이 있어도 원수를 갚겠어."

"소사쿠, 잠깐만! 네 말은 이해하지만 아직 단정은……."

소사쿠가 침을 튀기며 고함을 질렀다. "하루오는 살해당했어!"

머리칼은 헝클어지고 눈은 희번덕거렸다. 난폭한 말투에 당황한 순간, 이변을 알아차렸다. 그는 울고 있었다. 부릅뜬 두 눈에서 커다란 눈물이 흘러내리고, 콧물이 입술과 지저분한 수염을 적셨다.

그는 거칠게 눈물을 훔치더니, 몇 번이나 머뭇거리고 나서 단숨에 말했다. "내가 고향으로 내려오지 않았다면 하루오는 이런 여행 같은 건 가자고 하지 않았을 거야. 내가 자살에 성공했다면 하루오는 죽지 않았다고! 이건 전부 내 탓이야!"

그는 곧장 뛰어가 미닫이문을 활짝 열었다. 그러곤 준이 일어나기도 전에 연락소를 뛰쳐나가 우산도 쓰지 않은 채 마을 쪽으로 달려갔다. 찰싹찰싹 물웅덩이를 밟는 소리가 점차 멀어졌다. 준은 순식간에 작아지는 소사쿠의 등을 망연히 바라보았다.

레이코가 걱정스러운 얼굴로 준을 바라보면서 물었다. "어떡할 거예요? 지금 원수를 갚겠다고 하는데 말로만 그런 것 같아요?"

예언의 섬

"그렇지는 않을 거야……."

말문이 막힌 준을 레이코가 차가운 눈으로 바라보며 말했다. "이런 때에도 수호령에게 판단을 물을 건가요?"

준이 되받아치지 않고 가만히 있자 가즈미가 하루오의 눈을 감겨주었다.

"어서 따라가세요. 나도 갈게요. 소사쿠 씨가 걱정되기도 하고, 다치바나 씨에게 직접 물어볼 것도 있고요." 그녀는 담요로 하루오의 시신을 덮고는 레이코에게 말했다. "경찰서에 전화해주시겠어요? 110번이 아니라 본토의 경찰서에요. 다치바나 씨는 아직 연락하지 않았을지 몰라요. 그래요, 분명히 연락하지 않았을 거예요."

"그, 그래. 알았어."

"그다음엔 민박집으로 가서 모두에게 알리는 게 좋겠어요. 그리고 전화번호를 교환해요, 이 자리에 있는 사람 모두."

가즈미는 거침없이 지시를 내렸다. 안정된 태도도 그렇고 말투도 그렇고, 어제 항구에서 만났을 때와는 딴판이다. 전화번호를 교환하고 나서 그녀는 보디백의 주머니에 손을 넣었다가 뺐냈다. 그녀의 손에 들린 건 청록색 염주였다. 색이 바랜 파란색과 하얀색 실이 흔들렸다. 그것을 본 순간, 레이코의 큰 눈이 더욱 크게 벌어졌다.

가즈미는 염주를 두 겹으로 해서 손에 쥐고는 조용히 손을 모아 합장했다. 그런 다음에는 눈을 감고 몸을 숙여 하루오를 향해 뭐라고 중얼거렸다. 목소리가 작아서 내용은 알아들을 수 없었다.

물 흐르듯 자연스러운 동작이었다. 동작 하나하나에 위엄이 배어 있었다. 우아함과 아름다움마저 느끼게 했다. 이것도 간호사가 하는 일일까? 마음속으로 그렇게 생각했을 때, "아…… 아……" 하고 기묘한 소리를 내며 레이코가 벽에 기댔다. 그녀는 믿을 수 없다는 표정으로 가즈미를 응시했다.

"됐어요. 이제 가요."

가즈미는 레이코를 못 본 척하며 일어섰다. 자라라락 하고 염주에서 소리가 났다.

준은 어떻게 해야 좋을지 몰라 순간 당황했다. 눈에 띄게 이상해진 레이코도 마음에 걸렸고, 그 이상으로 가즈미가 마음에 걸렸다. 이해할 수 없는 일이 잇따라 일어나고 있다. 시간이 갈수록 수수께끼 같은 일이 늘어나고 있다.

레이코가 떨리는 손가락으로 염주를 가리키며 말했다. "당신, 그거 설마……."

"확인해보실래요?" 가즈미가 염주를 감은 왼쪽 손목을 들어올렸다. "보이기도 하고 느껴지기도 하죠?"

표정은 온화했지만 말투는 도발적이었다. 이런 분야나 레이코 같은 사람에 대한 불신감이 말의 곳곳에서 배어나오고 있었다.

레이코는 낭패스러운 얼굴로 말을 쥐어 짜냈다. "그거…… 유코 님의 염주잖아?"

　너무나 놀란 나머지 입에서 사탕이 튀어나올 뻔해서 황급히 손으로 받았다.

　"여, 염주 자체는 흔한 거지만 분위기가 전혀 달라."

　"분위기요?" 가즈미는 쓴웃음을 짓더니 곧바로 정색하며 말했다. "하지만 정답이에요. 이건 레이코 씨 말처럼 우쓰기 유코가 애용하던 염주예요. 할머니의 유품이죠."

　"뭐?"

　준과 레이코가 동시에 소리를 질렀다.

　가즈미가 손목의 염주를 살며시 어루만지면서 말했다. "제 이름은 우쓰기 사치카, 우쓰기 유코의 손녀예요."

3

"TV에서 본 적이 있는 것 같아." 마을의 돌계단을 올라가면서 입을 열었다.

빗발은 새벽보다 훨씬 강해졌다.

준은 등 뒤에서 휘몰아치는 바람에 휘날리지 않게 우산의 각도를 조정하면서 말했다. "목요 스페셜이었나? 하늘하늘한 옷을 입은 공주님 같은 소녀. 가끔 화면에 나올 뿐, 설명은 없었지."

"네, 그게 나예요. 옷은 그 사람의 취향이고요." 앞에서 걸어가는 가즈미이자 사치카가 대답했다. 벌써 숨이 찬 목소리다. "촬영할 때는 꼭 데려갔거든요. 책에도 사진이 실려 있어요."

"어느 책인데?"

"제목은 잊었어요. 그보다……." 그녀는 걸음을 멈추더니 나란히 있는 집들을 올려다보며 준에게 물었다. "정말 문을 두들겨도 아무도 나오지 않았어요? 어떻게 그런 일이 있을 수 있죠?"

"그랬어."

준은 옆길로 들어가 가장 가까운 집의 문을 두들기면서 몇 번이나 "실례합니다!"라고 말했다. 창문에서 불빛이 새어 나오고 있지만 사람이 나오는 기척은 없었다.

"봤지?"

준이 가볍게 쓴웃음을 지었다. 너무나 부조리한 상황에서는 웃을 수밖에 없으리라.

"이해가 안 되지? 아무리 큰 소리로 불러도 어느 집도 문을 열어주지 않아."

그녀는 믿을 수 없다는 얼굴로 준을 바라보았다. 무리도 아니다. 이렇게 말도 안 되는 일이 실제로 일어나다니. 이런 일을 누가 상상이나 할 수 있을까? 외지에서 온 사람들이 지방의 작은 섬에서 늙은 섬사람들에게 말 그대로 배척당하고 있다.

그녀는 마음속에서 솟구치는 순수한 의문을 입에 담았다. "어떻게 된 거죠……?"

"모르겠어. 내가 묻고 싶을 정도야." 준은 얼굴의 빗물을 닦으며 대답했다.

유카타가 젖었지만 민박집에 가서 옷을 갈아입을 마음은 들지 않왔다. 머릿속에서는 하루오의 죽음에 대한 슬픔과 괴로움, 그리고 수많은 의문이 소용돌이치고 있었다. 그냥 두고 온 시신도 마음에 걸렸다.

위쪽으로 올라가는 유일한 길이 어렴풋이 보였다.

"어서 올라가자. 좀 전에 말했던 것처럼 일단 소사쿠를 찾아야 돼."

준의 말에 그녀는 고개를 크게 끄덕였다.

돌계단으로 돌아와 다시 위쪽으로 올라갔다. 돌계단은 좁고 경사도 급하며 난간도 없었다. 군데군데 움푹 들어간 디딤판에는 빗물이 고여 있어서 잘못 밟으면 물이 튀었다. 차가운 빗물 덕분에 감정은 서서히 안정을 되찾아 지금의 상황을 냉정하게 바라볼 수 있었다. 입안의 사탕은 어느새 녹아서 사라졌다.

"사치카 씨."

이름을 부르자 그녀는 우산을 약간 들고 절반만 돌아보았다.

"왜 이 섬에 왔지? 가명을 사용하고 거짓말까지 하면서."

그녀는 대답하지 않고 말없이 걸음을 옮겼다. 우산에 가려서 표정은 보이지 않았다. 어떻게 대답해야 할지 생각하는 걸까?

준이 쭈뼛거리며 말했다. "저…… 억지로 대답할 필요는 없어."

당연하다. 지금 당장 해결해야 할 문제는 아니다. 하지만 마음에 걸렸다. 다치바나의 거짓말을 밝혀준 건 고맙지만 어디까지 믿어야 할지 고개가 갸웃거려졌다.

잠자코 있노라니 그녀는 돌계단을 올라가는 걸음을 멈추지 않고 대답했다. "그 사람…… 우쓰기 유코는…… 22년 전 여름에 여기에 왔어요. 세토 내해의 섬을 돌아다니며 그 섬에 있는 영혼과 신들을 만나 대화하고 '공략'하는…… 그런 촬영을 하기 위해서였죠."

준이 말했다. "꼭 롤플레잉 게임 같군."

"네, 그 당시에도 한심한 기획이라고 생각하는 사람이 많았어요. 그 사람도 하기 싫어했지만 어쩔 수 없이 받아들였죠. 그 기획을 제안한 건 그 사람이 아니었어요. 프로듀서였나 구성 작가였나, 지금은 밝고 즐겁지 않으면 여기저기서 성가시게 군다고 하면서요."

"흥!"

저절로 코웃음이 나왔다. 그렇게 시시한 이유로 방송 프로그램을 정하다니, 어이가 없었다. 그와 동시에 이해가 되기도 했다. 22년 전이라면 1995년, 지하철 사린가스 사건이 일어난 해다. 여기 오는 도중에 소사쿠가 했던 말과도 일치한다.

"정식으로 취재를 신청한 건 쇼도시마 신사뿐이고, 나머지는 모두 약속도 하지 않고 불쑥 찾아갔죠. 어느 섬에서는 섬사람과 옥신각신한 적도 있었어요. 확실하게 기억나진 않지만 별로 즐겁지 않았어요. 촬영팀 사람들은 모두 신경이 곤두섰고, 그 사람 얼굴에도 자포자기한 분위기가 떠다녔어요." 그녀는 발밑으로 시선을 떨어뜨리고 말을 이었다. "그전까지만 해도 다들 그 사람을 여왕님처럼 떠받들었거든요. 나도 예뻐해주었고 현장 분위기도 밝았고요. 그래서 더욱…….”

준이 잠시 생각하고 나서 물었다. “유효 기간이 끝났다는 건가?”

그녀는 고개를 작게 끄덕였다. “네. 지금은 그 정도는 알아요. 다들 오냐오냐한 탓에 내가 들떠 있었던 것도요.”

잠시 침묵이 이어졌다. 준과 사치카는 입을 다물고 마을 가장 위쪽에 있는 다치바나 집을 향했다. 그녀의 와이드팬츠 자락은 빗물이 스며들어 완전히 거무칙칙해져 있었다. 허벅지가 마비되는 통증을 느꼈을 무렵, 그녀가 다시 입을 열었다.

“점심때쯤 이 섬에 도착하고 얼마 지나지 않았을 때였어요. 항구에서 스태프들이 섬사람들에게 촬영하고 싶다고 말하는 도중에 그 사람이 불쑥 말했어요…… 왼쪽 산에 원령이 있다고요.”

히키타 산이다. 지금 올라가고 있는 이 산.

그녀는 거친 숨을 몰아쉬면서 말을 이었다. “그 순간, 섬사람들의 안색이 달라졌어요. 그러곤 우르르 연락소로 들어가더라고요. 우리에게는 절대로 들어오지 말라고 하면서.”

앞쪽에서 가는 준이 약간 걸음을 늦추었다. “그래서?”

“그러더니 별안간 촬영을 허락했어요. 요구 사항이 많아서 스태프들은 다들 골치 아픈 표정을 지었는데, 어쨌든 찍을 수는 있게 됐죠. 할머니는 계속 산 위쪽이 마음에 걸리는 것 같았어요. 여관에 도착했을 때도, 회의하는 도중에도 계속……. 그런 건 흔히 있는 일이라서 딱히 이상하다곤 생각하지 않았죠."

"흔히 있는 일이야?"

하지만 그녀는 대답하지 않았다. 그러더니 결국 발을 멈추고 크게 숨을 내쉬었다. 준도 멈추어 서서 "미안해"라고 말하며 그녀의 숨이 안정되길 기다렸다.

적당한 타이밍을 노려서 준은 가장 중요한 질문을 던졌다. "이상한 질문이지만 그런 걸 믿어?"

우쓰로 레이코와 같은 인종인가? 즉, 우쓰기 유코에게 심취해 심령이니 수호령이니 떠들어대는 사람인가? 예언을 진짜라고 받아들이는 맹목적인 신자인가?

"아뇨." 그녀는 짤막하게 대답하고 다시 돌계단을 올랐다. "어렸을 때 깨달았어요. 영혼이니 뭐니 하는 건 이 세상에 존재하지 않는다는 걸. 눈에 보인다고 생각하는 사람, 영혼과 말할 수 있다고 생각하는 사람, 이 세상에서 일어나는 나쁜 일은 영혼의 소행이라고 믿는 사람이 있을 뿐이란 걸. 할머니도 그중 한 사람이에요."

다행이다. 나와 생각이 똑같아서……. 가슴을 쓸어내리며 안도의 한숨을 내쉬었을 때, 그녀가 어두운 목소리로 말했다.

"하지만 그 사람은 정말로 히키타 산에서 쓰러졌어요. 난 여관에 있어서 직접 보지는 못했지만, 스태프에게 업혀왔을 때는 얼굴이 창백했고 의식이 몽롱하더라고요. 촬영은 중지되었고, 그로부터 2년 후에 세상을 떠났어요. 직접적인 사인은 위암이지만, 이 섬에서 쓰러지고 나서 계속 몸이 안 좋았어요. TV 출연도 강연도, 집에서 영시도 할 수 없을 만큼 말이죠." 그녀는 우산으로 얼굴을 감추며 더욱 어두운 목소리로 덧붙였다. "할머니는 저주를 받았어요. 히키타 원령에 의해 죽임을 당한 거예요."

어떻게 대꾸해야 좋을지 알 수 없었다.

"물론 그럴 리 없다는 건 알고 있어요. 하지만 계속 마음에 걸리더군요. 그 정도로 그날 있었던 일은 이상했거든요. 그래서 온 거예요."

"그러니까…… 죽음의 진상을 밝히러?"

"네. 가명을 사용한 건 레이코 씨 같은 사람에게 들키지 않기 위해서였고요. 결국 내 입으로 말했지만요."

기나긴 설명이 끝났다. 준은 작은 목소리로 "고마워"라고 말했다.

사정은 알았다. 가명을 사용한 이유도 이해할 수 있었다. 실제로 정체를 밝히고 나서 연락소에서 나올 때까지, 레이코는 눈물을 글썽이며 감동한 눈길로 사치카를 바라보았다. 무리도 아니다. 동경을 뛰어넘어 숭배하는 인물의 손녀를 직접 만났으니까.

준은 사치카한테서 눈길을 돌리고 말없이 걸음을 재촉했다.

겨우 돌계단을 다 올라왔다. 준과 사치카는 그 자리에 서서 숨이
안정되길 기다렸다.

눈앞에는 집이 있었다. 거무스름한 블록 담에 둘러싸인 2층짜리
낡은 단독주택이었다. 문기둥에 문패는 걸려 있지 않았지만 분명히
다치바나의 집이다. 기와지붕은 파란색이었다.

소박한 문이 바람에 흔들리며 끼익끼익 소리를 냈다. 댓돌에 비
닐우산이 놓여 있었다. 미닫이문이 절반쯤 열려서 토방이 보였다.

소사쿠의 신발이 눈에 들어왔다. 난폭하게 벗었는지 한쪽은 뒤집
어지고, 다른 한쪽은 다치바나의 샌들 위에 얹혀 있었다. 빗소리 때
문인지 안에서는 소리가 들리지 않았다. 기척도 나지 않았다.

준은 사치카에게 눈으로 신호를 보내고 문을 잡았다. 에어컨 온
도를 낮추었는지, 집 안에 들어가자마자 온몸에 소름이 돋았다. 우
산을 접은 사치카가 몸을 크게 떨더니, 두 팔로 자신을 껴안으며 몸
을 웅크렸다.

신발장 위에는 크고 작은 깜장벌레가 빈틈없이 늘어서 있었다.
벽 쪽에는 민박집에 있던 깜장벌레와 비슷한 것이, 앞쪽에는 동물
의 모습으로 조각한 것이. 칠복신*과 십이지도 있고, 재떨이와 화분
도 있었다. 민박집보다 훨씬 숫자가 많았다. 이건 많아도 너무 많다.

---

* 일본의 민간 신앙에서 숭배하는, 복을 가져다준다는 일곱 명의 복 신.

적어도 서른 개는 넘지 않을까? 작은 깜장벌레 몇 개가 현관 바닥에 쓰러져 있었다.

어둠 속이라서 그런지 미세한 부분이 일그러진 것처럼 보였다. 눈도 코도 입도 없는 검은 물체가 말없이 북적거리는 모습을 보고 섬뜩한 느낌이 들었다.

"실례합니다."

깜장벌레를 의식하지 않으려고 하면서 안에 대고 말했다. 잠시 기다렸지만 아무 소리도 나지 않았다.

사치카가 목소리를 높였다. "다치바나 씨!"

귀를 기울였지만 역시 대답은 없고 소리도 들리지 않았다. 다시 부르기 위해 그녀가 숨을 들이쉰 순간.

털썩. 안쪽에서 무언가 쓰러지는 소리가 들렸다. 단단하고 무겁지만 그렇게 크지 않은 무언가가…….

덜컹덜컹, 데굴데굴. 다시 소리가 이어졌다. 머리에 떠오른 건 나란히 서 있던 빈 병이 쓰러지는 광경이었다. 빈 병이 잇따라 쓰러지면서 바닥에 구른다. 너저분한 방과 희미하게 먼지가 쌓인 바닥까지 떠올랐다.

준이 신발을 벗고 올라갔다. 복도 모퉁이를 돌아선 순간, 갑자기 "윽!" 하고 소리를 지르며 그 자리에 멈추었다. 기다란 복도의 막다른 곳. 구슬 포럼 밑에 다치바나가 엎드린 채 쓰러져 있었다. 두 손을 옆으로 뻗은 채, 손가락 하나도 움직이지 않았다. 주변에서는 깜장벌레가 몇 개 쓰러져 있었다. 그리고…….

좌우의 벽을 가리듯 깜장벌레가 빼곡히 놓여 있었다. 큰 것, 작은 것, 가느다란 것, 땅딸막한 것. 다치바나를 사이에 두고 무수한 검은 그림자가 내려다보고 있었다.

기이한 광경이었다. 마귀를 쫓는다는 깜장벌레가 불길한 분위기를 내뿜었다. 당장이라도 움직이는 게 아닐까? 아니, 이미 움직이는 게 있지 않을까? 그런 망상에 사로잡힌 순간, 뒤에서 쾅 하고 마룻바닥을 걷어차는 소리가 들렸다.

사치카가 다치바나에게 달려갔다. 몸을 숙이고 귓가에 얼굴을 대더니 "괜찮으세요?"라고 큰 소리로 물었다.

"다치바나 씨!"

이어서 어깨를 두드린 다음, 배 밑에 한 손을 넣고 최소한의 힘으로 절묘하게 몸을 돌렸다. 다음 순간, 준이 "아앗!" 하고 소리를 질렀다. 바닥에 흥건한 피 웅덩이가 생겨 있었다. 다치바나의 머리칼은 검붉은 피에 젖어 있었고, 새파란 얼굴에서는 피가 흘러내리고 있었다. 눈과 입도 절반쯤 벌어졌다. 사치카가 재빨리 장갑을 끼고 뺨을 두드렸지만 반응은 없었다. 그녀는 다치바나의 얼굴에 귀를 가까이 대고, 손끝으로 목을 만졌다.

"……숨을 쉬지 않아요. 맥박도 없어요."

다치바나의 머리칼을 뒤로 넘기자 순식간에 장갑이 피로 물들었다. 준이 황급히 눈길을 피했다. 피투성이의 깜장벌레가 다치바나의 발밑에 쓰러져 있었다. 크기도 그렇고 모양도 그렇고 민박집에 있었던 것과 비슷했다. 머리에 해당하는 부분이 번들번들 빛나고 있었다.

이게 흉기인가?

사치카가 이쪽을 올려다보고 고개를 작게 가로저었다. 준은 망연히 서 있었다. 아무것도 하지 못한 채, 다치바나와 사치카를 내려다볼 뿐이었다.

한 가지 생각이 머릿속을 점령했다. 소사쿠의 정신 상태는 매우 불안정하다. 더구나 지금은 격렬한 감정에 휩싸여 있다. 그래서 이 깜장벌레로 다치바나를…….

망상을 지우려고 해도 소용없었다. 뿌리치려고 하면 할수록 더욱 선명하게 떠올랐다.

그때 차가운 바람이 스윽 뺨을 어루만졌다. 거실 쪽에서 이쪽으로 공기가 흐르고 있다.

"소사쿠?"

준이 몸을 숙이고 거실을 들여다보았다. 어두워서 잘 보이지 않았다. 사치카가 침통한 얼굴로 다치바나의 머리를 조심스럽게 바닥에 내려놓았다. 준은 깜장벌레와 시신 사이를 통과해 구슬 포렴을

지나갔다.

거실은 어지럽게 흩어져 있었다. 아니, 그렇다기보다 엉망이 되어 있었다. 탁자는 기울어지고 의자는 쓰러졌다. 식기 선반의 유리는 깨져 있었다. 바닥 여기저기에 있는 붉은 얼룩은 피일 것이다.

여기서 싸움이 일어났다는 건 상상하기 어렵지 않았다. 다치바나의 동선도 대충 짐작이 되었다. 도망치려다가 뒤에서 머리를 얻어맞은 것이다. 생생한 폭력의 그림자가 거실을 가득 메우고 있었다.

그런데…….

더 기괴하고 이해할 수 없는 상황을 보고 심장이 세차게 방망이질 쳤다. 그 상황을 보고는 아무 말도 할 수 없었다. 거실 또한 깜장벌레로 가득 차 있었던 것이다.

큰 것은 준의 머리 높이에 있는 창문을 가리고, 작은 것은 부엌 카운터를 가득 메웠다. TV 옆과 커다란 화분 안에도 깜장벌레가 있었다. 가늘고 길쭉하며 구부러진 끝 부분에 눈 같은 모양이 새겨져 있었다.

나무 인형 같은 깜장벌레를 밟지 않도록 피하면서 준은 뒤를 돌아보았다. 그리고 거실을 둘러보고 있는 사치카를 향해 황당한 얼굴로 물었다.

"이게…… 뭐지?"

사치카는 장갑을 벗으면서 삭은 목소리로 대답했다. "모르겠어요. 깜장벌레는 예전에 왔을 때도 있었어요. 하지만 평범하게 몇 개 놓여 있을 뿐이었죠. 여관에도 그렇고요. 섬사람들 집은 몇 채밖에 못 봤지만 분명히 이렇진 않았어요."

"그렇다는 건……."

"이 집이 이상해요. 이 집에 사는…… 살았던 사람이." 그녀는 눈으로 복도를 가리키며 말했다.

하루오의 죽음을 사고사라고 거짓말한 다치바나. 그의 집에는 마귀를 쫓는다는 숯 인형이 발 디딜 틈도 없이 늘어서 있었다. 아무리 생각해도 이상하다. 어젯밤에 식당에서 보았던 모습도 이해할 수 없다. 왜 그렇게 겁을 먹고 덜덜 떨었는가.

하지만 이제 본인에게 물어볼 수도 없다.

띠리리리 띠리리리. 별안간 기계음이 울리는 바람에 준은 그 자리에서 펄쩍 뛰어올랐다. 휴대폰의 착신음이다. 황급히 파우치에서 휴대폰을 꺼냈다. 액정 화면에는 '오하라 소사쿠'라고 되어 있었다.

준은 재빨리 스피커폰으로 바꾸고 떨리는 목소리로 입을 열었다. "……소사쿠?"

건너편에서 거친 숨소리가 들렸다. 횡횡 하는 소리는 비바람 소리이리라. 찰싹찰싹 하는 소리는 흙탕물을 밟는 소리일까? 그렇다면 밖에 있는 걸까?

다시 이름을 부르려고 했을 때, 괴로워하는 소사쿠의 목소리가 들렸다.

"준!" 그는 큰 소리로 다급하게 덧붙였다. "지금 당장 도망쳐! 이 섬은 위험해!"

무슨 말인지 이해할 수 없었다.

"뭐?"

"당장 이 섬을 떠나. 난 이제 틀렸어."

"무, 무슨 말이야?"

소사쿠는 단호하게 말했다. "히키타 원령이야. 예언도 분명히 맞을 거야!"

충격적인 말을 듣고 말문이 막혔을 때, 휴대폰 너머에서 크크 하는 웃음소리가 들렸다.

"어쩌면 여섯 명으로 끝나지 않을지도 몰라. 더 많이 죽을지도 몰라. 크크, 크, 으, 미, 미안해, 준⋯⋯."

웃음소리가 아니라 흐느낌이었다. 소사쿠는 어느새 울면서 미안하다는 말을 반복했다.

"미안해, 전부 나 때문이야. 그 말밖에 할 수가 없어. 정말 미안해."

"소사쿠⋯⋯."

"내가 모두를 휘말리게 했어."

그 말 뒤에는 울음소리가 이어졌다.

사치카가 순의 휴대폰에 얼굴을 가까이 대고 잇따라 실문했다.

"진정하세요! 지금 어디에 있죠? 다치바나 씨와 무슨 일이 있었나요? 도망치라니, 그게 무슨 뜻이에요?"

나이를 먹을 만큼 먹은 남자가 휴대폰에 대고 울면서 이해할 수 없는 말을 해도 동요한 기색은 털끝만큼도 보이지 않았다.

하지만 소사쿠는 대답이 되지 않은 말을 할 뿐이었다.

"아아, 이제 끝이야. 어서 도망쳐. 이제 금, 방……."

그때 큰 소리와 함께 목소리가 끊어지고, 멀리서 빗소리만 들릴 따름이었다. 쓰러진 걸까? 아니면 휴대폰을 떨어뜨린 걸까?

"소사쿠, 무슨 일이야!"

준이 아무리 소리쳐도 대답은 돌아오지 않았다. 어찌할 바를 몰라 사치카를 쳐다보니, 그녀는 생각에 잠긴 모습으로 부엌을 보았다. 그녀의 뒷머리가 희미하게 흔들렸다. 바람이 불고 있다. 부엌 쪽에서 뜨뜻미지근한 바람이 거실로 흘러 들어온 것이다.

준은 카운터를 돌아갔다. 바닥에 피와 유릿조각이 흩어져 있고, 그 너머에 작은 문이 활짝 열려 있었다.

4

현관으로 돌아와 신발과 우산을 들고 다시 부엌으로 갔다. 부엌 문으로 나오자 자갈이 깔린 빈터가 나타났다. 왼쪽에 있는 나무들이 바람에 흔들리고, 그 앞쪽에서 손으로 쓴 커다란 간판이 눈에 들어왔다.

히키타 산 입구

위험 저주 죽음

출입금지 들어가지 마라 들어가지 마라

무쿠이 섬 주민

빨간색과 노란색 페인트로 마구 휘갈겨 쓰여 있다. 유치한 글씨에서 쓴 사람의 절박함이 느껴졌다. 그는 진심으로 '원령이 저주를 내린다'고 경고하고 있다.

입간판 밑에 삼각콘이 네 개 놓여 있고, 그 너머에는 짐승길*이 있었다. 질척거리는 땅에 새 발자국이 여기저기 찍혀 있는데, 발끝은 위쪽을 향하고 있었다. 누군가가 경고를 무시한 채 히키타 산에 올라간 것이다. 아마 소사쿠이리라…….

뒤를 돌아보니 사치카가 굳은 얼굴로 입간판을 응시하고 있었다. 몸을 움츠린 탓에 목이 어깨에 파묻힌 것처럼 보였다. 우산을 든 손은 새하얗고, 등에서 불어오는 바람으로 인해 머리칼이 흩어졌다.

"괜찮아?"

준이 묻자 그녀는 흠칫 놀란 얼굴로 뒷걸음질 쳤다.

"민박집에 가 있어. 나는 소사쿠를 따라갈 테니까. 사치카 씨는 따라갈 의무가 없잖아."

그녀는 곧바로 대답했다. "있어요. ……있어요. 어차피 이 섬에 있는 동안에 올라가려고 했어요. 더구나 소사쿠 씨도 걱정되고요."

눈에는 결의와 각오의 빛이 감돌고 있었다. 준은 입간판을 향해 걸음을 내딛더니 삼각콘을 넘어 짐승길에 발을 넣었다. 칙칙한 갈색 흙탕물이 첨벙 소리를 내며 샌들 신은 발을 집어삼켰다.

* 산속이나 숲속에서, 짐승들이 오래 지나다니면서 자연적으로 만들어진 오솔길.

짐승길은 생각보다 완만했으나 몹시 좁았다. 근처의 풀이나 나무에서 소리가 나면 그때마다 멈추어 서서 기척을 살피거나 "소사쿠?"하고 이름을 불러보았다. 우산이 계속 나무에 걸리고 질척한 땅은 걷기 힘들었다. 세 번째인가 네 번째 넘어질 뻔했을 때 준이 "빌어먹을!"하고 거칠게 내뱉었다.

맨 앞에서 걸어가는 준은 지팡이 대신에 기다란 나뭇가지를 사용했다. 입간판을 지나 조금 걸어간 곳에 있었던, 제법 굵고 튼튼한 나뭇가지였다. 가져가기로 마음먹은 건 지팡이로 사용하기 위해서가 아니라 몸을 지키기 위해서였다. 벌써 두 명이나 죽었다. 아니……살해당했다. 무방비 상태로 있을 수는 없었다.

"여보세요."

돌연 사치카의 목소리가 들렸다. 뒤를 돌아보니 그녀는 휴대폰을 귀에 대고 이쪽을 향해 입을 뻐끔거렸다. "레이코 씨"라고 말하는 것을 알 수 있었다.

"네. 네…… 그래요? 네에…….." 말소리가 점점 무거워졌다. "다치바나 씨가 돌아가셨어요."

그녀가 작은 목소리로 말한 순간, 수화기 너머에서 "네에?"하고 놀라는 레이코의 목소리가 들렸다. 놀라는 것으로도 기뻐하는 것으로도 들리는 목소리였다.

통화를 마친 사치카가 어두운 얼굴로 말했다. "태풍이 다가오고 있어서 배를 띄울 수 없대요. 그래서 경찰도 구급차도, 해상보안청도 올 수 없나 봐요."

어젯밤에 식당에서 보았던 레이코의 모습이 머리에 떠올랐다. 나지막한 목소리로 우쓰기 유코의 예언을 읊조리던 모습이다.

'구원은 눈물의 비에 가로막히리라.'

지금 그 말대로 되고 있다.

'바다 밑바닥에서 뻗어 나오는 손.'

바다에 떠 있던 하루오의 시신도 머리에 떠올랐다. 사치카의 말에 따르면 뒷머리를 얻어맞고 바다에 버려졌다고 한다. 그렇다면 예언대로는 아니다. 무의식중에 연결시키고 관련을 짓고 있는 것뿐이다.

그렇게 생각한 순간, 이어지는 한 문장이 생각났다.

'살아 있는 피를 마시는 길고 새카만 벌레.'

이어서 조금 전에 보았던 다치바나의 시신이 머리에 떠올랐다. 흉기는 기다란 깜장벌레였다. 시신의 바로 옆에 피투성이의 숯 세공품이 놓여 있었다. 하지만 엄밀하게 말하면 이것도 예언과 부합하지는 않는다. 깜장벌레는 피가 묻어 있었을 뿐이지 피를 빨아먹은 건 아니다. 억지로 갖다 붙였을 뿐, 맞힌 건 아니다.

그래도 머릿속은 혼란스러웠다. 심장이 크게 방망이질 치는 건 짐승길을 올라가는 탓만은 아니다. 이 앞쪽에는 무엇이 있을까? 소사쿠가 있다고 치면, 과연 어떻게 되었을까? 전화로 들은 말은 분명히 자신의 죽음을 암시하고 있었다.

'산을 기어 내려오는 죽음의 손, 그림자가 있는 피에 물든 칼날.'

설마…… 불길한 예감이 부풀어 오른 찰나, 별안간 사치카가 불렀다.

"준 씨."

"왜?"

그녀는 잠시 망설이다가 입을 다물었다. 이상하게도 말을 하려고 하지 않았다.

"사치카 씨."

준이 이름을 부르자 겨우 입을 열었다.

"발자국 봤어요?"

"뭐?"

그녀가 눈짓으로 짐승길을 가리켰다. 새 발자국이 생긴 건 알고 있다. 산으로 들어오기 전부터 알아차린 것이다.

"그게 왜…….."

그녀는 시선을 준에게 고정한 채 답답하다는 얼굴로 말했다. "발자국이 두 사람 거예요. 똑바른 발자국과 구불구불한 발자국."

땅에 시선을 고정하자 짐승길의 거의 한가운데에 있는 발자국과 구불구불한 발자국이 보였다. 모두 조금 전에 생긴 듯한 새 발자국이다.

"누군가가 누군가를 쫓아가고 있군."

그렇게 말했지만 그녀는 대답하지 않았다.

"왜 그래? 쫓아가고 있는 거 아니야? 한 사람은 소사쿠이고, 또 한 사람은……."

"모르겠어요."

이번에는 가로막듯 말하고 얼굴을 찡그렸다. 얼굴에서 흙탕물이 몇 줄기 흘러내렸다. 그녀의 반응은 이해할 수 없었지만 발자국만 보고는 확실하게 알 수 없었다. 소사쿠가 누군가를 쫓고 있는지, 아 니면 누군가에게 쫓기고 있는지.

두 쌍의 발자국을 보면서 걷고 있을 때, 낯선 소리가 귀에 닿았다. 비바람 소리와 나무들의 울음소리 너머에서 똑똑히 들렸다.

으으, 으…….

아아아, 아…….

사람의 목소리였다. 남자가 무릎을 꿇은 채, 두 손으로 자신의 머 리를 껴안고 통곡하는 모습이 떠올랐다.

으으으으, 으으…….

그것도 한 사람이다. 한 남자가 목소리를 쥐어짜며 처절하게 울 부짖었다.

"소사쿠?"

생각하기도 전에 입에서 이름이 튀어나왔다. 휴대폰에서 들은 그의 말과 지금 들리는 목소리가 어렵지 않게 이어졌다. 준의 발걸음이 더욱 빨라졌다. 왼손에 우산을, 오른손에 나뭇가지를 들고 앞길을 서둘렀다. 사치카가 숨을 헐떡이며 그 뒤를 따라갔다.

경사가 급해졌다. 단단한 나무뿌리를 계단처럼 이용하며 걸음을 옮기자 별안간 시야가 탁 트였다. 묘지였다. 땅을 파서 만든 걸까? 아니면 주변에 흙과 돌을 쌓은 걸까? 주변보다 2미터쯤 낮은 구덩이에 무덤과 나무로 만든 묘비가 나란히 놓여 있었다. 무덤은 20기쯤 될까? 모두 이끼가 끼었고, 묘비에 새겨진 글자는 마모되어서 읽을 수 없었다. 직경 10미터 정도의 둥근 대지에 제각기 다른 방향을 향해 무덤이 놓여 있었다.

묘비는 모두 잿빛으로 변해 몇 개는 부러지고 몇 개는 쓰러져 있었다. 무덤 한복판에 한 사람이 서 있었다. 맨발에 누더기를 걸친 신선처럼 보이는 노인이었다.

후루하타였다. 그는 빗물을 마시듯 하늘을 향해 입을 벌리고 있었다. 비에 젖은 기다란 머리칼과 수염이 얼굴에 달라붙은 상태로.

그가 목이 터져라 소리를 질렀다. "으으으, 으으으으으…… 어, 어떻게, 이런 일이이이이……. 나는, 수십 년이나…… 워, 원령, 원령을……."

그는 한 손으로 머리칼과 수염을 마구 휘저었다. 물방울이 주변으로 흩어졌다. 그의 다른 한 손이 쥐고 있는 걸 보고 준은 저도 모르게 "앗!" 하고 소리를 질렀다. 소사쿠였다.

소사쿠는 축 늘어진 채 땅에 주저앉아 있었다. 눈은 공허하고 얼굴은 새파랬다. 후루하타에게 먹살이 잡히지 않았다면 그대로 쓰러졌으리라. 거리가 멀어서 생사는 확실하지 않지만 어쨌든 심상치 않다.

"소사쿠 씨!"

사치카가 뛰어내리기 위해 몸을 웅크린 순간.

"으아아, 오지 마아아! 오지 마, 오지 마, 오지 마! 오지 마!"

후루하타가 짐승처럼 울부짖으면서 걸음을 내딛더니, 소사쿠를 질질 끌고 무덤 사이를 빠져나가 오른쪽에 있는 돌계단으로 향했다. 그러곤 몸을 웅크리고 있는 사치카를 향해 이를 드러내며 위협했다.

"이 애송이, 오지 말라고 했잖아! 이 할망구, 손대지 마! 이 애송이, 꺼져!" 그는 한 손으로 소사쿠를 마구 휘두르며 말했다.

흙탕물이 튀어서 주변에 흩어졌다. 보기와 달리 완력이 센 모양이다. 목소리에도 탄력이 있다. 당황한 와중에 그렇게 생각한 순간, 후루하타가 돌계단에 발을 올리고 으르렁거리는 소리와 함께 뛰어오르더니 소사쿠를 끌어올렸다. 그러곤 목덜미에서 손을 떼고 "으아아, 빌어먹을!" 하고 토해내듯 말했다.

무슨 일이 일어난 거지? 뭐가 어떻게 된 거야?

그때 준이 땅을 박차고 뛰어갔다. 우산과 나뭇가지를 떨어뜨렸지만 그게 문제가 아니었다. 준은 다섯 걸음 만에 쓰러진 채 꼼짝도 하지 않는 소사쿠에게 다가갔다. 사치카가 바로 뒤에서 따라갔다.

준은 다른 방향을 향해 망연히 서 있는 후루하타를 경계하면서 몸을 숙이고, 소사쿠의 뺨을 때리면서 큰 소리로 이름을 불렀다. 그때 사치카가 다치바나에게 했던 행동이 떠올랐다. 소사쿠의 코와 입에 귀를 가까이 대자 희미한 공기의 흐름이 느껴졌다.

"맥박은 있어요, 약하긴 하지만."

사치카가 소사쿠의 목에 손을 대고 말한 뒤, 후루하타를 힐끔 쳐다보았다. 후루하타는 멍하니 입을 벌린 채 우두커니 서서 이쪽을 내려다보았다. 치아는 청결하며 가지런했다. 옷깃 안쪽에서 보이는 가슴도 의외로 두터웠다.

그는 부릅뜬 눈을 몇 번 깜빡이더니 뭔가를 내던졌다. 손바닥만 한 물체가 준의 발밑에 떨어졌다. 소사쿠의 휴대폰이었다.

그는 숨을 크게 토하고 나서 말했다. "……하아아아, 원령의 소행이야."

예상한 말이었다. 그라면 그렇게 말하리라고 생각했다.

순간, 온몸에 소름이 끼쳤다. 섬에서 일어나는 이상한 일은 전부 원령의 소행이다. 어느새 섬사람들과 똑같이 그렇게 받아들이려고 하고 있다. 아니, 어쩌면 이미 그렇게 받아들였는지도 모르겠다.

'아니야!'라고 말하려는 순간, 사치카가 단호하게 말했다.

"그런 건 존재하지 않아요!" 그녀는 후루하타를 가리키며 덧붙였다. "가슴에 묻은 건 피인가요?"

누더기 같은 옷의 가슴 주변에서 붉은 얼룩이 점점이 보였다.

그가 대답하지 않자 그녀는 날카롭게 노려보며 다그치듯 물었다. "다치바나 씨 집에서 무슨 일이 있었죠? 소사쿠 씨에게 무슨 일이 일어난 거예요? 당신은 알고 있죠?"

멍하니 그녀를 내려다보던 그의 입에서 "훗!" 하는 작은 웃음소리가 새어 나왔다.

"후후후, 후."

그는 소리만으로 웃었다. 서서히 입꼬리가 올라가자 비에 젖은 수염이 살아 있는 생물처럼 꿈틀거렸다.

"너도 알잖아, 사치카?"

"네?" 그녀는 몸을 웅크린 채 뒤로 물러섰다. 나이보다 어려 보이는 얼굴이 순식간에 창백해졌다. "……내 이름을 어떻게……."

"원령이야. 이것저것 모두 사치카의 할머니가 만들어낸 히키타 원령의 저주라고! 하하하하하!"

그는 눈을 부릅뜨고 소리 높여 웃었다. 그러더니 맹렬히 달려가 그대로 가까운 덤불로 뛰어들었다. 사락사락하고 풀이 부딪히는 소리와 함께 웃음소리도 멀어졌다.

덤불을 쳐다보면서 사치카가 중얼거렸다. "누구지……?"

준이 가늘게 몸을 떨면서 주변을 둘러보았다. 나무들과 구덩이와 무덤. 마구 짓밟은 흙탕물과 낙엽, 갈색 물웅덩이. 아무도 없다. 이 자리에 있는 사람 말고는 아무도 없다. 후루하타는 어디론가 가버렸다.

그럼에도 기척이 느껴졌다. 기묘한 기척이 주변을 떠나녔다. 여기저기에 뭔가가 '있는' 듯한 느낌이 들었다. 그리고 이쪽을 '쳐다보고 있다'.

아소가 말한 전승이 떠올라 나란히 있는 무덤으로 시선을 돌렸다. 히키타 뭐라고 쓰인 글자를 읽어내려고 시선을 고정했다. 그렇게 하면 할수록 소름이 돋고 온몸이 싸늘해졌다. 있을 리 없는 히키타 원령에 겁먹게 되었다.

그때 "쿨럭!" 하고 기침하는 소리가 들렸다. 우산 뒤에서 소사쿠의 창백한 얼굴이 일그러졌다. 살아 있다. 아직 죽지 않았다. 맥박과 호흡보다 더 명확한, 살아 있다는 증거였다.

준과 사치카가 동시에 큰 소리로 소사쿠의 이름을 불렀다.

5

'민박 아소'의 현관문을 열자마자 아소가 허겁지겁 뛰어왔다.

"뭐, 뭐가 어떻게 된 겁니까?"

턱 끝까지 창백해지고 낭패한 표정을 지으면서도 바닥에 목욕 타월을 재빨리 깔았다. 그 위에 업었던 소사쿠를 내려놓은 순간, 준은 그 자리에서 엉덩방아를 찧었다. 준의 상황도 심상치 않았다. 몸이 차가워진 소사쿠를 업고 오느라 체온을 빼앗긴 탓에 온몸을 덜덜 떨었다. 다치바나 집에서 잠시 쉬며 사치카가 준 사탕을 먹었지만 체력은 회복되지 않았다. 소사쿠도 아직 눈을 뜨지 않았다.

섬사람들은 이번에도 문을 열어주지 않았다. 아무리 소리치고 문을 두들겨도 대답하는 사람도 없었고, 밖을 돌아다니는 사람도 없었다. 여기에 오기까지 아무도 만나지 못했고 멀리서 보지도 못

했다.

아소가 다시 물었다. "준 씨?"

준은 가까스로 대답했다. "나도 어떻게 된 건지 모르겠어요."

여름인데도 추위가 몸속에 스며들어 온몸이 딱딱하게 굳었다.

"따뜻한 물을 받아놓았으니까 목욕부터 하세요." 아소가 목욕 타월을 내밀며 말했다.

프런트의 벽시계는 9시를 가리키고 있었다. 아침 9시. 아직 이 시간밖에 되지 않았다. 그런데 벌써 두 사람이 죽고 한 사람이 의식을 잃었다.

사치카가 와이드팬츠의 밑자락을 짜면서 말했다. "준 씨, 조금만 더 힘을 내세요."

"알았어, 걱정 마." 준은 그렇게 대답하며 소사쿠를 껴안았다.

아키코 모자와 레이코가 계단에서 걱정스러운 눈으로 이쪽을 내려다보았다.

오전 10시 반.

소사쿠는 이불을 덮고 잠들었다. 아니, 죽어가고 있다는 표현이 맞을지도 모르겠다. 감은 눈, 메마른 입술. 이마의 오른쪽에 거즈가 붙어 있다. 여기에 온 후에도 몇 번이나 이름을 불렀지만 눈뜰 기색은 없었다. 숨결은 너무나 연약해서 지금이라도 멎을 것 같았다.

안색은 조금 좋아졌다. 사치카가 목욕을 시켜준 덕분이다. 그녀는 혼자 소사쿠의 옷을 벗기고 얼굴과 머리, 몸을 꼼꼼히 씻긴 후에 옷을 갈아입혔다. 그러는 동안 준은 소사쿠의 드럼백에서 속옷과 옷을 꺼내 탈의장으로 가져가고, 그런 다음에는 이 방으로 소사쿠를 옮겼다. 그 이외의 일은 모두 사치카에게 맡겼다.

사치카는 소사쿠의 머리맡에 앉아 있었다. 어느새 색 바랜 핑크색 티셔츠와 연지색 운동복으로 갈아입었다. 실내복이나 잠옷이리라. 목욕탕에서 나와 뺨은 발그스름했지만 입술을 꼭 다물고 소사쿠를 바라보는 표정은 냉정하게 보일 만큼 진지했다.

사치카의 권유로 목욕을 하고 온 준이 물었다. "어때?"

준은 소사쿠를 사이에 두고 그녀의 맞은편에 앉았다.

그녀가 심각한 얼굴로 말했다. "잘 모르겠어요. 내가 할 수 있는 건 전부 다 했어요."

소사쿠가 왜 기절했는지, 왜 눈을 뜨지 않는지 물었지만 확실한 대답은 돌아오지 않았다. 하긴 그녀도 잘 모를 것이다. 겉으로 보기엔 이마의 작은 상처 정도밖에는 보이지 않고, 혹이나 타박상도 없었다. 뼈도 부러진 것처럼 보이지는 않았다.

어떻게 해야 좋을지 막막한 상태에서 좌탁의 주먹밥을 손에 들었다. 아소가 방으로 가져다준 것이다. 좌탁에는 주먹밥 이외에 장아찌 몇 종류와 보리차가 놓여 있었다.

아소에게는 진심으로 고마움을 느꼈다. 부탁도 하지 않았는데 이렇게 룸서비스까지 해준 것이다. 하지만 혀가 맛을 느끼지 못했다. 가볍게 목욕을 해서 한기는 사라졌지만 몸과 마음의 긴장은 풀리지 않았다.

"억지로 드실 필요는 없습니다." 아소는 에어컨의 송풍구에 손을 대고 리모컨을 조작하면서 덧붙였다. "더우세요? 추우세요? 이 정도면 괜찮을까요?"

"신경 쓰지 마십시오."

"아닙니다, 이쪽은 신경 써야 하는 직업이니까요." 어색하게 웃으며 말했다.

아키코가 넓은 툇마루의 의자에서 몸을 일으키며 말했다. "우리가 할 수 있는 일이 없을까요?"

눈에는 불안한 빛이 감돌고 있었다. 바로 옆에서는 신타로가 무릎을 꿇고 앉아 걱정스러운 눈길로 소사쿠를 바라보았다.

"괜찮습니다."

"사양하지 말고 말씀만 하세요. 참, 이런 때는 기분 전환을 위해서 한잔하는 게 어떨까요?"

준이 무심코 되물었다. "네?"

아키코가 과장스럽게 미소를 지으면서 대답했다. "기분 전환 말이에요. 난 술을 못 마시지만 조금 마시면 스트레스가 풀리잖아요?

밑에서 사올게요. 뭐가 좋을까요? 맥주는 어때요?"

"엄마."

"그래! 신타로, 네가 가서 사올래? 난 술 종류는 잘 모르니까."

그녀는 과장스러운 몸짓으로 아래층을 가리켰다. 신타로는 곤혹스러운 얼굴로 엄마와 준을 차례대로 보았다. 아키코가 다시 말을 하려고 했을 때, 레이코가 다독거리듯 입을 열었다.

"도련님, 너희 엄마는 두려워하고 있어."

그녀는 벽에 기댄 채 팔짱을 끼고 있었다. 형광등 불빛을 받고 얼굴의 그늘이 강조되어 검푸르게 보였다.

아키코가 레이코를 노려보았다.

레이코는 허리를 앞으로 내밀고 벽에서 떨어졌다. "엄마만이 아니야. 여기에 있는 사람은 모두 두려워하고 있지. 지금 냉정한 사람은 부엌에 있는 민박집 사모님뿐이라고 할까? 그분만 묵묵히 자기할 일을 하고 있어."

"네, 팔불출 같지만 저의 자랑스러운 아내죠."

"팔불출 짓은 나중에 하세요!" 레이코는 아소의 말을 차갑게 자르고, 사람들을 차례대로 바라보았다. "이제 다들 알겠죠? 사람이 둘이나 죽고 한 사람은 의식불명 상태인데, 섬사람들은 모두 집 안에 틀어박혀 나오지 않아요. 아무리 생각해도 이상하지 않나요?"

민박집에 있는 사람들이 하나둘씩 여기로 모이고 나서 지금까지,

사치카와 둘이 띄엄띄엄 사건의 전말을 들려주었다. 기묘한 죽음, 다치바나의 수상한 행동과 깜장벌레. 소사쿠한테서 걸려온 전화, 그리고 후루하타 노인의 이상한 행동.

이야기가 끝나자 아소가 몇몇 섬사람에게 전화를 걸었지만 아무도 받지 않고, 가까운 이웃집 문을 두들겨도 대답이 없다고 전해주었다.

"억지로 기운을 짜내도 해결되지 않아요. 지금은 현실을 똑바로 보고 대책을 세워야죠."

레이코는 당연한 말을 했지만 얼굴은 몹시 어두웠다. 목소리도 가라앉았다. 그녀 또한 두려워하고 있다. 기이한 일이 연달아 일어나는 섬에 갇혀 있다는 사실이 두려운 것이다.

사치카는 소사쿠의 목에 손을 대고 맥박을 쟀다.

"똑바로 봐야 할 현실이 뭐죠? 대책은 뭐고요? 범인을 찾는 건가요? 아니면 점으로 맞히는 건가요?" 아키코가 비아냥거림을 잔뜩 담아 물었다.

레이코는 팔짱을 풀고 조롱하듯 말했다. "아주머니, TV를 너무 많이 본 거 아닌가요? 조셉 맥모니글*이나 낸시 마이어** 같은 사람

---

* Joseph McMoneagle. 미국 육군첩보국에 근무했던 정보관. 원격 투시와 예지 능력을 가지고 있었다고 한다.
** Nancy Myer. 초능력자를 자칭하는 미국인 여성. 초능력을 이용해 미해결 사건 수사에 협조했다.

의 말을 진짜로 믿고 있는 것 같군요. FBI에서 보증한 초능력 수사관 같은 사람들을 말이에요." 그녀는 아키코가 반론하기 전에 재빨리 덧붙였다. "그런 건 전부 속임수예요. 그들이 하는 건 초보적인 사기일 뿐이죠. 그들은 숏거닝*이나 바넘 효과**를 비롯해 여러 가지 심리 효과를 이용해 사람들을 속인 거예요. 그들의 말을 진지하게 받아들이는 건 아무것도 모르고 속아 넘어가는 순진한 사람들뿐이죠."

처음 들어본 단어가 많다. 더구나 이야기가 옆길로 새고 있다. 당황한 표정을 지은 순간.

"이 못생긴 아줌마! 우리 엄마를 나쁘게 말하지 마!"

신타로가 소리를 지르더니 어깨에 힘을 주고 레이코를 노려보았다. 빼빼 마른 몸이 부들부들 떨리고 있다. 아키코가 깜짝 놀란 얼굴로 아들을 올려다보았다. 그 얼굴이 천천히 일그러지면서 눈물이 고였다.

레이코는 미간에 주름을 잡고 아키코 모자를 보더니 이윽고 가여워하는 눈길로 말했다. "도련님은 엄마를 아주 좋아하는군."

완전히 어린아이에게 하는 말투였다.

---

* shotgunning, 산탄총처럼 그럴 듯한 말을 많이 던져서 그중에 하나는 맞히는 것.
** barnum effect, 성격에 대한 보편적인 묘사들이 자신과 정확히 일치한다고 생각하는 경향.

"그래!" 신타로가 콧김을 거칠게 내뿜으며 대답했다.

"미안해. 무슨 일이 있으면 엄마를 지켜주렴." 레이코는 두 손을 살짝 들고 항복하는 동작을 취했다. 그러곤 사람들에게 한 발짝 다가가며 말을 이었다. "이야기를 원점으로 돌릴게요. 솔직히 말하면 나도 흥분했어요. 하지만 지금은 냉정해지지 않으면 안 되겠죠."

아키코가 조용히 대답했다. "그래요."

신타로가 천천히 온몸의 힘을 뺐다. 방의 공기가 부드러워지길 기다렸다가 레이코가 다시 입을 열었다.

"범인을 찾는 건 경찰의 일이에요. 우리에게는 힘든 일이죠. 넉살이 좋던 그 남자분, 이름이 뭐였더라……."

"하루오예요, 미사키 하루오."

"좋아요, 하루오 씨라고 하죠. 하루오 씨의 죽음만 해도 이상한 일이 너무 많아요. 이유는 물론이고 왜 한밤중에 밖에 나갔는지도 모르잖아요?"

"주스 사러 나간 거 아닐까요?"

그러자 그녀의 한쪽 눈썹이 살짝 꿈틀거렸다. 준은 움찔거리면서도 차분히 설명했다.

"다치바나 씨가 그랬거든요. 바다에 빠졌다는 건 분명히 거짓말이겠지만, 밖에 나간 건 정말로 주스를 사러 나간 것뿐일지 모른다고요."

레이코가 따분한 얼굴로 말했다. "보세요, 이런 식이에요. 아마추어가 탐정놀이를 하면 이렇게 쓸데없는 말만 나올 가능성이 있죠. 동기가 어떻다든가 하는 말도 마찬가지예요. 주스를 사러 나갔으면 어떻게 되죠? 거기부터 이야기가 확대될 리 없잖아요?"

"서로 얘기를 맞춰보면 뭔가 알 수 있을지도 모르잖습니까?"

"알 수 '있을지도 모른다'……. 그것도 가능성 아닌가요? 더구나 중요한 판단을 남에게 맡기는 불안한 가능성이죠. 마침 좋은 기회니까 미리 말해둘게요." 그녀는 갈색 머리칼을 쓸어올리면서 빠르게 덧붙였다. "이런 종류의 얘기가 도움이 된 적은 한 번도 없어요. 보고 들은 것, 말한 것, 생각한 것, 그런 것들이 직접이든 간접이든 단 하나의 진실을 해명하는 단서가 된다……. 그렇게 절묘한 우연은 현실에선 일어나지 않아요. 추리 소설은 모두 천문학적인 우연에 편승한 허풍이거나 작가가 꾸며낸 픽션일 뿐이죠. 그런 걸 공정하다든지 불공정하다든지, 리얼리티가 어쩌고저쩌고하면서 진지한 얼굴로 침을 튀기며 말하는 인간들이, 내가 보기엔 오히려 사이비 종교 같은 오컬트 신봉자예요. 그런 말을 들으면 온몸에 소름이 끼치죠."

이야기의 도중부터 불쾌한 표정을 짓는 걸 보면 개인적인 원한이 섞여 있는 것 같기도 했지만, 내용은 그럭저럭 이해할 수 있었다. 아마추어는 진상을 규명할 수 없다, 비현실적이다, 라고 말하고 싶은 것이리라.

아소가 단도직입적으로 물었다. "그럼 이런 때는 어떻게 하면 되나요?"

레이코가 과장스럽게 두 손을 펼치고 대답했다. "그걸 몰라서 물어요? 예언이 빗나가도록 기도하는 거예요."

한순간 찬물을 끼얹은 듯 조용해졌다. 소리를 내는 것도 미안한 분위기가 떠다녔다. 신타로만이 눈을 휘둥그레 떴을 뿐이다. 레이코가 입꼬리를 올리며 작게 웃었다.

"결코 헛소리가 아니에요. 유코 님 예언대로 되고 있는 건 사실이잖아요? 어제도 그제도 아니고 바로 오늘! 이 섬에서 사람이 죽었어요. 그것도 예언의 상황과 똑같이, 예언의 순서대로요. 비로 인해 경찰이 올 수 없다는 것도 맞혔어요. 이게 우연일 리 없잖아요!" 그녀는 자신만만한 표정으로 덧붙였다. "내일 아침까지 네 명이 더 죽어요. 어떻게 해서라도 그건……."

"그만해요!" 그녀의 말을 가로막은 사람은 아소였다. 그러곤 레이코와 시선이 마주치지 않게끔 고개를 돌리면서 덧붙였다. "소, 손님에게 이렇게 말씀드리는 게 실례라는 건 알지만, 예언이나 영능력을 믿는 건 말이 안 됩니다. 그거야말로 아까 말씀하신 것처럼 사기죠."

"유코 님은 진짜예요. 증거는 예언의 정확도예요. 그분은 자신의 죽음까지 맞혔어요. 미국의 911 테러도, 아마가사키 철도 사고*도,

추에쓰 대지진[**]도, 311 대지진도요."

"그건……."

그녀는 아소를 노려보아 입을 다물게 하고 단정적으로 말했다. "예언만이 아니라 영능력도 마찬가지예요. 시험적으로 가볍게 내 능력을 보여줄까요? 예를 들면 아소 씨, 당신은 젊었을 때 건달 생활을 한 적이 있죠?"

아소는 한순간 흠칫 놀란 표정을 짓더니 바로 어색한 미소를 지으며 왼쪽 손목을 내밀었다.

"이거 말씀인가요?"

그곳에는 하얗고 둥근 흔적이 희미하게 남아 있었다. 직경 1센티미터가 채 되지 않는다. 담뱃불 자국이다. 건달들이 흔히 하는 담배빵 흔적으로 보였다.

"이건 화상 자국입니다. 유치원 때 어머니가 튀김 만드는 걸 보고 있다가 기름이 튀는 바람에 데였죠. 유감스럽지만 건달 생활을 한 적은 없습니다."

하지만 그녀는 조금도 동요하지 않고 딱 잘라 말했다. "내가 말하는 건 등에 있는 하얀 자국 같은 거예요. 왼쪽 어깨뼈 근처에 있는

---

*   2005년에 107명이 사망한 열차 탈선 사고.
** 2004년에 68명이 사망한 6.8의 지진.

예언의 섬

흔적요. 그건 문신을 없앤 흔적 아닌가요? 문양은…… 눈알, 비늘, 파도, 수염. 그리고 지느러미…… 아아, 잉어예요!"

순식간에 얼굴이 창백해지면서 아소는 잉어처럼 입을 뻐끔거렸다. 레이코가 승리에 찬 미소를 지었다.

"이어서 아주머니…… 이번 여행이 끝나면 일할 생각이시죠?"

아키코가 눈을 휘둥그레 떴다. "네?"

신타로가 깜짝 놀라며 아키코를 쳐다보았다. "뭐? 그런 말은 처음 들었어. 진짜야?"

아키코는 힘없이 고개를 끄덕였다. "……응. 아직 아무에게도 말 안 했는데."

"엄마, 왜? 왜 일을 하는데? 돈이라면 아직 남아 있다고 했잖아."

"도련님, 그건 사람들 앞에서 할 말이 아니야. 나도 그런 것까지 밝힐 생각은 없고. 정답 맞히기는 끝났으니까."

그녀는 울상을 지으며 엄마에게 매달리는 신타로를 보고 그렇게 말한 뒤, 준에게로 시선을 옮겼다. 눈을 가늘게 뜨고 잠시 침묵하더니 반쯤 웃으면서 말했다.

"사별, 아니, 이혼이군요. 준 씨는 아버지를 보고 싶어 해요. 옛날을 그리워하는 일도 있죠?"

반쯤 웃으면서 곧바로 대답했다. "미안하지만 그건 틀렸어요."

아마 '영시'라고 하는 것이겠지만 통쾌할 만큼 정확도가 떨어졌다. 레이코는 사실과 정반대로 말한 것이다. 준은 미안한 얼굴로 어깨를 들썩였다.

옛날 일이 떠올랐다. 생각하고 싶지도 않은 그 남자를 떠올리고 말았다. 마음이 약하고 듬직하지 못하며 툭하면 직장을 때려치우고, 휴일에는 아침 일찍 낚시하러 가서 밤늦게까지 들어오지 않던 남자. 가끔 술에 취하면 이성을 잃고 우리 모자에게 폭력을 휘두르기도 했다……. 그런 남자에게는 아버지 자격이 없다. 집을 나가서 진심으로 속이 후련했다. 지금은 어디에 있는지 모르고, 알고 싶지도 않다. 그래서 보고 싶어 한 적도, 그리워한 적도 없다. 그런 남자를 뭐하러 그리워하겠는가?

그 남자는 준에게 경멸과 증오의 대상일 따름이었다.

"어머나, 그러세요? 이거 아쉽네요. 그럼 증거를 보여드릴까요?" 그녀는 의미심장하게 말하며 머리칼을 흔들더니 두 손으로 사치카를 가리켰다. "저기 계신 에하라 가즈미 씨, 저분이 바로 우쓰기 유코 님의 손녀 우쓰기 사치카 님이에요."

아소와 아키코 모자가 멍하니 입을 벌렸다. 사치카는 여전히 소사쿠의 상태를 살펴보고 있었다.

"지금 이 자리에 우쓰기 유코 님의 손녀분이 계세요. 더구나 간호사죠. 이건 절대로 우연이 아니에요. 신계, 아니 보살계에 계시는 위대한 유코 님께서 인도하신 거죠. 유코 님께서 사치카 님을 보내신 거예요." 그녀는 황홀한 눈으로 사람들을 차례대로 보면서 목소리를 높였다. "참극을 막기 위해서요. 가까이는 저 남자…… 소사쿠 씨가 세 번째 희생자가 되지 않도록. 따라서 유코 님의 유언을 함부로 무시하면 안 돼요."

고요한 침묵이 자리를 감쌌다. 조금 전의 어색한 침묵이 아니라 긴장감이 가득한 침묵이었다. 레이코의 이야기는 비논리적이다. 보살계라는 둥 인도했다는 둥, 수상한 말들이 가득하다. 하지만 받아들일 수밖에 없는 면도 있다.

소사쿠가 죽을지도 모른다. 세 번째 희생자가 될지도 모른다. 이것만은 말도 안 된다고 잘라버릴 수 없다. 혼수상태의 원인을 모른다는 점이 불안을 한층 부채질했다. 그래서 무엇인가에 의지하고 싶어진다. 기도하고 싶어진다. 간호사인 사치카가 있다고 해서 안심할 수는 없다.

하늘이나 신불(神佛)에 매달리고 싶은 마음은 누구에게나 있다. 그런 마음을 우쓰기 유코에게 바친다고 해서 뭐가 잘못인가. 전자의 둘이 정당한 신이고, 후자의 인간은 가짜다. 그렇게 생각할 근거가 어디에 있는가. 하늘이나 신불은 사람들의 소원을 들어주고, 우쓰기 유코는 사람들의 소원을 들어주지 않는단 말인가.

아키코가 머뭇거리며 입을 열었다. "그래요, 소사쿠 씨는 죽지 않았으면 좋겠어요. 생판 남인 나도 그렇게 생각해요."

아소가 조용히 고개를 끄덕였다. "저도 그렇습니다. 손님에게 불행한 일이 있어서는 안 되죠."

레이코가 정중하게 대답했다. "좋은 마음가짐이에요. 두 분에게 조금 전까지 무례하게 행동한 걸 사과드릴게요. 용서해주세요."

화려한 용모에 어딘지 모르게 숭고한 분위기가 떠다녔다.

그녀가 나지막하게 속삭였다. "다 같이 기도해요."

준은 무릎을 꿇고 단정하게 앉아 등줄기를 곧게 폈다.

"손을 마주 잡으세요. 보살계에 영혼의 손을 내밀고, 아카식 레코드의 내용을……."

다음 순간, 조용한 분위기를 깨뜨리며 날카로운 목소리가 울려 퍼졌다.

"그만하세요!" 사치카가 소사쿠의 머리맡에서 한쪽 무릎을 세운 채 레이코를 올려다보았다. "예언 같은 게 맞을 리 없잖아요? 작작 좀 하라고요. 나까지 이용해 사람들을 끌어들이지 말고!"

레이코는 한순간 주눅이 들었지만 이내 자세를 바로하고 반박했다. "사치카 님을 이용하다니…… 그런 거 아니에요. 물론 사치카 님의 뜻은 존중하지만 이것도 보살계에 계시는 할머님의 인도예요."

"우쓰기 유코는 평범한 할머니였어요."

"세상에!" 레이코는 눈을 희번덕거리며 뒷말을 잇지 못했다.

사치카가 천천히 일어나면서 덧붙였다. "그 사람이 괴로워하는 사람의 말에 진지하게 귀를 기울여 많은 사람을 구해준 건 사실이에요. 패션 센스는 엉망이었고 과대망상 기미가 있었지만, 세상의 눈으로 볼 땐 좋은 사람 축에 들어가죠. 하지만 평범한 사람일 뿐이에요. 그 사람에게 특별한 힘 같은 건 없었어요. 그 사람 눈에 영혼이 보인다고 생각했을 뿐 영감 같은 건 손톱만큼도 없었고, 할 수 있다고 믿었을 뿐 예지 능력도 없었죠."

레이코가 주위가 떠나갈 듯 소리쳤다. "그게 무슨 헛소리예요!"

넓은 툇마루와 방 사이의 장지문이 덜컹덜컹 흔들리면서 신타로가 몸을 움츠렸다.

"아무리 유코 님 손녀라도, 해도 되는 말과 안 되는 말이 있어요. 그분은 생전에 수백, 아니 그보다 더 많은 예언을……."

"8,237개지요. 시니까 '편'으로 세는 게 좋겠군요. 책에 실리지 않은, 잡지나 TV에 기고한 것까지 합치면 9,027편이에요. 한마디로 말해 너무 많아요. 이렇게 많이 남기면 어느 것 하나는 맞지 않겠어요? 전형적인 숏거닝이죠. 총을 많이 쏘면 한 발쯤은 맞는다는 방식 말이에요." 사치카는 레이코에게 한 걸음 다가가며 말을 이었다. "애초에 예언이 '맞는다'는 게 어떤 건지 알아요? '현실의 사건에 잘 갖다 붙인다'는 뜻이에요. 추리 소설이 작가가 교묘하게 유도한 픽션이라면, 예언은 상대를 절묘하게 유도하는 암호죠. 상대의 상황에 따라 어떻게든 해석할 수 있으니까요."

"그렇지 않아요. 유코 님은 자신의 죽음까지도……."

"레이코 씨, 그것도 갖다 붙인 거예요."

사치카는 선언하듯 말하고 레이코를 똑바로 쳐다보았다. 갑작스러운 상황에 다른 사람은 아무 말도 할 수 없었다.

"기억해요? 그 시가 어떤 것인지, 어느 책의 어디에 실려 있는지."

"물론이에요!" 레이코가 목소리를 높이며 말했다.

물과 인연이 있는 저편의 땅, 6, 9, 1, 이라는 숫자가 보이노라.

내 죽음은 이미 정해졌도다, 내 육체는 그 땅에서 쓰러지노라.

그와 동시에 사람들은 땅속 깊은 곳, 새들의 안개에 감싸여

숨이 끊어지도다.

"……1989년에 간행된 『우쓰기 유코의 대예언 2』 71쪽. 아직 3행시 스타일이었던 때의 예언이에요. 그럼 한 줄씩 자세히 살펴볼까요?" 그녀는 형광등 불빛을 올려다보면서 차분하게 말했다. "첫 줄의 앞부분은 분명히 섬을 말하고, 숫자는 무, 쿠, 이,* 로 읽을 수 있죠, 여기 무쿠이 섬이에요. 둘째 줄은 자신이 죽는다고 말하고 있어요. 그리고 마지막 줄…… 아주머니, 이게 뭔지 아시겠어요?"

---

* 6(무쓰), 9(쿠), 1(이치)에서 앞 글자를 따옴.

그녀는 갑자기 아키코를 가리켰다.

아키코는 낭패한 표정을 지으면서도 대답했다. "저기…… 땅속 깊은 곳, 새들의 안개…… 설마 지하철 사린가스 사건인가요?"

"바로 그거예요." 레이코는 자신의 수훈인 양 자랑스럽게 가슴을 펴고 사치카를 노려보았다. "본인은 무쿠이 섬에서 쓰러진다, 그게 원인이 되어서 죽는다, 같은 해에 지하철 사린가스 사건이 일어난다……. 유코 님은 이렇게 정확한 예언을 남기셨어요. 이걸 어떻게 갖다 붙였다고 말할 수 있죠?"

사치카는 입꼬리에 걸린 귀밑머리를 손으로 떼어내고 조용히 입을 열었다. "물이라는 단어는 이런 예언에 항상 등장하는 상투어죠. 바다, 강, 호수, 연못, 수도, 우물, 비, 홍수. 어느 것에도 해당되니까요. 사람이 사는 곳 중에 물과 관계없는 곳이 더 드물지 않을까요? 숫자도 마찬가지예요. 주소, 전화번호, 차 번호, 경도, 위도, 음력, 양력, 해발, 고도에 이르기까지 어디에나 끼워 맞출 수 있죠. 레이코 씨처럼 앞 글자를 사용하거나 말장난을 사용하면, 임의의 언어의 임의의 말로 바꿀 수 있단 뜻이에요. 둘째 줄은 레이코 씨가 너무 비약했어요. 문장을 그대로 읽으면 '내게는 정해진 목숨이 있다, 나는 그곳에서 쓰러진다'…… 다시 말해 당연한 것, 절대로 빗나가지 않는 것밖에 쓰여 있지 않아요. '죽을 때까지 목숨은 보장하겠습니다'라는 우스운 농담이 있는데, 그것과 마찬가지예요."

"그, 그렇다면 셋째 줄은요?"

"이건 단순히 우연이에요. 땅속도 새도 안개도, 어디에라도 갖다 붙일 수 있는 모호한 단어니까요." 사치카가 동정하는 표정을 지으며 덧붙였다. "이것 말고 '맞힌' 예언도 전부 이런 식이에요. 911도 311도 그 밖의 다른 것도 전부 레이코 씨가 현실 사건에 교묘하게 갖다 붙였을 뿐이에요. 한 편씩 증명할 수도 있지만 그럴 만한 가치가 없어서 하고 싶지 않아요."

경련이 인 레이코의 뺨에 한 줄기 땀이 흘러내렸다.

"그렇다면, 그렇다면 영감은, 영시는 어때? 유코 님만이 아니야, 나도 조금 전에……."

"그 정도라면 나도 할 수 있어요." 사치카는 눈을 가늘게 뜨고 레이코의 말을 가로막았다. 그러곤 손가락으로 관자놀이를 누르며 덧붙였다. "레이코 씨, 건강이 안 좋군요. 배, 아니, 허리…… 아니면 몸통과 다리가 이어지는 부분."

"그, 그게 무슨……."

"작년 가을부터였죠? 10월 초 정도."

"……."

레이코는 입도 벙긋하지 않았다.

"원인이 뭔지는 잘 몰라요. 하지만 일에 지장이 있을 정도죠. 인터넷으로 점을 봐주는 건 문제가 없지만, 사람을 직접 만나 점을 봐주는 건 점점 힘들어지고 있어요. 여기에 온 건 예언이 맞는지 확인하기 위해서만이 아니에요. 우쓰기 유코와 인연이 있는 곳이니까 혹시 병이 낫지 않을까 기대하고 온 거죠. 당신에게는 여기가 이른바, 힘을 솟게 만들어주는 장소예요."

사치카의 얼굴에는 한 줄기 망설임도 보이지 않았다. 자신의 말을 확신하고 있다, 완벽하게 맞혔다고 믿어 의심치 않는 얼굴이었다. 레이코가 비틀거리다가 방의 한쪽 기둥에 등을 부딪혔다.

놀라움과 감동이 뒤섞인 얼굴로 그녀는 나지막하게 중얼거렸다. "여…… 역시 유코 님의 손녀분이야. 놀라운 영감이야……."

"아니에요!" 사치카는 귀찮은 얼굴로 내뱉곤 작게 한숨을 쉬었다. "레이코 씨는 역시 무의식적으로 하고 있군요. 그걸 영감이라고 믿는 패턴이에요. 즉, 우쓰기 유코와 똑같아요."

"똑같다고?"

사치카는 기쁜 표정을 짓는 레이코를 차갑게 바라보면서 말했다. "트릭을 밝히자면, 난 그냥 관찰해서 추리한 것뿐이에요. 점술사나 마술사가 콜드리딩*이라고 부르는 수법이죠. 말과 행동, 표정, 내가 말했을 때 보이는 약간의 반응. 추리의 재료는 방대하지만 레이코 씨 경우는 결정적으로 부자연스러운 행동이 하나 있었어요. 정확하

---

* cold reading. 상대에 관한 사전 정보 없이 상대의 생각을 파악하는 기법.

게 말하면, 특정한 행동을 보이지 않았죠."

"그, 그게 뭔데?"

사치카는 한 호흡을 두고 대답했다. "우리 앞에서 한 번도 앉아 있지 않았어요. 배에서도 그랬고, 식당에서도 그랬죠. 지금도 그렇고요. 앉을 곳은 얼마든지 있는데 말이죠."

신타로가 눈을 반짝이며 소리쳤다. "알았어! 치질이다! 나도 알아요. 앉으면 아픈 거죠?"

레이코의 얼굴이 순식간에 새빨개졌다.

"이 녀석!" 아키코가 아들의 손을 때리고 레이코를 향해 사과했다. "레이코 씨, 죄송해요."

사치카도 순순히 사과했다. "미안해요, 이런 반응이 나올 줄은 몰랐어요."

레이코는 잠시 입을 다물고 있다가 이윽고 한숨을 섞어서 말했다. "치질은 아니야. 이런 상황에서는 안 믿겠지만 추간판 탈출증이지. 엉거주춤하게 서 있기만 해도 통증이 심하거든. ……그런데 어떻게 시기까지 알았지? 영시를 한다고 알아낼 수 있는 게 아니잖아?"

"조사했으니까요." 사치카는 간단하게 대답하고 주머니에서 휴대폰을 꺼냈다. "이름으로 검색했더니, 동영상 사이트에 점을 봐주는 레이코 씨 동영상이 있더군요. 그런데 작년 9월 말부터 새로 올린 동영상이 없더라고요. 동영상은 의자에 앉아 있는 걸 확실히 알 수 있는 구도였죠. 시기는 거기서 추측했어요. 이런 방식을 핫리딩[*]이라고 하죠. 레이코 씨도 이런 방식을 이용해 직접 듣지 않은 정보를 알아내고 있을 거예요. 본인에게 영감이 있다는 생각이 너무 강해서 자각하지 못한 데다, 의식의 수준까지 올라오지 않았을 뿐이에요."

사치카는 이걸로 끝이라는 식으로 입을 다물었다.

아소가 어느새 조심스럽게 손을 들고 쭈뼛거리며 말했다. "우리 민박집은 홈페이지가 있는데, 거기에 내가 직접 민박집을 리모델링한 사진을 올리고 있습니다. 거기에 위통을 벗은 채 니스 칠을 하는 사진도 있었을지 모릅니다. 아니, 분명히 있습니다."

세 번째 침묵이 찾아왔다. 이번에는 감탄과 당황함으로 가득 찬 침묵이었다.

결판이 났다. 사치카의 완승이다. 그걸 모르는 사람은 없다. 그런데 마음에 걸리는 점이 있었다. 왜 갑자기 사치카가 레이코의 말에 태클을 걸었느냐는 점이었다.

그녀는 이성적이라기보다 감정적으로 행동했다. 거칠게 말하거나 남을 업신여기지는 않았지만 기를 쓰고 레이코…… 아니, 심령이나 영감을 부정했다. 유명한 영능력자 우쓰기 유코의 손녀인 그녀가.

* hot reading. 상대의 정보를 알면서 대화를 이끌어가는 방식.

사치카가 거북한 얼굴로 똥 머리를 매만졌다. "……죄송해요. 정말 죄송해요, 레이코 씨. 그리고 여러분. 소사쿠 씨가 의식을 잃은 상황에서 별로 중요하지 않은 일에 발끈해서요."

말투도 동작도 조금 전보다 훨씬 어리고 미덥지 못하게 보였다. 키도 줄어든 것처럼 보였다. 레이코는 정신이 다른 곳에 있는 얼굴로 사치카를 멍하니 바라보았다.

"그, 그건 신경 쓰지 마. 여러분, 괜찮죠?"

준이 어색하게 밝은 목소리로 말하고는 좌탁의 주먹밥을 권했다.

예언의 섬

6

정오가 지나도 소사쿠는 눈을 뜨지 않았다. 준은 안절부절못하고 실내를 돌아다니며 툇마루 의자에 앉았다가 일어섰다를 반복했다. 아소와 사치카, 아키코 모자, 레이코는 이미 방에서 나갔다. TV에서 흘러나오는 뉴스 소리만이 방을 가득 메웠다. 태풍은 진로를 바꾸어 시코쿠 지방을 종단한 뒤 북동쪽으로 나아가고 있다고 한다.

TV 화면을 쳐다보자 위성 사진이 크게 나오고 있었다. 새하얀 소용돌이 같은 거대한 태풍이 눈에 들어왔다. 태풍의 눈은 지금 있는 곳, 즉 무쿠이 섬 주변에 도달해 있었다. 한 시간 전 사진인 듯했다. 밖을 내다보니 어느새 비는 그쳤다.

준은 황급히 휴대폰을 꺼내 H 경찰서에 전화했다. "여보세요. 무쿠이 섬에서 사람이 사망했습니다. ……네에, 네에 …….”

전화기 너머에서 들리는 경찰관의 목소리에서 뿌리치는 듯한 냉혹함이 느껴졌다. 실망이 가슴으로 퍼져나갔다.

"그럼 바다가 잔잔해지는 대로 와주십시오. 부탁합니다." 준은 전화를 끊고 힘없이 어깨를 떨어뜨렸다. "하긴 그래. 지금 파도가 거칠게 날뛰지 않는 건 여기뿐이겠지."

준은 소사쿠를 바라보았다. 죽은 사람 같은 얼굴을 보자 불안감이 뼛속까지 스며들었지만 이불이 약간 위아래로 움직이는 모습에 가슴을 쓸어내렸다. 사람들이 각자 자기 방으로 가고 나서 준은 몇 번이나 이 확인 작업을 되풀이했다. 그때마다 정신이 아득해지고 현기증마저 느껴졌다.

즐거워야 할 여행이 이렇게 될 줄은 꿈에도 몰랐다. 위로를 받아야 할 소사쿠는 패닉 상태에 빠진 끝에 의식을 잃어버리고, 여행을 기획한 하루오는 저세상 사람이 되었다. 그것도 누군가에게 살해당해서……. 준에게 중요한 친구 두 명이 단 하루 만에 이렇게 되다니. 어떻게 이런 일이 일어났지? 이건 말도 안 된다. 하지만 틀림없는 현실이다.

준은 일어서서 방을 나와 화장실로 향했다. 공용 화장실은 사용 중이었다. 복도에서 기다리고 있자 물 내리는 소리가 들리고 잠시 후에 문이 열렸다. 사치카였다. 그녀는 검은색 나일론 운동복으로 갈아입고 비스듬하게 보디백을 맸다. 왼쪽 손목에는 청록색 염주가 이중으로 감겨 있었다.

"어디 가?"

그녀는 작게 고개를 끄덕였다. "비가 그쳤으니까 다시 히키타 산에 가보려고요."

"위험해." 준이 말했다.

"그래. 안 그래도 산길은 위험한데, 지금은 땅이 더 울퉁불퉁해서 무슨 일이 있을지 몰라. 자칫하면 죽을……." 입 밖으로 나오려던 말을 집어삼키고 내용을 바꾸었다. "무서운 일이 벌어질지도 몰라. 이 섬은 이상해. 이상한 일이 일어나고 있어."

"알고 있어요." 사치카는 준을 쳐다보며 덧붙였다. "하지만 이건 지금 시작된 일이 아니에요. 22년 전에도 이상한 일이 있었어요. 할머니가 소사쿠 씨처럼 쓰러졌죠. 어쩌면 이번 일과 관계가 있을지도 몰라요. 아니, 분명히 관계가 있어요. 그래서 조사해보려고요."

"아니야, 옛날 일과 연결해서 생각하면 안 돼."

그녀의 얼굴이 일그러졌다. "그것도 알고 있어요. 원인은 항상 똑같고, 진실은 언제나 하나다……. 그런 원시적인 사고방식이 그 사람이나 레이코 씨 같은 사람이 설치게 만드는 거예요. 가장 좋은 예가 영혼이 나온다는 곳이죠. 영혼은 그런 곳에 있는 게 아니에요. 영혼이 괴이한 현상을 일으키는 것도 아니고요. 몇 가지 기묘한 일들을 하나의 원인, 하나의 이유로 설명하려고 하면 초자연적인 존재나 초자연적인 의지를 들먹이는 수밖에 없죠. 옛날 사람들이 천재지변이나 정치적인 혼란을 전부 신이나 하늘의 뜻으로 돌린 것처럼요. 그래서 '기도합시다'라는 대책도 원시적이고, 또한……."

"사치카 씨?"

준이 가까스로 끼어들자 그녀는 눈길을 피하며 입을 다물었다.

준이 조심스럽게 물었다. "왜 그래? 아까 레이코 씨에게 말할 때도 그러더니."

"……싫어요. 영혼이나 영능력자, 영감이란 게 끔찍하게 싫어요. 그런 말을 함부로 사용하는 사람들도 싫고요."

"그건……." 준은 입을 다문 채 잠시 생각하고 나서 물었다. "왜?"

그녀는 쓸쓸하게 웃고 나서 대답했다. "할머니를 끔찍하게 싫어했으니까요."

창문에서 들어오는 빛을 받고 손목의 염주가 연약한 빛을 뿌렸다.

그녀는 염주의 알을 손으로 잡고 말을 이었다. "지금부터 촬영이다, 강연회다, 너도 같이 가야 한다, 라며 항상 수업 도중에 데리고 나가고, 옷도 가방도 머리 모양도 전부 당신 취향대로 했어요. 가끔 친구가 생겨도 '저 애에겐 나쁜 영혼이 달라붙어 있어', '전생에 나쁜 사람이었으니까 이번 생에서도 무슨 짓을 저지를지 몰라'라면서 억지로 떼어놓았고요. 어렸을 때는 계속 할머니에게 속박되어 있었죠. 마치……."

그녀는 거북한 얼굴로 입을 다물었다. 그러곤 준을 똑바로 바라보며 덧붙였다.

"아무튼 조사해봐야 해요. 할머니가 쓰러진 건, 그리고 할머니가 죽은 건 결코 원령 탓이 아니에요. 저주 탓이 아니라고요. 사람은 그렇게 말도 안 되는 이유로 죽지 않아요. 그걸 내가 증명하겠어요."

그녀는 말이 끝나기가 무섭게 옆을 지나 계단으로 향했다.

준이 그녀의 등을 향해 말했다. "기다려, 나도 같이 갈게."

그녀 혼자 돌아다니는 건 위험하다. 확증은 없지만 본능이 그렇게 알려주었다. 불길한 예감이 팽창했다.

"안 돼요. 준 씨는 소사쿠 씨를 돌봐주세요."

"그건 내가 없어도……."

"옆에 있으면서 가끔 말을 걸어주세요. 그것만으로도 상당히 다르니까요."

"하지만……."

"부탁이에요." 그녀는 굳은 얼굴에서 살짝 긴장을 풀고 결의가 담긴 목소리로 덧붙였다. "마음은 고마워요. 하지만 이건 내 문제예요."

반박하지 못하게 만드는 기백이 그녀의 온몸을 감싸고 있었다. 잠자코 있자 그녀는 보디백의 지퍼를 열고 사탕을 몇 개 꺼냈다.

"……난 떼를 쓰는 어린애가 아니거든."

준의 밀에 사치카는 가볍게 미소를 지었다.

"감사의 표시예요. 걱정해줘서 고마워요."

그녀는 준에게 사탕을 주고 나서 계단으로 향했다. 커다란 똥 머리가 조금씩 낮아지더니 시야에서 사라졌다. 방으로 돌아가려고 했을 때, 계단 밑에서 나일론 천이 심하게 스치는 소리가 들렸다. 이어서 털썩 하는 소리와 함께 바닥이 희미하게 흔들렸다.

준이 곧장 뛰어가 난간에서 내려다보았다. 그녀가 1층 바닥에 털썩 주저앉아 있었다.

"무슨 일이야!"

준이 소리를 지르자 그녀는 눈물에 젖은 눈으로 위를 올려다보았다.

"아야야야…… 발을 헛디뎌 미끄러지는 바람에……."

밑에서 첫 번째 계단에서 미끄러져 엉덩방아를 찧었을 뿐 많이 다치지는 않았다……. 사치카는 그렇게 설명하고 민박집에서 나갔다. 준이 같이 가겠다고 몇 번을 말해도 끝까지 거절하면서.

현관에서 그녀를 배웅하고 그 자리에 우두커니 서 있었다. 술 종류밖에 없는 작은 자동판매기를 바라보았다. 준은 사치카에게 받은 사탕을 입에 넣었다.

뒤에서 소리가 나서 돌아보았더니 카운터에서 아소가 얼굴을 내밀었다.

예언의 섬

"점심은 어떻게 하실래요? 드시겠다면 금방 만들어드릴게요. 주먹밥과 우동밖에 없습니다만…….."

"아뇨, 괜찮아요."

방에 주먹밥이 조금 남아 있고, 그렇지 않더라도 식욕은 조금도 없었다.

"이 섬에선 달리 식사할 곳이 있나요?"

문득 마음에 걸려 물었더니 아소는 찜찜한 표정으로 대답했다.

"음식점은 없습니다. 예전에는 장사를 했다고 하던데요. 연락소에서 빵과 컵라면을 팔고 있는데, 태풍으로 고즈에 씨가 올 수 없잖습니까? 말없이 가져올 수도 없고요."

"출근하면 깜짝 놀라겠군요. 문을 열면 시체가 있으니까요."

"그렇……겠죠." 아소는 그렇게 말하고 입을 다물었다.

이번 여행에 관해 하루오에게 전부 맡겨놓았던 게 새삼 생각났다. 그는 분명히 이런저런 계획을 세웠으리라. 보제지마나 이에시마에 가려고 했을지도 모르겠다. 귀찮은 일은 항상 하루오에게 맡겼다. 사과하고 싶어도 이제는 만날 수 없다. 대화를 나눌 수도 없다.

연락소에 누워 있는 그를 떠올리자 가슴이 찢어질 듯 아려왔다.

"저기……."

아소가 말을 걸어서 고개를 들었다.

그는 수건을 감은 머리를 매만지면서 말했다. "레이코 씨가 그랬죠? 아마추어가 탐정 흉내를 내는 건 의미가 없다고."

"네에……."

"하지만 기도는 중요하지 않을까요? 예언과 상관없이 더는 손님들이 사건에 휘말리지 않았으면 좋겠습니다. 그건 제 진심이고, 그럴 수만 있다면 제가 할 수 있는 건 다 하겠습니다." 그는 잠시 숨을 쉬고 나서 덧붙였다. "그런데 저도 모르게 추리를 하게 되는군요. 이 상황을 이해하고 싶으니까요. 그리고 추리 소설도 좋아해서 저도 모르게……."

목소리가 조금씩 작아졌다. 에두른 말에서 의미심장한 기운이 느껴졌다.

준은 고개를 돌려 주변을 확인했다. 아무도 없다. 2층에서 소리도 나지 않는다.

"……뭔가 알아내신 게 있습니까?"

아소도 주변을 둘러보았다. "여러분이 돌아오셔서 해준 말씀을 듣고, 맨 처음 든 생각은 이렇습니다. 하루오 씨는 섬의 금기를 깨뜨린 탓에 살해된 게 아닐까 하고요. 다치바나 씨의 행동은 그걸 암시하고 있죠. 본인이 직접 죽이지 않았더라도 섬사람의 소행이란 걸 금방 알았을 겁니다. 그래서 거짓말을 한 거죠."

거기까지 듣고 황급히 그의 말을 막았다. "잠깐, 잠깐만요! 섬의 금기라니, 그게 뭐죠?"

아소는 진지하게 대답했다. "그야 당연히 히키타 원령이죠. 물론 원령 같은 건 없습니다. 정확하게 말하면 하루오 씨는 히키타 산에 들어갔기 때문에 살해된 것입니다. 어젯밤에 들은 다치바나 씨의 얘기를 떠올려보십시오. 섬사람 중 누군가가 원령이 사는 산에 몰래 들어간 어리석은 외지인을……."

다시 다급히 소리쳐서 그의 입을 다물게 했다. "잠깐, 잠깐만요! 요즘 같은 세상에 그런 일이 있을 리 없잖아요! 아니, 옛날에도 그런 일은 있었을 리 없어요. 산에 들어갔다고 해서 사람을 죽이다니."

이 사람은 시골을 뭐라고 생각하는 건가? 도쿄 출신자에게 시골은 외지인을 배척하는 곳이란 말인가? 눈앞의 주걱턱 남자에게 가벼운 분노마저 느꼈다.

"다른 곳은 그렇지 않겠죠. 하지만 이 섬은 그렇습니다. 믿기 힘들겠지만 민속이나 토속이란 건 그런 겁니다. 좁은 공동체에서 만들어진 독자적인 예의나 관습, 신앙, 그리고 그걸 나타내는 수많은 말들. 개인보다 공동체의 존속을 중시해서, 그걸 위해서라면 현대의 윤리관으론 받아들이기 힘든 야만스러운 짓도 태연하게 해치우죠. 그런 일이 계속되고 있습니다." 아소는 눈을 반짝이며 속삭이듯 말을 이었다. "우쓰기 유코가 히키타 산에서 쓰러진 것도 아마 섬사람들의 소행일 겁니다. 풀숲에 몰래 숨어 있다가 뒤에서 목을 조였다든지, 미리 독을 먹였다든지. 스태프도 쓰러졌다는 걸 보면 아무래도 후자가 아닐까 싶습니다. 소사쿠 씨도 마찬가지입니다. 상황으로 볼 때, 소사쿠 씨를 그렇게 만든 건 후루하타 씨가 아닐까요?"

목덜미가 차가워졌다. 속이 불편해지고 발이 움츠러들었다. 카운터를 사이에 두고 로비에서 아소와 마주하고 있다……. 그런 사실이 현실처럼 여겨지지 않았다. 꿈을 꿈이라고 알아차리기 직전과 비슷한, 버림당한 듯한 감각에 휩싸였다.

준이 조용히 물었다. "산에 뭐가 있나요?"

"글쎄요…… 확인하진 않았지만 아마 아무것도 없을 겁니다. 보물이 묻혀 있는 것도, 독자적으로 발전한 사이비 종교의 교주도 없고요. 규칙의 의의나 목적은 시간의 흐름과 함께 잊히고, 규칙만이 이어진다…… 이 또한 민속이나 토속의 형태죠. 일본적이며 섬뜩한 토속이 숨 쉬는 곳이 바로 이 무쿠이 섬입니다. 저는 이런 곳을 동경했어요. 그야말로 미쓰다*이고 교고쿠**이며 요코미조의 옥문도입니다……."

"네?"

"죄송합니다. 제가 워낙 좋아하는 작가라서요." 아소는 얼굴 앞에서 손을 작게 흔들었다. "물론 지금 한 말은 어디까지나 제 추측입니

---

* 미쓰다 신조. 호러와 미스터리를 융합해 열광적인 마니아층을 가지고 있는 일본의 추리 작가.

** 교고쿠 나쓰히코. 일본의 소설가이자 요괴 연구가.

다. 하지만 근거는 있지요. 오늘 아침부터 섬사람들이 모두 집에서 한 발짝도 나오지 않잖습니까? 실은 이 섬에는 이즈 제도의 하나인 고즈시마와 비슷한 풍습이 지금도 남아 있습니다. 음력 1월 24일 밤에는 일해서는 안 된다, 집에서 한 발짝도 나와서는 안 된다, 말을 해서도 안 된다. '25일님'이라고 불리는 해신님께서 섬으로 올라와 돌아다니시니까, 그 모습을 본 사람은 죽어버린다고…….'

원령이 아니라 해신인가? 산에서 내려오는 게 아니라 바다에서 올라온단 말인가?

"물론 해신님이라는 건 지어낸 말입니다. 사실은 어부들이 공공연하게 쉬기 위한 핑계가 아니냐는 설이 있죠. 하루도 쉬지 않고 일하던 섬사람이 섬의 토착 신앙에 어긋나지 않도록 만들어낸, 이른바 공휴일이라고 할까요? 무쿠이 섬의 풍습이 어떤 이치인지는 모르겠지만 제 추측으로는 태풍이나 폭풍우와 관계가 있지 않을까 합니다. 섬사람들이 모두 집에서 한 발짝도 나오지 않는 건 처음 봅니다. 이렇게 비바람이 거칠게 휘몰아치는 것도요."

"으으음……."

말은 그럴듯하지만 구체적인 근거가 빈약한 데다 그 정도로 살인을 저질렀다는 건 도저히 받아들일 수 없다. 이토록 정보가 넘치고 법이 갖추어진 21세기의 일본에, 섬사람들이 한통속이 되어 사람을 죽일 만큼 끈끈하고 비인도적인 풍습이 남아 있을 리 있겠는가?

더구나…….

"그럼 다치바나 씨는 왜 살해된 거죠?"

"문제는 바로 그겁니다!" 아소는 안타까운 얼굴로 한숨을 토해냈다. "그건 잘 모르겠습니다. 분하지만 다치바나 씨는 해당이 안 되는군요."

조바심 나는 얼굴로 머리의 수건을 벗기자 둥근 빡빡머리가 나타났다.

"두, 두 분께는 죄송하지만 저는 다치바나 씨가 왜 살해되었는지를 제일 먼저 밝히고 싶습니다. 다치바나 씨는 정말 좋은 분이셨거든요. 저처럼 외지에서 온 사람도 스스럼없이 대해주셨고, 커피도 맛있다고 말해주셨고……. 솔직히 말하면 하루오 씨의 사인을 감추었다는 이야기도 믿기지 않습니다. 더구나 하루오 씨를 살해했다는 건 생각하고 싶지도 않고요."

카운터에 놓은 주먹이 파르르 떨렸다.

준이 혼잣말처럼 중얼거렸다. "좋은 사람이었죠."

아소는 입술을 깨물며 수건으로 얼굴을 덮었다. 그의 입에서 "으으으……" 하고 오열을 삼키는 소리가 희미하게 새어 나왔다. 그가 눈물을 흘리는 동안 준은 카운터 앞에서 우두커니 서 있었다. 어두컴컴한 로비에 아소의 흐느낌만이 메아리쳤다.

아소가 조금 진정된 틈을 타서 준이 손에 있는 사탕을 카운터에 내려놓았다. 수건으로 콧물을 닦으면서 아소가 뭐냐고 눈짓을 했다.

"사치카 씨가 줬습니다. 아마 병원에 문병 온 아이라든지, 입원 중인 아이에게 몰래 주지 않았을까요? 참 나쁜 간호사죠?"

준의 말을 듣고 아소는 작게 웃더니, 사탕을 입에 넣었다.

"다치바나 씨 사건은 온통 베일에 싸여 있습니다. 하지만 우리가 할 수 있는 일은 아무것도 없어요."

잠자코 뒷말을 재촉하자 그는 다시 말을 이었다.

"일단 산에는 들어가지 마십시오. 산에 들어갔다고 해서 살해되지는 않겠지만 그게 자기 자신을 지키는 길입니다. 군자는 위험한 곳에 가지 않는 법이니까요."

"네?" 준이 벽시계를 쳐다보며 덧붙였다. "사치카 씨가 산에 갔습니다. 15분, 아니 20분쯤 됐을 겁니다."

아소가 수건을 내던지며 소리쳤다. "위험해요! 아마도, 아니 분명히 위험할 겁니다!"

그는 숙박부를 꺼내 파락파락 넘기면서 다른 한 손으로 민박집 수화기를 들었다.

"우쓰기, 우쓰기…… 어? 어디 있지?"

"에하라 가즈미로 되어 있지 않을까요?"

"아!"

아소가 과장스러운 표정을 지으며 고개를 든 순간, 현관문이 덜컹덜컹 난폭하게 열렸다. 까무잡잡한 얼굴의 노인들이 험악한 얼굴로 서 있었다.

제4장

원령

1

아소가 긴장한 얼굴로 한 사람의 이름을 불렀다.

"스나가 씨……."

비옷을 입은 한가운데의 노인이 고개를 끄덕이며 현관문 안으로 들어왔다. 그러곤 천천히 장화를 벗더니 "어흠!" 하고 헛기침을 하면서 거만한 동작으로 카운터로 다가왔다. 키가 크고 눈도 크며 머리가 벗어진 노인이었다. 얼굴 전체에서 검은빛이 뿜어 나오는 듯했다. 원래 숙박할 예정이었던 '무쿠이장'이란 여관의 주인이다. 항구에서 들은 하루오의 말이 떠올랐다. 이 남자야말로 준 일행의 숙박을 거부한 장본인이다. 이유는 분명…….

이제 곧 원령이 내려오니까.

스나가는 섬뜩한 미소를 지으며 물었다. "아소 씨, 오늘 아침에

228
예언의 섬

무라마쓰 대장이 살해됐네. 알고 있겠지?"

고개를 갸웃거리는 아소를 보며 준이 작은 목소리로 설명했다. "다치바나 씨 말입니다. 「울트라맨」이란 작품에 나오는 우락부락하게 생긴 대장이죠."

스나가는 빈정거림을 잔뜩 담아서 말했다. "꼭두새벽부터 여기에 묵는 분들이 온 동네방네의 대문을 두들기며 야단법석을 피운 모양이더군."

부분 틀니의 은색 용수철이 웃음을 짓는 입안에서 빛을 뿌렸다.

"즉, 여기 손님 중에 용의자가 있다는 뜻이지."

아소가 고개를 갸웃거렸다. "무슨 말씀이신지……."

"수염을 지저분하게 기른 형씨 말일세. 아침에 항구 근처의 돌계단을 뛰어오르는 걸 본 사람이 한두 명이 아니야. 발소리를 들은 사람은 더 많고. 그 사람이 간 곳은 경찰관의 집이지."

소사쿠다. 소사쿠를 다치바나 살해범으로 의심하는 것이다. 아니, 스나가의 말투로 볼 때 거의 단정하고 있다. 준의 온몸이 긴장으로 굳어졌다. 나머지 섬사람들이 잇따라 안으로 들어왔다. 스나가를 합쳐서 다섯 명. 모두 노인들이다. 스나가의 오른쪽 뒤에 있는 사람은 H 항구에서 레이코에게 호통을 쳤던 노인이다.

스나가가 그 노인을 돌아보며 물었다. "이바, 일단 확인하겠는데 이 형씨는 아니지?"

그 노인, 즉 이바가 얼굴을 찡그리며 대답했다. "이 형씨는 아닐세. 더 예민하게 보이는 사람이었지. 배에서 같이 있었던 걸 보면 일행일 걸세."

"오호."

스나가가 준을 뚫어지게 쳐다보았다. 두 노인이 "이영차" 하며 자동판매기 옆의 의자에 앉아 주머니에서 담배와 라이터를 꺼냈다.

아소가 당황한 얼굴로 말했다. "죄송하지만 여기는 금연입니다."

노인들의 일그러진 얼굴에 억지웃음이 매달렸다. 그들은 "사람이 딱딱하게 왜 그래?", "이거 어디 살벌해서 살겠나?"라고 말하더니, 여봐란듯이 담배를 물고 라이터를 켰다.

이바가 짐승처럼 이를 드러내며 두 사람을 향해 낮은 목소리로 말했다. "정신 차리게. 지금 상황이 어떤지 몰라서 이래?"

두 사람은 잠시 흠칫한 표정을 짓더니, 말없이 담배와 라이터를 집어넣었다.

"이해해주셔서 감사합니……."

스나가는 얼굴에 웃음을 매달고 아소의 말을 가로막았다. "그건 됐으니까 그 손님을 불러오게. 내선 전화를 해도 좋고, 일행에게 데려오라고 해도 좋네."

아소는 수건을 꽉 움켜쥐고 스나가를 똑바로 바라보았다. "그 손님은 지금 몸이 안 좋아서 쉬고 계십니다. 기절했다고 할까 혼수상

태에 빠졌다고 할까, 아무튼 지금 다른 사람과 말할 수 있는 상태가
아닙니다."

"기절했다니, 무슨 일이라도 있었나?"

아소가 하루오의 죽음을 포함해 간단하게 설명하자 스나가의 까
무잡잡한 얼굴이 순식간에 검푸르게 변했다. 스나가는 불쾌한 표
정을 짓고, 다른 노인들은 찜찜한 얼굴로 나지막하게 신음 소리를
냈다.

"……제 생각엔 일단 후루하타 씨에게 물어보는 게 좋을 것 같습
니다. 저희 손님은 오히려 피해자인 것 같으니까요." 아소가 자기
의견을 덧붙이며 이야기를 마무리했다.

입을 꼭 다물고 있는 스나가의 뒤에서 이바가 말했다. "물어보고
싶어도 어디로 갔는지 보이질 않네. 휴대폰도 가지고 다니지 않고."

옆에 앉은 노인이 중얼거렸다. "예전부터 그렇게 가지고 다니라
고 했는데 말을 안 듣고……."

"어쩔 수 없잖아?"

"하긴 그래. 몸도 마음도 신선 같으니까. 가엾게도……."

"요즘 들어 더욱 깜장벌레 만들기에만 정성을 쏟더군."

노인들의 말투에는 어딘지 모르게 슬픔과 안쓰러움이 배어 있었
다. 존경하지는 않지만 거리는 가깝고, 걱정은 하지만 윗사람에 대
한 걱정은 아니라고나 할까? 후루하타에 대한 기묘한 거리감이 말

의 구석구석에서 배어나왔다.

시끌벅적한 로비에 아소의 목소리가 울려 퍼졌다. "죄송하지만 단도직입적으로 묻겠습니다. 지금 무슨 일이 일어나고 있죠?"

스나가가 냉담하게 대답했다. "글쎄……."

이바가 스나가에게 뭐라고 귀엣말을 했다. 그러자 스나가는 커다란 눈을 데굴데굴 굴리는가 싶더니 들으란 듯이 큰 소리로 대답했다.

"괜찮아. 구태여 말해줄 필요는 없네."

"무슨 말씀이시죠?"

"우리끼리 하는 말일세. 자네하곤 상관없어. 아무튼 소사쿠라는 사람이나 만나게 해주게."

"제, 제 질문에 대답해주십시오."

스나가가 아소의 말을 일축하며 단호하게 말했다. "우리끼리 하는 말이라고 했잖아!"

결코 큰 소리는 아니지만 그 소리는 머릿속을 뒤흔들며 로비를 가득 메웠다. 순식간에 아소의 눈에 눈물이 고이며 새빨갛게 충혈되었다. 입술도 파르르 떨렸다.

프런트 안쪽에서 여성의 목소리가 들렸다. "여보, 무슨 일이야?"

"괜찮아. 아무것도 아니야."

아소는 흥분한 목소리로 대꾸하면서도 시선은 스나가에게서 떼지 않았다. 아니, 경계한 나머지 시선을 뗄 수 없다고 해야 할까?

"궁둥이가 큼지막한 마누라지?"

계속 서 있던 노인이 아소의 뒤쪽을 보면서 말하더니, 이가 없는 입을 벌리며 웃음을 터뜨렸다. 앉아 있던 두 노인도 천박한 미소를 지으며 맞장구를 쳤다.

"그래그래."

"젖가슴은 밋밋하지만."

아소는 아내를 향한 성희롱을 말없이 견뎌냈다. 준은 어느새 두 주먹을 움켜쥐었다.

어떻게 저토록 천박할 수 있을까? 노인들을 보고 있노라니 분노와 황당함이 솟구쳤다. 야만인이라고 업신여기고 싶다. 고향인 이타미도 시골구석이지만 그래도 이 섬보다는 낫다. 사람들도 이 섬사람들보다 천박하지 않다.

분노가 솟구쳐 오른 순간, 무심코 입에서 말이 튀어나왔다.

"……죽였죠?"

"뭐? 지금 뭐라고 했지?"

"당신들이 하루오를 죽이고 소사쿠를 기절시킨 게 아닌가요? 원령이니 저주니, 옛날부터 내려오는 관습을 지키면서 산에 들어간 사람을 없앤 거 아니냐고요? 지금 여기에 온 건 제대로 처리하지 못한 소사쿠의 숨통을 끊어놓기 위해서고요."

기세를 타고 목구멍까지 솟구친 말을 정신없이 쏟아냈다. 말이 끝나고 나서야 알아차렸다. 아소의 무모한 가설을 그대로 말했다는 걸. 그와 동시에 격렬한 후회가 몸속까지 스며들었다. 어린아이처럼 유치한 짓을 한 게 부끄러웠다.

준은 고개를 숙이고 몸을 웅크렸다. 아소는 멍하니 입을 벌렸다. 노인들은 입을 꼭 다문 채 반박하지 않았다. 얼굴에서는 표정이 완전히 사라졌다. 이바가 얼음 칼보다 더 날카로운 눈길로 노려보았다.

스나가가 턱을 긁적이면서 말했다. "대충 그런 거지, 뭐."

까무잡잡하게 빛나는 얼굴에 다시 억지웃음이 떠올랐다.

2

이바가 불쾌한 얼굴로 털어놓았다. "다 알고 있다면 얘기가 빠르겠군."

세찬 바람에 문이 덜컹덜컹 흔들렸다.

"그건 그렇지."

앉아 있던 두 노인이 천천히 일어섰다. 어느새 비열한 웃음이 사라지고 예리한 눈으로 이쪽을 쳐다보았다.

치아가 없는 한 노인이 진지한 얼굴로 중얼거렸다. "저주는 무서워. 진짜 무서워. 정말 무섭다니까."

준이 굳은 얼굴로 뒷걸음질 쳤다. "어, 어떻게 이런 일이……. 그렇게 말도 안 되는 인습이, 실제로 있을 리가……."

스나가의 입에서 웃음소리가 새어 나왔다. "히히히, 인습이라고?

우리에게는 평범한 일상이라네. 히키타 원령과 같이 사는 게 우리의 생활이지. 이 섬에 산다는 건 저주를 두려워하며 산다는 거야. 어느새 그렇게 되어버렸다네. 싫다고 도망치고 싶은 적도 있었지만⋯⋯." 그는 천천히 한 걸음씩 다가오더니 카운터에 손을 올려놓으며 덧붙였다. "그걸 깨달았을 땐 이미 이렇게 늙어서 영감탱이가 됐더군. 나도, 이 녀석들도 모두 말일세. 지금은 어쩔 도리가 없다네. 히히히."

그는 다시 섬뜩하게 웃었다. 담뱃진 냄새가 코를 찔렀다. 아소가 기묘한 표정을 지었다. 무섭지만 기쁘다, 싫지만 즐겁다⋯⋯. 얼굴에 상반된 감정이 자리했다.

아소의 입에서 이 자리에 어울리는 것 같으면서도 부자연스러운 말이 흘러나왔다. "토, 토속⋯⋯."

이바가 아소를 무시하는 표정을 지으며 말을 가로막았다. "자네도 그런 걸 좋아해서 여기에 왔잖나? 그럼 내 말이 무슨 뜻인지 이해하겠지?"

그 말이 신호라도 되는 것처럼 다섯 노인이 계단을 향해 걸음을 내디뎠다. 준이 바닥을 박차고 뛰어가 그들의 앞을 가로막으며, 절대로 보내지 않겠다는 듯 두 팔을 쫙 펼쳤다. 아소가 카운터 안에서 사라지고 복도에 나타나더니, 준의 옆에서 노인들을 노려보았다. 긴장이 목구멍까지 차올랐는지, 다리를 심하게 떨었다.

예언의 섬

노인 한 명이 쿡쿡거리며 비웃는 소리가 들렸다.

준이 창백한 얼굴로 물었다. "하루오가 산에 들어갔나요? 그래서 살해한 건가요? 이 중에 누군가가 하루오를 죽였다는 거냐고요!"

이바가 준의 말을 일축했다. "누구라도 상관없네."

"소사쿠는요?"

"그것도 누구라도 상관없어. 우리가 알고 싶은 건 그놈이 다치바나 씨를 죽였느냐는 것뿐일세. 상황으로 추측하건대 그놈이 죽였다고밖에 생각할 수 없더군. 친구인 자네가 그걸 모를 리 없잖나?"

"그건……."

한순간 말문이 막혔다.

"뭐야, 뭐야? 무슨 일이야?"

그때 뒤쪽에서 앙칼진 목소리와 발소리가 들렸다. 레이코가 계단에서 내려오는 참이었다. 2층에서 아키코 모자가 부둥켜 안은 채 이쪽을 내려다보고 있었다.

레이코가 눈을 가늘게 뜨고 말했다. "어? 왜 이렇게 기운이 거무칙칙하지? 거기 영감님들, 지금 마음속에 폭력적인 욕망이 가득하지 않나요?"

주변이 다시 침묵에 감싸였다. 이번 침묵에는 조바심과 황당함이 섞여 있었다.

"여긴 모두 괴상망측한 손님들뿐이군. 이봐, 저리 비켜."

스나가가 그렇게 말하며 다시 걸음을 내디딘 순간.

으으아아아아아아아아아아아아아아…….

밖에서 날카롭고 기계적인 여성의 비명이 들렸다. 아니, 비명이
아니라 사이렌 소리다.
　항구 쪽에서 들린다. 폐교의 스피커를 사용한 걸까?
　"어? 어? 무슨 소리지?"
　아소가 눈에 띄게 당황한 표정을 지었다. 그도 처음 들은 듯했다.
신타로가 얼굴을 찡그리며 두 손으로 귀를 막았다.

아아아아아아아아아아…… 우우우우웅.

사이렌 소리가 그쳤다. 그 순간, 부르르부르르 하는 진동음이 복
도를 가득 메웠다. 노인들이 일제히 주머니에서 휴대폰을 꺼내 말
없이 들여다보았다. 액정 화면에서 고개를 든 노인들의 얼굴에는
당황한 기색이 역력했다. 안색은 창백해지고 시선은 허공을 헤매며
하나같이 숨죽인 모습이었다. 주변의 상황을 살피는 것처럼 보였
다. 어딘가에서 자신들을 지켜보는 시선을 찾는 것 같기도 하고, 귀
를 쫑긋 세우는 것 같기도 했다. 누군가에게, 아니…… 무언가에게

들키지 않으려고 하는 동작이었다.

스나가가 천장을 올려다보면서 말했다. "드디어 오는가? 마침 잘됐을지도 모르지, 하하하."

목소리는 웃었지만 얼굴은 웃지 않았다.

"실례했네."

그 말을 끝으로 발길을 돌려 종종걸음으로 현관으로 가더니 난폭하게 장화를 신었다. 나머지 노인들도 그의 뒤를 따랐다. "괜찮을까?", "문제는 없겠지?", "괜찮아, 신중해서 나쁠 건 없어"라고 빠르게 말을 주고받으며 앞다투어 밖으로 나갔다.

밖에는 다시 비가 내리고 있었다. 차가운 빗방울을 머금은 바람이 복도로 흘러 들어왔다. 이바가 미닫이문을 잡은 채 한순간 가여워하는 눈길로 이쪽을 쳐다보고는 소리 내어 문을 닫았다. 발소리가 조금씩 멀어지다가 완전히 사라졌다. 한동안 누구도 말을 하지 않았다. 움직이려고 하지도 않았다. 아키코 모자가 여전히 부둥켜안은 채 바들바들 떨고 있었다.

정적을 깨뜨린 사람은 레이코였다. "무식하고 무례한 영감탱이들! 무서워할 거 없어요, 사이좋은 엄마와 아드님."

준은 그 말을 무시한 채 그대로 계단을 올라갔다.

준은 방문을 열고 두 걸음 만에 소사쿠에게 다가가 머리맡에 털썩 주저앉았다. 절박한 상황이었다곤 하지만 쓰러진 친구에게서 눈을 뗀 건 사실이다.

준이 소사쿠를 쳐다보며 사과했다. "소사쿠, 미안해."

역시 대답도 없고 반응도 없었다. 창백한 얼굴로 곤히 잠들어 있을 뿐이다. 세찬 바람에 창문이 덜컹거렸다.

지금 이 섬에서 무슨 일이 일어나고 있는 건가. 소사쿠는 어떻게 되는 거지. 어떻게 해야 좋을지 몰라서 막막해하고 있을 때, 휴대폰에서 착신음이 들렸다. 준의 휴대폰에 문자 메시지가 도착한 것이다.

준이 뒷주머니에서 휴대폰을 꺼냈다. 액정 화면을 보자 한가운데에 에하라 가즈미가 문자 메시지를 보냈다는 알림이 떠 있었다.

재빨리 화면을 조작해 문자 메시지를 불러냈다. 화면이 바뀌면서 사진 한 장이 나타났다. 윗부분은 하얗고 아랫부분은 까맣다. 산의 높은 곳에서 깎아지른 경사면을 내려다본 사진이라는 걸 뒤늦게 알아차렸다. 하얀색은 하늘을 뒤덮은 구름이고, 검은색은 산의 표면이다.

산의 표면에는 검은 바위와 흙만 있을 뿐, 나무 한 그루나 풀 한 포기도 보이지 않았다. 흙의 여기저기에서 회색과 하얀색 물체가 보였다. 멀리서 보이는 파란색 천 조각 같은 건 방수 시트일까?

"이게 뭐지?" 준이 중얼거렸다.

"글쎄……."

휴대폰을 들고 머리를 갸웃거렸다. 아마 히키타 산의 서쪽이나 북쪽을 찍은 사진이리라. 그것까지는 짐작이 되었다. 하지만 의미를 이해할 수 없었다. 사치카는 왜 준에게 이런 사진을 보냈을까?

고개를 갸웃거리고 있을 때, 그녀한테서 다시 문자 메시지가 도착했다. 이번에는 짧은 글이었다. 당황했는지 아니면 잘못 입력했는지, 메시지는 도중에 끊어져 있었다.

'모두 도망쳐 원령.'

3

문자 메시지를 몇 번이나 보내도 답장이 없고, 전화를 계속 걸어도 연결되지 않았다.

"어떻게 된 거지……?"

입에서 그런 말이 흘러나왔다. 가슴속에서 불안과 초조함이 소용돌이쳤다.

지금은 소사쿠만을 생각하자. 준의 친구가 회복되기만을 기도하자. 그렇게 마음먹어도 의식이 다른 쪽을 향했다. 이것저것을 연결해서 망상을 하게 되었다.

과연 소사쿠가 사람을 죽였을까?

우선 어두컴컴한 다치바나 집이 떠올랐다. 수많은 깜장벌레가 에워싸고 있는 가운데, 다치바나가 권총집에서 권총을 빼내려고 했다. 그보다 먼저 튼튼한 깜장벌레가 그의 머리를 강타했다. 그는 비명을 지르면서 복도로 도망치려고 하다가 다시 뒷머리를 얻어맞고 쓰러진다.

'하루오의 원수!'

소사쿠는 신음하는 그를 내리누른 뒤, 핏발 선 눈으로 깜장벌레를 치켜들었다. 지금까지 생각하지 않으려고 했던 광경이 머릿속에서 선명하게 떠올랐다. 그 광경을 뿌리치자 이번에는 다른 장면이 자리했다.

인습에 얽매인 섬사람들. 산에 들어간 하루오를 죽이고 소사쿠를 이렇게 만든 사람들.

스나가는 '대충 그런 거지, 뭐'라고 말했다. 인습이니까. 그게 섬의 일상이니까.

사치카의 말이 되살아났다. '영혼이나 영능력자, 영감이란 게 끔찍하게 싫어요. 그런 말을 함부로 사용하는 사람들도 싫고요.'

아소의 목소리가 귓가에 메아리를 쳤다. '물론 원령 같은 건 없습니다.'

후루하타의 외침도 떠올랐다. '원령의 소행이야', '히키타 원령의 저주라고!'

하루오의 목소리도. '시골에선 그런 일이 흔하죠.'

사치카의 문자 메시지도. '도망쳐 원령.'

다시 하루오의 말이 이어졌다. '……이제 곧 원령이 내려와서 손님을 받을 수 없대.'

사이렌 소리. 전율하는 스나가와 이바를 비롯한 노인들.

그런 일은 있을 수 없다. 하지만 무의식중에 그 말에 빠져들 것 같다. 그대로 받아들일 것 같다. 의혹이 확신으로 변하고 있다. 이 섬에는, 이 무쿠이 섬에는 진짜로…….

쾅당! 그때 아래층에서 큰 소리가 들렸다. 타닥타닥 발소리가 이어지면서 바닥에 진동이 느껴졌다. 발소리는 점차 커지더니 계단을 올라와 2층 복도에 이르렀다. 비틀비틀 지그재그로 걸으면서 이 방 앞으로 다가왔다.

덜컹! 문이 난폭하게 열렸다. 온몸이 비에 젖은 사치카가 들어오자마자 바닥에 털썩 쓰러졌다. 새빨갛게 달아오른 얼굴로 거칠게 숨을 몰아쉬었다.

"왜…… 왜, 도망치지, 않았죠?" 그녀는 원망스러운 눈길로 준을 노려보더니 띄엄띄엄 말을 이었다. "문자, 보냈잖아요."

"문자는 도중에 끊어졌고, 아무리 전화해도…….."

사치카가 버럭 고함을 질렀다. "시끄러워! 휴대폰을 떨어뜨렸단 말이야!"

그녀의 날카로운 소리가 귀를 찢고 뇌를 뒤흔들었다. 장지문이 격렬하게 덜컹거리고 형광등 스위치의 끈이 흔들렸다. 너무 놀라는 바람에 생각이 멈춰서 아무 말도 되받아칠 수 없었다.

준은 멍한 얼굴로 사치카를 바라보았다.

"원령이 내려오고 있어요. 빨리 도망치지 않으면 죽어요. 섬사람들도 모두 대피했거나 대피하는 중이에요. 여기에 있으면 그대로 지옥으로 떨어질 거예요."

그녀는 괴로운 얼굴로 숨을 헐떡이더니 팔꿈치로 바닥을 짚고 몸을 일으켰다. 너무나 황당한 말이라서 믿기 힘들었다. 그녀가…… 심령이나 영감을 그토록 싫어하는 그녀가 그런 말을 할 줄은 상상도 못 했다.

아소가 열려 있는 문틈으로 고개를 내밀며 걱정스러운 얼굴로 이쪽을 살펴보았다. "괘, 괜찮으세요?"

그의 뒤쪽으로 레이코와 아키코 모자의 모습이 보였다.

사치카는 옆에 있던 수건으로 젖은 얼굴을 난폭하게 닦고 나서 말했다. "설명은 나중에 할게요. 준 씨, 어서 소사쿠 씨를 업어요."

준은 소사쿠를 업고 사치카가 이끄는 대로 밖으로 나왔다. 다른 손님들이 그 뒤를 따랐다. 뒤늦게 아소가 열쇠를 들고 나타나고, 마지막으로 목각 인형처럼 표정 없는 여성이 미닫이문을 빠져나왔다. 계속 부엌에 있던 아소의 아내인 시오리였다. 펑퍼짐한 임산부용 옷을 입은 그녀는 걱정스러운 얼굴로 불룩한 배를 껴안았다.

"이럴 수가……!"

그렇게 소리를 지른 사람은 아소였다. 다른 사람들도 망연한 얼굴로 눈앞의 광경을 바라보았다.

비옷을 입은 노인들이 강을 건너고 있었다. 구부정한 허리를 짚고 괴로운 얼굴로 걷는 노인, 노인의 손을 잡고 부축해주는 노파, 지팡이를 짚은 노인 등등. 스무 명 가까운 노인과 노파들이 필사적인 모습으로 1미터가 채 안 되는 경사면을 미끄러지듯 내려와 그대로 얕은 강을 건너가는 것이다. 어제부터 내린 비로 인해 강폭은 세 배쯤 넓어졌지만 그렇게 깊지는 않은 모양이다. 강을 건넌 노인들은 잇따라 건너편 기슭의 짐승길로 들어가더니, 비틀거리는 몸을 이끌고 나무들 안쪽으로 사라졌다.

사치카가 말한 대로였다. 섬사람들은 지금 모두 대피하고 있다. 그들이 가는 곳은 동쪽에 있는 '높은 산'이었다.

레이코가 절박한 목소리로 사치카를 향해 말했다. "사치카 님, 죄송해요. 이 섬에 이렇게 무서운 영혼이 있는 줄은 꿈에도 몰랐어요. 부끄럽지만 지금도 어떤 영혼이 있는지 모르겠어요." 그녀는 자존심이 상했는지 입술을 지그시 깨물었다. "이 우쓰로 레이코, 유코 님과 인연이 있는 곳에 와서 너무 흥분했나 봐요. 그 불순하고 천박한 자세가 영기를 흐리게 만들어……."

"잔말 말고 가기나 하세요!"

"네."

레이코는 곧장 뛰어가다가 "아야야야야"라고 허리를 짚으며 속도를 줄였다. 그러더니 이내 루이비통 모노그램이 온통 박혀 있는 우산을 쓰고 프라다 배낭을 흔들며 빠른 걸음으로 노인들의 뒤를 따라갔다.

"여러분도 어서 가세요! 안 그러면 죽어요! 히키타 원령에게 목숨을 빼앗기게 돼요. 이번 원령은 깜장벌레로도 막을 수 없어요!"

그녀는 표정 하나 바꾸지 않고 이쪽을 돌아보며 말했다. 엄연한 사실인 것처럼. 그 이상의 설명은 필요 없다는 것처럼. 왼쪽 손목의 염주가 비에 젖어 빛나고 있었다. 조금 전과는 180도 바뀌어, 말투도 표정도 냉정해 보였다.

그 말에 반박하는 사람은 아무도 없었다. 그녀의 온몸에서 뿜어 나오는 기백과 오라에 압도되어, 뒤도 돌아보지 않고 성큼성큼 걸어가는 뒷모습을 말없이 바라보았다. 작고 둥근 등에서는 자신을 따라오는 게 당연하다는 듯한 자신감이 느껴졌다. 그녀에게 이끌리듯, 아니, 빨려 들어가듯 준은 걸음을 내디뎠다.

그때 뒤에서 발소리가 들렸다. 뒤를 돌아보니 아키코 모자가 손을 잡고 걷고 있었다. 그 옆에서 아소와 시오리가 말다툼을 하는 듯했지만 이윽고 두 사람도 뒤를 따라왔다.

아키코가 혼잣말처럼 중얼거렸다. "뭐가 뭔시 모르겠어. 하지만 왠지 사치카 씨 말을 듣는 게 좋을 것 같아. 근거는 없지만."

신타로가 대답했다. "우리를 이끌고 가는 거야. 할머니가 굉장한 사람이었잖아? 카리스마도 유전되나 봐."

"그런가 보네."

이런 상황에서도 평화로운 모자의 대화를 들으면서 강물에 발을 넣었다. 그 순간 미지근한 물이 신발 안으로 스며들어 발을 적셨다.

등에서 미끄러지는 소사쿠를 다시 업으면서 준이 거칠게 내뱉었다. "젠장!"

강을 건너고 경사면을 넘어 짐승길로 들어갔을 때였다.

맨 뒤쪽에 있던 아소가 걸음을 늦추면서 말했다. "우쓰기 씨, 이제 설명해주십시오."

"멈추지 말아요!"

사치카가 돌아보며 강력하게 말했지만 아소는 걸음을 완전히 멈추었다. 시오리가 당황한 얼굴로 그를 따라 멈추어 섰다.

"이것도 인습이죠? 이 섬의 독자적인 규율이기도 하고요. 그렇다면 지금은 섬사람뿐만 아니라 우리도 따르는 게 좋겠죠. 하지만 그렇게 해야 할 이유가 뭔지 모르겠군요."

한참 앞쪽에서 걸어가는 노파의 등이 덤불에 가려서 보이지 않았다. 사치카가 걸음을 멈추고 준도 따라서 멈췄다. 마을에서 불어오는 바람이 뺨을 어루만지고 나무들을 흔들었다.

사치카를 대신해 아키코가 대답했다. "그건 나중에 들으면 되잖아요?"

벌써 숨을 헐떡이고 있지만 어딘지 모르게 즐거워 보였다.

"장난이 아니란 건 알고 있으니까 지금은 그냥 따라가세요."

"그래요, 엄마 말이 맞아요!"

무슨 말인가 하려고 하는 아내를 아소가 손으로 제지했다.

"우리는 무지하지 않습니다. 이상한 관습이나 주술을 그대로 받아들일 순 없어요. 더구나 보시다시피 아내는 아이를 가졌습니다. 아까는 기세랄까 분위기에 압도되었지만 이제 받아들일 수 있을 만한 설명을 듣고 싶습니다."

"그건……."

초조한 얼굴로 대답하려고 한 순간, 사치카의 눈이 크게 벌어졌다. 입술의 핏기도 완전히 사라졌다. 그녀의 시선을 따라 돌아보니 한 노인이 강 한가운데에서 쓰러져 있었다. 흙투성이의 얼굴을 들고 치아가 없는 입을 우물우물 움직였다. 어떻게든 일어서려고 땅을 짚었지만 모래와 자갈을 쥐었을 뿐 상체를 일으킬 수 없었다. 말을 하려고 해도 소리조차 낼 수 없는 듯 보였다.

그의 바로 뒤에서 노파가 물소리를 내며 두 무릎을 꿇었다. 우산을 떨어뜨리고 두 손으로 가슴을 눌렀다. 어제 돌담 앞에서 만났던 사나에라는 노파였다. 두 노인은 물에 완전히 젖은 채 소리도 없이 발버둥 치며 괴로워했다. 주름이 깊게 새겨진 일그러진 얼굴이 순식간에 검푸른색으로 변했다. 끄에엑…… 사나에가 토하면서 손으로 강을 짚었다.

눈 깜짝할 새에 분위기가 바뀌었다. 사악하고 불길한 기운이 주변을 가득 메웠다. 신타로가 작게 비명을 지르며 아키코에게 안겼다.

"이, 이럴 수가……." 아소가 아연한 얼굴로 바들바들 떠는 아내의 어깨를 안으며 말했다. "어떻게 이런 일이……."

"원령이에요. 이제 아셨죠? 원령은 제사를 지내지 않으면 재앙을 내리고, 진정시키지 않으면 사람을 죽이죠……." 사치카가 담담하면서도 긴장된 목소리로 대답했다. "서둘러요. 지금은 산꼭대기로 도망치는 수밖에 없어요. 저 사람들을 구해줘도 안 돼요. 구해주려는 사람까지 휩쓸려서 죽을 거예요."

그녀는 냉혹하게 말하더니 다시 빠른 걸음으로 짐승길을 올라갔다. 두 노인은 강에 쓰러진 채 작게 몸을 떨었다. 원령의 모습은 눈에 보이지 않는다. 목소리도 들리지 않는다. 하지만 기척은 온몸으로 느껴졌다. 유황 냄새 같은 기이한 냄새가 코끝을 스쳤다.

섬뜩한 기운이 등줄기를 뛰어다녔다. 산 위쪽에서 소리가 들렸다. 노인들의 갈라진 외침이 허공을 날아다녔다.

내려왔다아아.

사나에가 쓰러졌다아아.

요시로도 당했다아아아아아아.

슬픔과 분노와 체념이 뒤섞인 괴로운 목소리였다. 처절한 통곡도 섞여 있었다.

"어서 갑시다."

준이 모두를 향해 말하고 사치카의 뒤를 따랐다.

4

뾰족한 바위가 여기저기 튀어나오고 훌쩍 자란 풀고사리가 무성하며 경사까지 급한 짐승길. 하지만 사람들은 불평하지 않고 말없이 올라갔다. 아키코 모자도, 아소 부부도 나란히 한 줄로 선 채 발밑을 확인하며 걸음을 옮겼다. 우산을 쓴 탓에 앞이 잘 보이지 않아서 걷기 힘들었다.

멀리서 노파의 웅크린 등이 보였다. 바위나 옆에 있는 나무를 잡고 비틀거리며 경사면을 올라갔다. 그 너머에도 또 한 사람이 있는지, 진흙이 묻은 검은색 장화가 눈에 새겨졌다.

바로 뒤에서는 신타로가 엄마의 손을 잡아당기고, 그 뒤쪽에서는 아소가 시오리를 감싸며 신중하게 발을 옮겼다. 시오리는 괴로운 듯 숨을 몰아쉬었다.

예언의 섬

사치카는 종종 뒤를 돌아보고 사람들의 모습을 확인했다. 표정과 동작은 냉정했지만 시선에는 불안감이 감돌고 있었다. 나이 많은 아키코와 몸이 무거운 시오리를 특히 걱정하는 듯했다. 소사쿠의 얼굴도 가끔 들여다보면서 약간의 변화라도 읽어내려고 했다. 그런 와중에도 지금까지 온 길을 몇 번이나 돌아보면서 코를 움찔거리며 냄새를 맡기도 했다. 그 모습을 볼 때마다 온몸에 소름이 돋고 하반신이 허공에 뜬 느낌이 들어서 발이 미끄러질 뻔했다.

조금 전에 강에서 쓰러진 사나에와 요시로의 모습이 뇌리에 떠올랐다. 아무리 뿌리치려고 해도 사라지지 않았다. 일어서지 않고 바닥을 휘젓는 모습, 검푸르게 변한 얼굴. 그 주변을 검은 안개 같은 게 에워싸고 있었다. 두 사람의 몸에도 달라붙어 있었다. 물론 이건 기억이 아니다. 현실에서 본 장면이 아니다. 눈에 보이지 않는 히키타 원령의 모습을 머리가 멋대로 만들어낸 것이다.

신타로가 사치카를 향해 물었다. "누나, 올라오고 있어? 우리를 쫓아오고 있어?"

표정은 더할 수 없이 진지하고, 덜덜 떨어서 그런지 이가 딱딱 부딪쳤다. 원령이라는 말을 입에 담기조차 두려워하는 모습이었다.

사치카는 당연하다는 듯 단호하게 대답했다. "그래. 우물쭈물하면 잡힐 거야."

신타로뿐만 아니라 여기 있는 모두에게 한 말이라는 건 금방 알 수 있었다. 신타로가 아키코의 손을 꼭 잡았다. 시오리가 아소를 향해 작은 목소리로 "여보, 나도 힘낼게" 하는 말이 들렸다.

몇 번이나 넘어질 뻔했지만 가까스로 버티고, 소사쿠가 비에 젖지 않도록 우산의 위치를 바꾸면서 오직 사치카의 뒤를 따라갔다.

30분쯤 올라갔을까? 발끝의 감각이 마비되었을 무렵 경사면이 완만해졌다. 그렇게 생각한 순간, 곧바로 시야가 탁 트였다.

산꼭대기는 60평쯤 되는 풀밭으로, 여기저기에 바위와 그루터기가 보였다. 한가운데에 작은 사당이 있고, 그 옆에 새로 지은 제법 큰 건물이 있었다. 무미건조한 사각형의 회색 외관은 섬의 분위기와 어울리지 않았다. 세 개 나란히 있는 창문 안쪽에서 사람의 그림자가 보였다. 9평쯤 되는 방에 수많은 사람들이 북적거리고 있었다.

커다란 문 앞에 서 있던 이바가 깜짝 놀란 얼굴로 이쪽을 보고 비옷의 모자를 벗었다. 그 옆에서 레이코가 축 늘어진 얼굴로 허리를 누르고 있었다. 가로막을 나무들이 없는 탓인지, 세찬 비바람 소리가 주변에 메아리쳤다.

이바가 큰 소리로 물었다. "당신들도 무사했나?"

"네, 원령한테서 도망쳤어요. 우리 뒤에는 아무도 없어요."

사치코도 큰 소리로 대답하며 이바 쪽으로 다가갔다. 준 일행은 거의 반사적으로 그녀의 뒤를 따랐다.

"우리 눈앞에서 섬사람 두 분이 돌아가셨어요. 강에서요."

"그래, 메신저를 통해 알고 있어." 그는 휴대폰을 꺼내더니, 사치카를 보면서 탐색하듯 덧붙였다. "……아가씨는 눈치챈 모양이군."

"물론이에요. 히키타 산 너머를 봤으니까요."

이바가 얼굴을 찡그리며 주먹을 꽉 쥐었다. 레이코가 험악한 분위기를 알아차리고 "왜 그러세요?"라고 물었지만 사치카는 그녀를 무시하고 문을 가리켰다.

"다들 지쳤어요. 안에 들어가게 해줘요. 특히 아소 씨 부인이 걱정이에요."

"그건 안 되네." 이바는 곧바로 거절하더니 턱으로 사당을 가리켰다. "비를 피하려면 저쪽에서 피해. 한두 명은 들어갈 수 있을 걸세."

"그럴 수가……."

아소가 울상을 지으며 한두 걸음 앞으로 나섰지만 이내 힘없이 쓰러졌다. 피로가 한계에 달한 모양이었다. 시오리가 "여보, 괜찮아?"라고 어깨를 흔들어도 대답조차 할 수 없는 듯했다.

"책임자가 누구예요?"

"누구에게 물어봐도 마찬가지일세. 이 대피소는 섬사람 전용이니까. 당신들 같은 외지인이……."

사치카가 이바의 말을 끊고 거듭 주장했다. "모두 안에 들어가게 해주세요!"

조금 전보다 목소리는 낮았지만 기백이 담겨 있었다. 공기가 긴장으로 가득 차면서 한순간 빗소리마저 들리지 않는 듯했다. 이바가 사치카의 눈길을 받고 멍한 표정을 지었다.

"그때 그 애인가? 공주처럼 하늘하늘한 옷을 입은⋯⋯."

그녀는 마지못해 고개를 끄덕였다.

"그래요. 이제 와서 숨겨봐야 소용없어요. 희생자를 내면서까지 이 섬을 지킬 이유는 없으니까요." 그녀는 마을을 내려다본 뒤, 이바에게 얼굴을 가까이 대고 덧붙였다. "그러니까 비키세요!"

이바는 되받아치려고 하다가, 이윽고 포기한 얼굴로 문 앞에서 물러났다.

5

건물 안은 조용하고 청결했다. 공조 시스템의 온도도 적당해서 태풍임을 잊어버릴 만큼 쾌적했다. 복도의 난간을 잡고 일행은 방으로 향했다.

바닥에 깔린 돗자리와 타월 위에 섬사람들이 어깨를 마주 대고 앉아 있었다. 몇 명은 스마트폰과 태블릿을 들여다보고, 몇 명은 꾸벅꾸벅 졸고 있었다. 온몸이 녹초가 되었는지 다들 입을 다물고 있어서, 방 안에는 벽과 지붕을 때리는 비바람 소리만 울려 퍼질 따름이었다. 스나가는 안쪽에서 양반다리를 하고 벽에 기대 있었다.

신발을 벗고 수많은 장화를 넘어간 뒤, 사치카는 근처에 있던 몇 명에게 옆으로 조금만 가달라고 부탁해 자리를 마련했다. 노인들이 귀찮은 얼굴로 몸을 움직였다. 아소 부부는 일단 벽에 기대앉았다.

신타로에게 이끌린 아키코는 크게 숨을 토하고 두 사람 앞에 앉았다. 준은 소사쿠를 신중하게 눕힌 뒤, 신음 소리를 내며 그 옆에 쓰러졌다. 그러다 근처에 있는 노파를 발로 찰 뻔해서 황급히 몸을 웅크렸다.

"괜찮아요?"

레이코가 손으로 허리를 짚고 비틀거리며 다가왔다. 비를 맞아 화장은 지워지고 붙인 속눈썹도 떨어져서 소박한 민낯이 적나라하게 드러났다.

"미안해요, 전혀 몰랐어요. 하긴 알았다고 해도 허리가 아파서 도와줄 수……." 그녀는 거북한 얼굴로 입을 다물었다.

부자연스러운 침묵이 귀에 거슬렸다. 뒤를 돌아보니 섬사람들이 차가운 눈길로 이쪽을 보고 있었다. 어두워서 얼굴은 잘 보이지 않았지만 표정이 험악하다는 건 알 수 있었다.

머리가 무겁고 숨이 막혔다. 무수한 시선의 무게가 몸을 짓눌렀다. 시오리가 두 손으로 아소의 손을 꼭 잡았다. 이바와 스나가가 소곤소곤 이야기를 나누더니, 이윽고 스나가가 사치카를 불렀다.

"아가씨! 우쓰기 유코의 손녀라는 아가씨 말이야."

그는 무릎을 짚고 천천히 일어서더니 소형 선풍기를 껐다. 시오리의 모습을 살펴보던 사치카가 얼굴을 들고 돌아보았다.

"뭘 어디까지 알고 있지?"

"히키타 원령의 정체를, 탄생에서 발생 과정까지 전부 알고 있어요." 그녀는 일부러 정중하게 대답하고 재빨리 일어섰다. "아직 추측에 불과한 부분도 있지만, 여러분이 어떤 상황에 있는지는 알고 있죠. 여기에 있는 분들은 섬에서 나갈 수 없는 사람들이에요. 몇 푼 안 되는 돈에 부조리함을 받아들이며, 오히려 잘됐다는 생각에 꽁꽁 얽매인 사람들……."

방의 여기저기에서 신음과 혀 차는 소리가 들렸다. 천이 스치는 소리와 손으로 바닥을 때리는 소리도 들렸다. 놀라움과 적의, 그 모든 감정이 이쪽으로, 특히 사치카에게 향하는 게 똑똑히 느껴졌다.

스나가가 히쭉 웃으면서 말했다. "입만 살아서 나불거리는군. 어디 한번 들어볼까?"

희미한 어둠 속에서 커다란 눈과 누런 치아가 떠올랐다.

"정체라고요……?"

작은 목소리로 묻는 아소를 향해 사치카가 고개를 끄덕였다. 그녀의 눈은 예리하고 굳은 의지로 가득 차 있었다. H 항구에서 만났을 때하곤 딴사람처럼 보였다.

그녀는 작게 심호흡을 한 후 입을 열었다. "22년 전 여름, 이 섬에 한 여성이 왔어요. 우쓰기 유코…… 이른바 영능력자라고 불리던 사람이었죠. 본인은 자신을 심령감정가라고 칭했지만 그건 아무래도 상관없어요. 중요한 건 그날 그 사람과 촬영팀이 여기에 왔다는 것, 섬사람들에게 이 섬을 촬영하게 해달라고 부탁한 거죠." 그녀는 수많은 시선에도 동요하지 않고 말을 이었다. "섬사람들은 처음에 촬영을 떨떠름해했어요. 지금은 장례식이 끝난 지 얼마 되지 않았고, 아직 탈상도 하지 않았다, 이렇게 갑자기 밀고 들어오면 곤란하다…… 다들 그런 식으로 말했죠. 그러고 보니 두 분도 그때 항구에서 촬영팀과 옥신각신하지 않았나요?"

그녀는 스나가와 이바를 뚫어지게 쳐다보았다. 그 말에 대답한 사람은 이바였다.

"그렇네. 실제로 너무나 갑작스러웠고, 방송국 사람들이 하도 오만방자하게 굴어서 싸울 뻔했지. 그때 있던 사람들 중에선 우리 둘 말고 다들 저세상으로 갔다네."

"그때, 우쓰기 유코가 불쑥 말했죠. 아마 기억하실 거예요." 그녀는 연극적인 동작으로 창밖을 가리켰다. "낮은 산에 원령이 있구려, 가끔 내려오기도 하지 않는가……라고요."

몇 시간 전에 들은 이야기다. 소사쿠를 찾기 위해 돌계단을 올라가는 도중이었다.

방 한구석에서 헛기침 소리가 들렸다. 목에 있는 가래를 뱉으려는 소리와 유난히 바스락거리는 비닐봉지 소리도 이어졌다. 모두 야유로 들렸다. 늙고 지친 섬사람들의 무언의 항의인 듯했다.

준은 목덜미에 솟아나온 땀을 닦았다. 사치카가 살며시 염주를 만지작거렸다.

"태어나자마자 할머니에게 맡겨져 계속 옆에서 지켜봤던 저는, 불안에 떨고 불행을 두려워하는 어른들의 모습을 많이 봤죠. 잇따른 가족의 죽음은 지박령 소행이 아닌가, 아들이 병에 걸린 건 남편 전처의 저주 때문이 아닌가……." 그녀는 사람들을 차례차례 둘러보면서 덧붙였다. "그런 사람들에게 그 사람은 어떻게 했을까요? 미리 조사한 내용과 교묘한 화술을 통해 의뢰인이나 관계자의 정보를 끌어내, 마치 그 순간에 영시로 알아낸 것처럼 말했습니다. 그러면 다들 깜짝 놀라며 두려워하고, 그런 다음에 안심하더군요. 이제 우쓰기 유코를 믿으면 되니까요. 더 강력하고 무서운 존재가 눈앞에 있고, 더구나 자기를 지켜준다고 생각했으니까요. 사람들은 옛날부터 그런 식으로, 눈에 보이지 않는 존재에 대한 불안과 공포를 극복하려고 했어요."

민박집에서 보았던 레이코를 떠올렸다. 콜드리딩과 핫리딩의 조합. 한마디로 말해 영감도, 아무것도 아니다. 하지만 사람들은 레이코의 말에 충격을 받고 그녀를 두려워했다. 그리고 결국 그녀를 신뢰했다. 다 같이 기도하면 어떻게 될 수도 있다고 생각했다.

"할머니는 무의식적으로 그렇게 할 수 있는 사람이었어요. 그리하여 많은 사람에게 신뢰를 얻었죠. 그래서 또 원령이 어쩌고저쩌고했을 때, 저는 금방 알아차렸어요. 또 시작이군, 지금 말한 건 허세이고 지금부터 주특기인 '영시'가 시작될 거라고요. 아마 며칠 전에 섬에서 사망한 사람의 정보를 끌어모아 원령의 소행이라고 교묘하게 갖다 붙일 거다, 그리고 섬사람들을 공포에 떨게 만들어 자신을 믿게 하리라……. 그런 시나리오도 예상할 수 있었어요. 그때는 장례가 끝난 지 얼마 되지 않았잖아요? 즉, 불행한 일이 일어난 지 얼마 되지 않은 시기였어요. 이렇게 안성맞춤인 상황을 그 사람이 놓칠 리 없어요. 더구나 좁은 섬이라면 고인에 대해 모르는 사람이 없을 테니까 '영시'의 정밀도가 올라가죠."

타닥타닥. 비가 창문을 세차게 때렸다.

"그리고 놀라운 일이 벌어졌어요. 여러분은 그 사람의 허세만으로 놀라고 두려워했죠. 괴물이라도 보는 듯한 눈으로 그 사람을 보더니, 바로 연락소로 들어가 회의를 하더군요. 저도 놀랐지만 그 사람은 더 놀랐죠. 물론 그 사람은 기뻐하기도 했지만요. 영시가 들어맞았다, 이 섬사람들은 정말로 원령에 시달리고 있다고 생각한 거죠." 그녀는 소사쿠와 시오리의 모습을 슬쩍 쳐다보고 나서 덧붙였다. "촬영을 허락하고 나서도 여러분의 행동은 기묘했어요. 섬에 관해서는 거의 말을 하지 않고, 반대로 그 사람에게서 얘기를 듣고 싶어 하더라고요. 그 사람이 누구인지, 산에서 무엇이 보이는지, 무엇을 알고 있는지. 촬영팀에게도 비슷한 걸 물었죠. 사전 답사를 위해 히키타 산에 들어갔을 때조차도요."

"네……?" 아소가 의아한 표정을 짓고는 아내의 어깨를 껴안고 물었다. "그때는 산에 들어갈 수 있었나요?"

"네, 그때는 출입금지 간판도 없었고 아이들도 마음대로 드나들었어요. 히로라는 열 살배기 남자아이가 촬영팀을 따라갔어요. 무쿠이 초등학교의 마지막 학생이었다고 하더라고요."

당시 상황은 지금과 많이 달랐던 모양이다. 지난 22년 사이에 바뀐 것이리라. 유치하고 소름 끼치는 간판의 글자가 선명하게 떠올랐다.

"밤이 되고 촬영이 시작되었죠. 그 사람은 산에 들어가 영시를 하는 도중에 쓰러졌어요. 산중턱에 있는, 움푹 들어간 무덤에서 말이죠. 스태프도…… 아마 카메라맨과 녹음감독이었을 거예요."

준이 순간적으로 물었다. "그 무덤에서요?"

기절한 소사쿠가 후루하타에게 잡혀 있었던 곳에서 우쓰기 유코도 쓰러졌던 건가…….

사치카는 고개를 끄덕였다. "그래요. 같이 갔던 섬사람들이 할머니와 촬영팀 사람들을 데리고 무쿠이장으로 돌아왔어요. 그 사람의 얼굴은 검푸르게 변해 있었죠. 손끝과 발끝까지도요. 스태프의 상태도 비슷했어요. 의식이 있는 사람도 어지럽다든지 머리가 아프다든지 속이 메슥거린다든지 눈물을 주르르 흘린다든지…… 멀쩡한 사람은 아무도 없었죠."

강에서 쓰러진 두 사람이 다시 머리에 떠올랐다. 비슷하다. 아니, 똑같다.

"그 사람은 섬사람들에게 원령 탓이라고 말했어요. 며칠 전에 돌아가신 분의 증상과 똑같다, 역시 원령은 있다……. 그렇게 말하지 않았나요?"

스나가가 손가락으로 관자놀이를 눌렀다. "그래, 정확히 기억하고 있군. 이렇게 될 줄 알았다면 촬영 같은 건 허락하지 말았어야 했네. 죄송합니다…… 그렇게 사과한 것도 기억하고 있지. 우리는 당장 돌아가는 편이 좋겠다고 말했고, 당신들은 우리를 원망하지 않고 다음 날 아침에 섬을 떠났네."

"그래요. 아직 어린 저는 물론이고 촬영팀도 공포에 휩싸였으니까요. 죽을 뻔했던 일이 너무도 무서워서 섬사람들 말을 그대로 믿었어요. 진실한 조언이라고 생각한 거죠."

"그게 아니었던 거예요?"

아키코의 물음에 사치카는 단호하게 대답했다. "네, 아니었어요. 섬사람들은 그저 우리가 빨리 떠나길 원했을 뿐이에요. 수상쩍게 보이는 사람들이 단순한 영능력자와 심령 프로그램의 스태프라는 걸 알았으니까요. 다큐멘터리를 찍기 위해 잠입한 사람들도 아니고 환경보호단체 사람들도 아니며, 섬의 사정에 대해선 털끝만큼도 모르는 사람들이란 걸 말이죠."

준이 황당한 표정을 지었다. "뭐?"

그 자리에 어울리지 않는 말이 나왔다. 이야기가 옆길로 샌 걸까? 아니면 잘못 들은 걸까?

사치카가 준을 힐끔 쳐다보면서 말했다. "그 사람이 세상을 떠나고 나서 조금씩 조사했어요. 가설도 세웠죠. 그리고 오늘 아침에 소사쿠 씨가 이렇게 된 뒤, 히키타 산에 올라가보고 강에서 쓰러진 두 사람을 보고 확신했어요. 어지럼증, 두통, 구토, 눈물, 치아노제*, 호흡 곤란, 전신 경련, 혼수상태. 전부 황화수소를 마셨을 때의 증상이에요."

아소의 입에서 얼빠진 목소리가 새어 나왔다. "헉! 뭐, 뭐야?"

사치카는 발에 힘을 주고 버티고 서서 방에 있는 전원을 향해 말했다.

"히키타 산 서쪽에는 1980년대 중반까지 산업 폐기물이 불법 투기되었죠. 여기에 올 때 반대쪽에서 예인선이 빈 구조물을 끌고 갔죠? 그건 여기에 산업 폐기물을 버리고 본토로 돌아가는 구조물이에요. 무쿠이 섬사람들은 그걸 눈감아주고 있었어요. 아마 기업이 주는 돈을 받고 있겠죠. 다른 사람에게 말하지 않겠다는 입막음 비용까지 포함해서요. 산업 폐기물에는 여러 가지가 있는데, 히키타

---

* zyanose. 혈액 속 산소가 줄고 이산화탄소가 증가하여 피부나 점막이 파랗게 보이는 증세.

산에 버리는 쓰레기 중에는 건축 자재로 사용하는 석고 보드가 대량으로 포함돼 있었을 거예요. 석고 보드는 물과 화학 반응을 일으켜 황화수소를 발생시키죠. 그래서 비가 오면 황화수소가 대량으로 발생하는데, 평소엔 거의 피해가 나오지 않아요. 산 내부를 통과해 동쪽으로 빠져나가니까요. 산중턱에 있는 묘지에 약간 쌓일 정도일까요? 황화수소는 공기보다 무거워서, 일부러 묘지에 가지 않는 한 피해는 발생하지 않죠. 속을 메슥거리게 만드는 불쾌한 썩은 달걀 냄새, 이른바 유황 냄새는 숯이 흡수해서 없애주고요. 그런데……."

그녀는 목소리를 높여서 단숨에 말했다.

"비가 많이 내린 직후에 서쪽에서 강풍이 불면 황화수소는 히키타 산을 넘어 마을로 내려오죠. 즉, 특정 조건이 갖춰지면 무쿠이 섬은 유독 가스에 휩싸이는 거예요. 여러분은 아마 할머니와 촬영팀이 오기 얼마 전부터 이런 사태 때문에 고민했을 거예요. 그리고 몇 가지 대책을 세웠죠. 비가 많이 오는 날에는 돌아다니지 않는다, 서풍이 강해서 유독 가스가 내려올 것 같으면 다치바나 경찰관이 사이렌을 울린다. 히키타 산보다 높은 이 산으로 대피해서 잠시 지낸다……."

방에는 모든 소리가 그치고 헛기침 소리도 나지 않았다. 뺨을 타고 흘러내리는 땀 소리가 들릴 만큼 조용했다.

고요한 침묵 속에서 그녀가 다시 입을 열었다. "그 이후, 할머니가 나타났어요. 그 사람에게 이것저것 꼬치꼬치 캐물어, 그걸 근거로 원령 전설을 날조해 우리를 쫓아낸 사람이 바로 여기 있는 두 분이죠. 즉, 원령이니 저주니 하는 말은 우리를 쫓아내고 눈앞의 위기를 모면하기 위한 날조에 불과했어요. 그런데 시간이 지나면서 어느새 섬 전체가 공유하게 됐죠. 히키타 원령은 결코 옛날의 좋은 전승이 아니에요. 가짜 영능력자의 허세를 이용해 황화수소와 그 피해를 감추기 위한 이 섬의 은어죠. 인습으로 보이는 일은 불법 투기를 은폐한다든지, 유독 가스로부터 몸을 지키는 행동일 뿐이고요. 외지인을 히키타 산에 들어가지 못하게 하는 것도, 숯으로 만든 깜장벌레를 집에 두는 것도, 비 오는 날이면 집에서 한 발짝도 나오지 않는 것도, 그리고 지금 이 자리에 있는 것도 말이죠.”

사람들은 모두 그림자로 변한 것처럼 꼼짝도 하지 않았다.

“아가씨가 용케 알아냈군. 크크크.”

스나가는 웃음을 터뜨리고 이바는 불만스러운 표정으로 혀를 찼다.

그럼 이 말이 맞는다는 건가? 사치카가 말한 대로라는 건가?

“워, 원령이 아니라는 거예요?”

레이코가 멍하니 입을 벌리고 사치카를 바라보았다.

“그래요.” 사치카는 이쪽을 향해 미안한 표정을 지었다. “아까는 거짓말해서 죄송해요. 한시를 다툴 만큼 상황이 긴박한 데다 생사가 달려 있고, 더구나 아무리 사실이라고 해도 갑자기 유독 가스가 내려온다고 말하면 믿어주지 않을 것 같아서……."

아소가 벽을 짚고 불쑥 일어나더니 주위가 떠나가라 소리를 질렀다. "말도 안 돼요! 무, 물론 원령이 없는 건 좋은 일입니다. 하지만 산업 폐기물이라니……. 그게 뭐죠? 황화수소요? 이 섬에 그렇게 현대적이고 쓸모없는 게 있다고요? 지방에는 토착 문화가 있어야 하잖아요! 시골은 토속적이어야 하잖습니까! 히키타 원령은 무서우면서도 숭고한, 이 섬이 자랑할 만한 민속이 아닌가요!"

크크크. 히히히. 여기저기서 웃음소리가 새어 나왔다. 어이가 없다는 듯 한숨을 토해내는 사람도 있었다.

근처에 있던 얼굴이 동그란 노파가 어린아이 같은 목소리로 말했다. "이보게, 젊은이. 자네, 요코미조란 소설가 좋아하지? 교고쿠 뭐라든가 하는 소설가도, 미쓰다 뭐라든가 하는 소설가도 좋아하고? 자네 같은 사람이 가끔 여기에 오는데, 우리가 적당히 원령 이야기를 하며 깜장벌레를 보여주면 눈을 반짝이면서 좋아하더군. 인습은 굉장하다, 토속적인 게 최고다, 라고 감탄하고는 그것만으로 만족해서 돌아가곤 하지."

옆의 노파가 고개를 끄덕였다. "그래그래. 이런 얘기는 방패막이로 딱이야."

노파의 대각선 뒤쪽에 있는 노인이 절반만 돌아보고 덧붙였다. "그런 자들은 무쿠이 섬 자체를 보고 싶은 게 아니야. 어디선가 보고 들은, 실제로는 어디에도 없는 섬다운 모습과 시골다운 모습을 찾고 있는 것뿐이지.”

하나 남은 은색 앞니에서 반짝 빛이 뿜어 나왔다.

“누가 아니라나? 우린 사람들이 원하는 걸 내놓은 것뿐이네. 원하는 걸 해준 것뿐이지.”

“자네도 마찬가지 아닌가? 이상적인 섬이란 이미지를 갖고 여기로 이사 온 거잖나?”

“설마 이렇게 아무것도 없는 섬에서 살고 싶어 하는 사람이 있을 줄이야.”

“마을 회의에서도 받아주느니 마느니 옥신각신하지 않았나?”

“그랬던가?”

“그랬다니까. 그때 어찌나 받아달라고 매달리던지…….”

아소는 울 것 같은 얼굴로 노인들의 이야기를 들었다. 이윽고 그 자리에 털썩 주저앉더니 두 팔로 무릎을 껴안고 그 안에 얼굴을 감추었다. 그런 그의 머리를 아내인 시오리가 말없이 슬픈 얼굴로 쓰다듬었다.

사치카가 다시 입을 열었다. “공포의 대상이 원령이라면서 섬기거나 제사를 지내는 모습은 볼 수 없었어요. 다자이후나 쇼몬즈카 지역에서 볼 수 있는 영혼 신앙을 여기서는 볼 수 없더라고요. 다시 무쿠이 섬을 찾았을 때, 그 점에도 의문을 가졌죠. 알고 보니 정답은 간단하더군요. 아무리 섬겨도, 아무리 제사를 지내도 H2S, 즉 수소와 유황 화합물에서 독이 빠져나가진 않으니까요. 섬사람이라고 해서 피해를 주지 않는 것도 아니고요."

어느새 스나가의 입가에서 웃음이 사라졌다. "그야 그렇지. 원령…… 가스가 그렇게 자주 내려오는 건 아니라네. 아주 가끔 내려오지. 1986년에 산업 폐기물이 섬에 오고 나서 어중간한 게 네 번, 꽝장한 게 두 번. 아니, 이번을 합치면 세 번인가? 31년 사이에 크고 작은 걸 다 합쳐서 일곱 번이니까 4년에 한 번 있을까 말까 하잖나?"

"올림픽보다 적군, 하하하."

섬사람 중 누군가가 그렇게 말하며 웃었지만 아무도 따라 웃지 않았다.

"……그런 식으로 거의 오지 않는 건 뿌리째 끊어내기보다 그냥 흘려보내는 게 낫지 않겠나? 피해자니 뭐니 하며 항의하는 것도 피곤한 일이거든. 솔직히 말하면 판매업체나 제조공장, 폐기업자, 관공서, 어디서 돈을 내는지, 어디의 누가 책임자인지도 모르고 말일세."

어둠 속에서 보이는 스나가의 얼굴은 조금 전보다 훨씬 늙어 보였다. 목소리도 어딘가 약해 보였다. 사치카는 어깨를 들썩이고 가여워하는 눈길로 노인들을 둘러보았다.

"지금 이 섬에 남아 있는 사람들은 산업 폐기물을 내놓는 쪽이나 버리는 쪽 말을 잘 듣는 사람들뿐이군요."

빼곡히 들어선 사람들 사이에서 작은 술렁거림이 일었다.

스나가가 커다란 한숨을 토해냈다. "뭐라고 말하든 상관없어. 그 래서 어떡할 건가? 할머니의 원수라고 하며 우리에게 복수할 건가? 우리는 그래도 상관없네. 죽이고 싶었던 건 아니지만 그 사람들이 무덤에 가는 걸 막지 않았던 건 사실이니까."

이바가 말을 이어받았다. "더구나 죽은 건 2년 후인가, 3년 후잖나? 신문의 부고란에 실린 걸 봤다네. 그때는 마음속으로 용서를 빌 었지."

사치카가 차갑게 대꾸했다. "그 얘기는 나중에 하죠."

어느새 얼굴은 무표정하고 말투는 냉정하게 변했다.

"그, 그건 왜죠?" 그렇게 물은 사람은 레이코였다. 허리가 아픈지 얼굴을 찡그리면서 사치카를 향해 따지듯 말했다. "이 사람들이 유코 님을 죽게 만든 거잖아요! 독가스가 나오는데도 비밀에 부치는 바람에 유코 님께서 돌아가신 거잖아요! 어느 면에서 보면 자신들 도 피해자라고, 일부러 그런 게 아니라고 해도 용서할 수 없어요!"

자신의 말에 흥분했는지 숨이 흐트러졌다.

"레이코 씨, 진정하세요."

레이코가 귀를 찢는 목소리로 되받아쳤다. "지금 진정하게 생겼 어요? 그분이 살아 계셨다면 더 많은 사람들을 구했을 거예요. 죽음 을 피할 수 있었던 아이가 몇 명, 아니 수십 명은 됐을 거고요. 나도 고맙다고 인사하러 직접 찾아갔었어요."

그녀의 외꺼풀인 작은 눈에서 눈물이 흘러내렸다.

"세균다미에, 라는 닉네임으로 개구리가 그려진 편지지에 비뚤비뚤하게 쓴 유치한 편지에 답장을 해주셨어요. '당신의 영기는 아주 맑아요, 부디 죽지 마세요'라고, 똑같은 개구리가 그려진 편지지에 써서 보내주셨다고요! 그런 신 같은 유코 님을 이 사람들은."

그녀는 힘줄이 불거진 손으로 얼굴을 덮고 그 자리에 주저앉으려고 하다가 "아야야야야얏!" 하고 엉거주춤 굳어졌다. "아야야, 이런 사람들, 정말 싫어…… 아아, 아아……."

그 자리에 있는 모든 사람들이 부자연스러운 자세로 흐느끼는 레이코를 가엾게 바라보았다.

사치카가 그녀의 어깨에 손을 얹더니, 표정을 풀고 다정하게 말했다. "레이코 씨, 없던 걸로 하겠다는 게 아니라 나중에 따지겠다고 한 거예요. 조금만 기다려주세요."

그러더니 그녀의 허리를 다정하게 어루만지고 시간을 들여서 천천히 일으켜 세웠다. 레이코는 울면서 사치카가 하는 대로 가만히 있었다.

사치카는 다시 스나가를 비롯한 섬사람들을 향했다. "나보다 먼저 히키타 원령의 정체를 알아차린 사람이 있었어요. 그 사람은 어제 처음으로 무쿠이 섬에 왔는데, 순수하게 보고 듣고 생각해서 알아냈죠. 경찰관인 다치바나 씨가 감시꾼 역할이었다는 것도요."

그녀의 입에서 생각지도 못한 말이 나왔다. 준이 숙박객의 면면을 둘러보았다. 이 가운데 누군가가 알고 있었다는 건가.

"그, 그 사람이 누군데?"

무심코 묻는 질문에 그녀는 곧바로 대답했다.

"미사키 하루오 씨예요." 그녀는 레이코의 울음소리에 지지 않도록 목소리를 높였다. "하루오 씨는 그걸 확인하기 위해 한밤중에 다치바나 씨 집으로 갔어요. 이 정도 비바람이라면 아마 자지 않고 망을 보지 않을까 해서요. 결과는 하루오 씨 예상이 맞았죠. 섬의 비밀이 드러난 것에 조바심을 느낀 다치바나 씨는 빈틈을 노려 하루오 씨를 때려죽이고 시신을 바다에 던졌어요. 아마 섬사람들은 모두 알고 있었을 거예요. 이렇게 중요한 일을 알리지 않았을 리 없으니까요. 메신저를 통해 알았거나 본인에게 직접 들었겠죠."

6

섬사람들이 약속이라도 한 것처럼 일제히 딱딱하게 굴었다. 가까이에 있는 노인들은 이쪽과 시선을 맞추려고 하지 않았다. 아키코가 레이코에게 손수건을 건네주었다.

"할머니 건은 모든 사람이 합의해 꾸민 짓이라고 할 수 없는 부분도 있고, 그 일이 있은 지도 이미 20년이 지났어요. 그런데 하루오 씨 살인 사건은 오늘 일어난 일이죠."

시간으로 보면 열셋에서 열네 시간쯤 지났을까? 사치카의 이야기에 귀를 기울이면서 하루오가 살해당한 시간을 어렴풋이 생각했다. 시신을 본 건 바로 조금 전 같기도 하고, 아득한 옛날 같기도 하다. 상상도 못 했던 일이 잇따라 일어난 탓에 시간 감각이 어긋난 것이다.

스나가와 눈짓을 주고받던 이바가 불쾌한 얼굴로 휴대폰을 꺼내더니, 액정 화면을 만지작거렸다.

"본인한테서 연락이 온 건 사실이네. 새벽 2시, 자네가 지금 말한 대로 메신저로 연락을 했더군. 여행 온 사람이 새벽 1시에 찾아왔다, 산업 폐기물에 대해 알고 있었다, 그래서 죽였다……." 그는 헛기침을 몇 번 하고 나서 덧붙였다. "하루오란 사람은 우리 섬사람을 동정한다고 할까, 참 착한 사람 같더군. 이런 일은 고소해야 한다, 도움이 필요하면 얼마든지 도와주겠다, 이 섬을 아름답게 만들 방법은 분명히 있다…… 그렇게 말했다더라고."

준이 눈을 동그랗게 뜨고 물었다. "네?"

"다치바나 씨는 이렇게도 썼어. '이 문제로 시끄러워지면 섬의 모든 사람들이 피해를 입는다, 그래서 죽일 수밖에 없었다'라고."

"너무해요……."

아키코가 얼굴을 일그러뜨리며 손으로 입을 막았다. 신타로는 멍하니 이바를 쳐다보았다. 하루오의 사각형 얼굴이 떠올랐다. 그가 한밤중에 다치바나를 찾아간 건 섬의 문제를 알아차리고 마음이 아파서였던가. 섬사람들의 힘이 되어주고 싶어서였던가. 하루오라면 충분히 그럴 수 있다. 마음에 병을 얻은 죽마고우를 위해 일부러 고향으로 돌아와 위로 여행을 가자고 했을 정도니까.

다치바나는 그런 하루오를 뒤에서 때려주인 뒤, 차갑고 어두운 바다에 내던졌다. 섬사람들이 피해를 입을 수 있다는 말도 안 되는 이유로.

소사쿠한테서 들은 이야기가 떠올랐다. 자신을 구해주러 온 아버지에게 화가 나서 방해하지 말라고 때렸다…… 그는 찻집에서 그렇게 고백했다.

"당신들……."

준은 쥐어짜듯 말하며 섬사람들을 노려보았다. 가까이 있는 노인들이 굳은 얼굴로 일어나 준에게서 조금 떨어졌다. 대피소 안이 시끌벅적해졌다. 돗자리를 스치는 소리와 나지막한 속삭임이 여기저기에서 들렸다.

사치카가 일어서려고 한 준을 말렸다. "준 씨, 잠깐만요."

들어 올린 그녀의 손에서 사라라락 하는 염주 소리가 들렸다.

"지금 감정적으로 행동하면 밝혀낼 수 없는 게 있어요. 하루오 씨를 살해한 장본인은 이미 죽었고요."

냉정한 말투가 귀에 거슬렸다. 순간 머리에 피가 솟구치면서 거친 말이 입을 뚫고 나왔다.

"그게 무슨 소리야? 이 사람들은 모두 한통속이잖아? 여기에 있는 사람들 모두……."

"당신은 좀 빠져요!"

사치카가 화를 내며 이쪽을 노려보았다. 얼굴에는 분노가 가득 담겨 있었다. 레이코를 대할 때와 전혀 다르다. 왜 이러는지 알 수 없었다. 자신의 말에 몇 번이나 끼어들어 조바심이 난 걸까? 마음속에서 의혹과 당황스러움이 퍼져나갔다.

그녀가 스나가를 보면서 물었다. "하루오 씨를 살해한 경위는 여기 있는 모든 섬사람들이 알고 있다, 하지만 다치바나 씨가 살해된 경위는 아직 파악하지 못했다…… 이렇게 이해해도 되나요?"

스나가의 표정이 흐려지면서 무슨 말을 하려고 하다가 입을 다물었다.

"대강은 짐작하고 있죠?"

"그렇지 뭐. 저기 있는 소사쿠라는 형씨가 범인이라곤 생각하지 않아."

준이 사치카를 보면서 조심스럽게 말했다. "그, 그래?"

사치카가 슬픈 표정으로 대꾸했다. "이건 어디까지나 추측이에요. 정보가 너무 없어서 지금은 추측밖에 할 수 없어요. 그 전화의 의미는 무엇이었는지, 왜 무덤에 갔는지, 본인에게 물어보면 제일 좋겠지만……."

소사쿠의 의식은 아직 돌아오지 않았다. 지금도 똑바로 누워서 눈을 감고 있다.

"사정을 알 만한 사람이 한 명 있어요."

신타로가 혼잣말처럼 중얼거렸다. "누군데요?"

섬사람들이 불안한 모습으로 몸을 움찔거렸다. 양반다리를 하고 앉은 그림자들이 이리저리 흔들렸다.

"후루하타 씨예요. 우리가 무덤에 도착했을 때, 그 사람이 울부짖으며 이해할 수 없는 말을 하더라고요. 그러면서 소사쿠 씨를 무덤에서 끌어올렸죠."

멀리 있는 그림자가 말했다. "그게 무슨 말인가?"

주변의 섬사람들도 눈을 동그랗게 떴다.

"뭐, 그것도 본인에게 물어보는 게 제일 좋겠지."

스나가의 말에 이바가 고개를 끄덕였다.

"후루하타 씨는 지금 어디 있죠?"

사치카의 질문을 듣고 준은 덩달아 방을 둘러보았다. 아무리 시선을 돌려도 후루하타 같은 사람은 보이지 않았다. 신선처럼 독특한 모습의 노인은…….

"안 왔네." 스나가가 비로 인해 뿌예진 창밖을 바라보면서 슬픈 얼굴로 중얼거렸다. "사이렌 소리는 들렸을 텐데 말이야."

이어서 무슨 말인가 하려고 하다가 입을 다물었다. 무슨 말을 삼켰는지, 무슨 말을 하려고 했는지 대강 짐작이 되었다. 섬사람 중 누군가가 혼잣말처럼 중얼거렸다.

"……그 녀석도 참 불쌍하지."

그러자 노인들이 앞다투어 속삭였다.

"마지막까지 자기 길을 갔구먼."

"어정쩡하게 나으면 오히려 힘들 거야."

"지금쯤 하늘나라에 있겠군. 제 부모를 만나지 않았을까?"

"이걸로 가족이 모두 원령의 저주를 받았군."

귀와 머리가 멋대로 가장 인상적인 말을 주웠다.

"그 녀석이 있어서 계속해온 부분도 있잖아?"

"이번에는 세 명인가?"

"그래, 세 명이나 죽었네."

"오랜만에 사람이 죽었군 그래."

"참 슬픈 일일세."

"사이렌이 너무 늦게 울려서 그래. 메신저도 좀 늦었고."

"어쩔 수 없잖나? 갑자기 나더러 하라고 하는데, 뭐가 뭔지 알아야 하지."

"더구나 다치바나 씨의 시신이 옆에 있었으니까."

"그래, 아무도 자네들을 원망하지 않아."

문득 후루하타의 모습이 떠올랐다. 변장을 한 듯한 기이한 풍모. 히키타 원령에 대해 계속 '위장'하기 위해 그런 모습을 하고 있었던 걸까? 그래도 처음 만났을 때 그는 진지했다. 거짓말을 하는 것처럼 보이지는 않았다.

"사나에 씨는 증손자가 태어났다고 그렇게 좋아했는데."

"어느 쪽 손자지? 외손자인가? 친손자인가?"

"요시로는 귀가 먹어서 도망치는 게 늦었을 게야."

"가여운 건 히로지 뭐."

"아직 젊은 나이에……."

"어느 면에서 보면 히로는 우리 모두의 자식이었지."

"히로, 가여운 녀석."

"어디 있지? 원령이 돌아가면 시신을 찾아 장례를 지내줘야겠어."

"히로, 불쌍하기도 해라……."

따닥따닥, 또록또록 하고 단단한 물체가 부딪치는 소리가 들렸다. 사치카의 염주 소리란 건 금세 알아차렸다. 파란색과 하얀색 실이 준의 얼굴 앞에서 미세하게 흔들렸다.

"……그 사람이?"

그녀가 중얼거린 직후, 멀리서 폭죽 터지는 소리가 한 번 들렸다.

7

탕! 단단한 물체가 튕기는 소리가 이어졌다. 뿌지직. 왼쪽 끝의 유리창에 거미줄 같은 균열이 내달리고, 한가운데에 작은 구멍이 뚫렸다. 금이 간 유리창 너머에서 작은 그림자가 보였다. 사람의 그림자다. 기다란 잿빛 머리칼과 수염이 얼굴을 가려서 표정은 보이지 않았다. 물에 젖은 너덜너덜한 옷이 야윈 몸에 달라붙어 있었다. 후루하타였다.

그는 두 손으로 권총을 들고 대피소를 향해 총구를 겨누었다.

이바가 깜짝 놀라며 소리쳤다. "히로! 살아 있었나?"

"뭐하는 거야? 엎드려!" 스나가 이바의 머리를 누르며 그 자리에서 몸을 숙였다. 레이코가 "아야야!" 하고 소리치면서 돗자리로 넘어졌다. 아소와 시오리, 아키코와 신타로가 서로를 안고 쓰러졌다. 나머지 노인들이 느긋한 동작으로 몸을 웅크렸다. 멍하니 서 있는 사람은 사치코뿐이었다. 그녀는 꼼짝도 하지 않은 채 공허한 눈으로 창문을 바라보았다. 후루하타의 엄지가 움직이는 게 보였다. TV나 영화에서 많이 보던 동작이다. 격철을 뒤로 당겨서 또 쏘려고 하는 것이다.

심장이 오그라들고 체온이 단숨에 내려갔다. 한순간 망설이다가 준이 사치카의 등으로 달려들었다. 그 순간, 총소리가 연달아 두 번 들려서 반사적으로 눈을 감았다.

유리창 깨지는 소리가 들렸다. 자르르르륵 하는 소리는 실내에 유리 파편이 쏟아지는 소리였다. 노인들의 연약한 비명이 귓속으로 파고들었다.

레이코가 울면서 소리쳤다. "세상에! 이게 무슨 일이래!"

사치카의 입에서 신음이 흘러나왔다. 바닥에 부딪혔는지 코와 이마가 새빨갛게 부어오르고 눈에 눈물이 차올랐다. 그녀의 위에 있던 준이 황급히 몸을 들었다.

"미안해."

"아니에요." 그녀는 고개를 들고 목소리를 높였다. "다친 사람은 없어요? 아픈 사람이 있으면 말씀해주세요!"

사방에서 신음이 들렸지만 확실하게 대답하는 사람은 없었다. 누군가가 총에 맞았을지도 모르고 유리에 찔렸을지도 모른다.

"아소 씨?"

준이 몸을 숙인 채 부르자 발밑에서 소리가 들렸다.

"괜찮습니다. 저도, 아내도 무사합니다."

신타로가 떨리는 목소리로 말했다. "나도, 엄마도 괜찮아요."

곁눈으로 쳐다보니 신타로는 가느다란 팔로 엄마의 머리를 껴안고 있었다.

"신타로, 괜찮니?"

"응, 엄마."

이런 와중에도 서로를 걱정하는 모자에게서 눈을 뗄 수 없었다. 느긋하게 감동할 때가 아니라고 고개를 가로저은 순간, 복도를 달려오는 소리가 들렸다. 노인들이 일제히 숨을 죽였다. 문이 열리고 신발을 걷어차는 소리가 들렸다. 거친 숨소리와 신음이 들리는가 싶더니, 스나가가 뒤집어진 목소리로 외쳤다.

"히로, 안 돼! 진정하게!"

"……걱정 마세요. 보다시피 진정하고 있으니까."

엎드린 채 목소리가 들린 쪽을 힐끔 쳐다보았다. 그 노인이 어깨에 힘을 주고 위압적으로 서 있었다. 발끝에서 정강이까지는 흙탕물이 묻어 있었고 총구는 정면을 향하고 있었다. 아마 다치바나의 권총이리라. 경찰관이 가지고 다닐 법한 오래된 리볼버였다.

사치카가 준을 밀치고 상체를 들었다. "히로야? 걱정 마, 아무 짓도 하지 않을게."

그러면서 엉거주춤 두 손을 들고 몸을 일으켰다. 후루하타는 긴 머리칼 사이로 눈을 가늘게 뜨고 그녀를 보더니, 이윽고 몸에서 힘을 뺐다. 손이 축 늘어지면서 총구가 바닥을 향했다. 팽팽했던 긴장감이 조금 느슨해졌다.

그는 비에 젖은 수염 안쪽에서 입술을 움직이며 갈라진 목소리로 말했다.

"사치카. 그래, 히로야. 후루하타 히로. 그때 그 남자아이지."

그것만으로 숨이 흐트러져서 가슴을 눌렀다.

"……힘들어?"

"그래. 가슴도 목도 따가워. 하아아……."

그는 뜨거운 숨을 토해냈다. 황화수소 탓이다. 가까스로 피하기는 했지만 황화수소가 몸에 달라붙은 것이다.

"큰일이야! 빨리 씻어내야 해. 여기에 뜨거운 물은 없어?"

"내 몸에 손대지 마!"

그는 사치카에게 권총을 들이댔다. 멀리서 한 노인이 "히익!" 하고 비명을 질렀다.

"사치카, 이건 원령이야." 그는 비틀거리면서 다른 손으로 얼굴을 난폭하게 문질렀다. "이건 독가스가 아니라 히키타 원령의 저주야. 어머니도, 아버지도, 시름시름 앓다가 돌아가신 건 원령 때문이지.

다들 그렇게 말했어. 네가 돌아가고 두 분이 돌아가셨을 때, 다들 그렇게 말했다고!"

"히로……."

"섬사람들 모두 그렇게 말했어. 그래서 나는 계속 지켰어. 외지에서 온 사람들도 저주를 받으면 안 된다고 생각해서……. 사람들의 부탁으로 입간판도 만들고, 깜장벌레도 만들고. 그런데……."

사치카는 말없이 그를 바라보았다.

그는 온몸을 바들바들 떨더니 혀를 차면서 말했다. "난 이제 어떻게 하면 되지?"

섬사람 중 누군가가 말했다. "히로, 일단 진정 좀 해."

그 말을 계기로 노인들이 앞다투어 입을 열었다.

"히로, 그만하게."

"무서운 표정 좀 풀어."

그는 원망하는 눈길로 노인들을 노려보았다. "당신들은 이제 10년이면 다들 저세상에 가겠지만 내겐 아직 수십 년이나 남았다고!"

이바가 멀리서 물었다. "히로, 누구한테서 들은 거야? 누구한테서 진실…… 아니, 원령이 아니라는 얘기를 들었나?"

그는 다시 얼굴을 문지르며 대답했다. "다치바나 아저씨한테서."

그러자 노인들이 일제히 술렁거렸다. 스나가와 이바가 서로 얼굴을 마주 보았다. 후루하타가 돌연 소사쿠에게 총구를 향했다. 준의

285

입에서 "헉!" 하는 비명이 새어 나왔다.

"이 손님……." 후루하타는 기침을 몇 번 하고 나서 말을 이었다. "……오늘 아침에 새로 만든 깜장벌레를 가져갔는데, 이 손님이 아저씨와 말다툼을 하고 있었어. 서슬이 시퍼런 얼굴로. 복도에서 듣고 있었더니 아저씨가 그러더군. 내가 당신 친구를 죽였다, 섬의 비밀을 지키기 위해서였다, 이 섬을 지키기 위해서는 산업 폐기물 문제를 숨길 수밖에 없었다…… 그러면서 히키타 원령에 대해 말했어. 나, 난, 너무 호, 혼란스럽고, 어떻게 해야 할지, 몰라서……."

어느새 그를 제외한 모든 사람이 숨을 죽였다. 누구나 정신을 집중하고 그의 말에 귀를 기울였다. 기다란 머리칼과 수염에서 떨어지는 빗방울 소리가 들릴 정도였다.

"정신을 차렸을 때는 아저씨가 머리에서 피를 흘리고 쓰러져 있었어. 나는 피투성이가 된 깜장벌레를 들고 일어섰지. 그때 이 손님이 비명을 지르며 뒷문으로 도망치려고 해서 따라갔어."

그게 다치바나 죽음의 진상인가? 범인은 소사쿠가 아니라 후루하타였던가.

입에서 안도의 한숨이 새어 나오고 몸에서 힘이 빠져나갔다. 그러나 다음 순간, 황급히 정신을 가다듬었다. 바로 옆에 권총을 든 남자가 서 있다. 더구나 남자는…… 후루하타는 지금 이성을 잃어버렸다. 실제로 세 발이나 쏘고, 지금도 이렇게 모두에게 권총을 겨누고 있다. 도저히 제정신이라고 생각할 수 없다. 멍하니 서 있는 사치카를 향해 그는 다시 총구를 향했다.

"그런데 그 손님이 무덤에서 쓰러져 있었어. 가까이 다가갔더니 유황 냄새가 나고 숨쉬기 힘들어하더군. 그제야…… 아저씨 말이 맞는다는 걸 알았지."

그래서 오늘 아침에 무덤에서 그런 식으로 행동했던가. 주위가 떠나가라 울부짖은 건 진실을 알았기 때문이고, 준을 가까이 오지 못하게 했던 건 황화수소를 맡지 못하게 하기 위해서였다.

"사치카, 넌 내 마음 알지? 이제 내게는 아무것도 없어. 더구나 사람을 죽였어. 이, 이제 이 섬에 있을 수 없다고! 그런데 내게는 이 섬밖에 없어. 하아아." 그는 길고 뜨거운 한숨을 토해냈다. "……그래서 계속 죽을 곳을 찾았지. 하지만 죽을 수 없었어. 원령이 내려왔을 때 이제 죽을 수 있다고 생각했는데, 결국 여기까지 도망치고 말았지."

그는 두 손으로 총 손잡이를 사치카에게 내밀었다.

"죽여줘."

노인들이 일제히 숨을 들이마셨다. 이야기의 흐름으로 볼 때 어느 정도 예상은 했지만 실제로 그 말을 들은 순간 등골이 오싹해졌다.

그녀는 미소를 지으며 농담처럼 말했다. "히로, 그게 무슨 말이야? 22년 만에 만났는데 부탁할 게 겨우 그거야?"

그는 기계처럼 다시 반복했다. "죽여줘."

287

그녀의 얼굴에서 미소가 사라졌다.

스나가가 끼어들어 야단치듯 말했다. "히로, 무슨 말이야? 죽긴 왜 죽어?"

조금 전과 달리 슬픔이 깃든 애절한 목소리였다. 그의 마음을 돌리려고 하듯이 "히로", "히로, 그러지 말게"라고 노인들이 간절하게 말했다. 하지만 그는 반응하지 않았다. 단지 두 손으로 권총을 내밀고 우두커니 서 있을 따름이었다.

사치카가 말했다. "내가 어떻게 그런 짓을 하겠어? 그럴 순 없어. 이 자리에 있는 어느 누구도 그런 짓은 할 수 없어."

"그러면 내가 죽일 거야."

갑작스러운 말을 듣고 그녀는 숨을 들이마셨다. 섬사람들도 모두 입을 다물었다. 권총을 든 후루하타의 손이, 마치 소리가 날 것처럼 바들바들 떨렸다.

"아까는 그럴 생각이었어. 그래서 진심으로 쐈지. 모두 죽어라! 이런 섬은 없어져라! 그렇게 생각했어."

앞머리 안쪽에 있는 두 눈이 어둠 속에서 기묘하게 빛났다. 그는 지금 위험하다. 그의 정신은 아슬아슬한 곳에서 가까스로 균형을 유지하고 있다. 잠시 후에는 어떻게 될지 모른다.

"히, 히로. 지, 지금 협박하는 거야?"

그는 괴로운 얼굴로 깊게 숨을 토해냈다. "아니, 사실을 말하는 것뿐이야. 지금 당장 할 수도 있고. 초등학교…… 6학년 때 배웠어. 황화수소는 산소와 쉽게 결합한다고."

"아!"

사치카의 몸이 얼음처럼 그대로 굳었다. 준은 몸을 일으키고 그녀의 옆에서 한쪽 무릎을 세웠다. 머릿속에서 망상이 확대되었다. 지금 이 산꼭대기에서 아득히 먼 계곡이나 강으로 불붙인 담배를 던지면 어떻게 될까? 불이 꺼지지 않고 떨어지면 그곳에 쌓여 있는 유독 가스는 어떻게 될까? 산소와 쉽게 결합하는…… 불에 잘 타는 황화수소는 어떻게 될까?

폭발한다. 그때 발생하는 엄청난 바람은 집을 날리고, 활활 타오르는 불길은 마을을 전부 불태운다. 당연히 나무에도 불이 붙으리라. 높은 산도 낮은 산도 모두 불길로 뒤덮일 것이다. 산불은 비바람 정도로 꺼지지 않는다. 무엇보다 산꼭대기에 있는 사람은 도망칠 수 없다. 지금의 무쿠이 섬에서 대량 살인을 저지르기는 식은 죽 먹기보다 쉬운 일이다.

"불단속은 잘하고 왔나?"

조금 떨어진 곳에서 속삭이는 소리가 들렸다. 똑같은 상상을 하고 걱정이 된 것이리라. 느긋해 보이지만 절실하다. 원령이 내려왔을 때, 누구 한 사람이라도 불단속을 하지 않으면 마을이 불길에 휩싸인다. 모든 것이 새카만 잿더미로 변한다. 그린 위험에 처해 있으면서도 이 사람들은 산업 폐기물을 신고하지 않았다. 이 섬에 꽁꽁 묶여 있길 선택한 것이다.

이상함이 일상이 되어버린 섬. 문화와 풍습의 차이라는 말로 넘길 수 없는, 삶과 죽음의 차원에서 외부 세계와 다른 섬. 지금 그 섬에 있다는 현실을 새삼 깨닫고, 얼어붙는 듯한 오한이 온몸을 관통했다.

위치로 볼 때 지금 흐느껴 우는 사람은 시오리일까? 아니면 아소일까?

후루하타가 세 번째로 말했다. "죽여줘."

선택의 여지가 없는, '알았지?'라고 말하는 듯한 평온한 목소리였다.

"사치카, 네가 해줘. 부탁해."

그는 권총을 가볍게 흔들었다. 수염이 흔들리는 건 웃고 있는 탓일까?

사치카가 대답하지 않자 그는 다시 말을 이었다. "생각났어. 네가 배에서 내렸을 때 얼마나 놀랐는지 몰라. 처음엔 공주님인 줄 알았지. 작고 귀여운 애가 하늘하늘한 옷을 입고 있었으니까."

"히로."

"태어나서 처음으로 모르는 사람에게 말을 걸었어. 용기가 필요했지. 말을 걸 때까지 몇 시간이나 걸렸어. 왜 지금까지 잊고 있었을까?"

"히로……."

사치카의 목소리가 뒤집어졌다. 콧물도 훌쩍였다. 몸이 떨리면서 운동복에서 바스락바스락 소리가 났다. 오른손 손가락으로 왼쪽 손목의 염주를 만지작거렸다.

후루하타는 조바심이 나는 얼굴로 어깨를 흔들었다. "빨리 해줘. 지금 이 자리에서. 제발 부탁해. 모두 죽여버려. 모두 불태워버려."

그는 안절부절못하며 사치카를 향해 한 걸음 다가왔다. 그리고 한 손으로 권총을 내밀었다.

"이거 받아. 이걸로 나를 쏴서 죽여줘."

그때 발밑에서 무거운 진동이 느껴졌다. 길고 가느다란 그림자가 시야를 뒤덮었다. 기다란 수염이 나부꼈다. 소사쿠였다. 소사쿠가 후루하타를 향해 달려든 것이다. 소사쿠는 후루하타를 껴안듯 달려들어서 그가 들고 있는 권총과 손목을 잡았다.

권총에서 삐걱거리는 소리가 들렸다. 그 순간, 후루하타가 귀를 찢는 비명을 지르며 뒤로 펄쩍 뛰었다. 손에는 아무것도 들려 있지 않았다.

노인들 사이로 쓰러진 소사쿠가 목소리를 쥐어짜며 소리쳤다. "빼앗았어! 총을 빼앗았어!"

무슨 말인지 알아차린 순간.

"죄송합니다!"

아소가 사과하면서 후루하타를 향해 돌진했다. 두 사람이 함께 흩어진 신발 위로 쓰러졌다.

"죽게 해줘! 부탁이야! 제발 죽여줘!"

후루하타는 목이 터져라 절규하며 아소를 밀어내려고 했다. 준이 뒤늦게 일어서서 그의 어깨를 잡았다.

제5장

속박

1

후루하타 히로는 대피소 옆에 있는 사당에 격리되었다. 겉으로 보기에는 낡았지만 토벽은 두텁고 격자문도 튼튼했다. 작은 목소리로 계속 중얼대는 그를 준과 아소가 양쪽에서 붙잡고 안으로 데려갔다. 밖에서는 스나가와 이바, 사치카가 기다리고 있었다.

창문이 없는 사당 안에는 네모난 주머니 네 개가 나란히 놓여 있었다. 주머니 안에는 온갖 재난용품이 들어 있었다. 나무 바닥에는 먼지가 희미하게 쌓여 있어서 수건으로 한번 닦아냈다. 지난주에 몇 명이 와서 청소를 하고 주머니를 교체했다고 한다. 사당에 원래 놓여 있어야 할 불상은 어디에서도 보이지 않았다.

"옛날에는 이 주변이 묘지였던지, 민가가 있었나 보군……."

주머니를 옆으로 치우고 있자 아소가 혼잣말처럼 중얼거렸다. 진지한 얼굴로 벽을 바라보거나 바닥에 얼굴을 가까이 대기도 했다.

스나가가 어이없는 얼굴로 말했다. "그렇게 신기하게 쳐다볼 것 없네. 목수도 아니고 집을 지어본 적도 없는 우리 아버지가 적당히 만든 창고니까. 1950년대에 말일세."

사치카는 주머니에 있던 페트병의 물로 후루하타의 얼굴을 씻겨준 뒤, 역시 주머니에 있던 수건으로 닦아주었다. 길게 자란 지저분한 머리칼도, 제멋대로 뻗은 수염도, 손과 손가락도 꼼꼼하게. 준은 그녀가 지시하는 대로 물병의 뚜껑을 열어 건네주었다.

소사쿠 때와 마찬가지로 몸에 묻은 황화수소를 씻어내는 것이다. 지금은 그렇다는 걸 알고 있다. 그때 사치카는 이미 짐작했으리라. 확신을 가질 수 없어서 말을 하지 않은 것뿐이다.

"괜찮아? 아직도 아파?"

사치카의 질문에 후루하타는 신음밖에 내지 않았다. 준과 아소가 잡고 있는 사이에 조금씩 힘이 빠지더니 울부짖는 소리가 작아지면서 더 이상 저항하지 않았다. 이윽고 완전히 힘이 빠졌는지 여기로 데려올 때도 바닥에 눕힐 때도 어린아이처럼 반항하지 않았다.

"지금 뭐라고 했어?"

사치카가 귀를 가까이 대자 그는 입을 우물거리며 가냘픈 목소리로 말했다. "……죽여줘."

바닥에 누운 후루하타를 두고 사당…… 아니, 창고 밖으로 나왔다. 스나가가 밖에서 빗장을 걸었다. 비는 여전히 내리고 있었지만 바람은 약해졌다. 외부에 도움을 청할 수 있다! 그렇게 기대한 순간, 먼 곳을 바라보고 있던 이바가 혀를 끌끌 찼다.

"파도가 장난 아니군."

스나가가 해상보안청에 전화를 걸어보았지만 역시 파도가 높고 비바람이 심해서 배나 헬기를 띄울 수 없다는 답이 돌아왔다. 대피소로 돌아갔더니 소사쿠가 레이코에게 뭐라고 말을 하고 있었다. 아키코 모자와 시오리가 소사쿠의 주변을 에워싸고 있었다. 이름을 불렀더니 소사쿠는 힘없이 미소를 지었다.

"준, 여기까지 데려와줘서 고마워."

총소리에 정신이 들었다고 하면서, 소사쿠는 의식을 되찾았을 때의 상황을 설명해주었다. 정확하게 말하면 세 번째에서 겨우 총소리라는 걸 알아차렸다고 한다. 무슨 일이 일어났는지 몰라서 몸을 움직이지 않고 눈을 가늘게 떴다. 그때 안으로 들어오는 후루하타의 모습이 보였다. 자신에게 총구를 겨누었을 때는 반응을 보이지 않으려고 이를 악물었다고 한다.

"그 사람…… 후루하타 씨 설명은 내 기억과 거의 일치해."

다치바나 집에 쳐들어간 소사쿠는 하루오의 죽음에 대해 왜 거짓말을 했느냐고 따졌다. 다치바나는 처음에 시치미를 뗐지만 이윽고 원령의 진실을 털어놓았다. 하지만 그 말을 그대로 믿을 수는 없었다. 다치바나는 최악의 사태를 각오한 표정이었다고 한다.

레이코가 진지한 얼굴로 말했다. "그건……."

요통이 더 심해졌는지 옆으로 누운 채였다.

"네, 지금은 알아요. 나도 죽일 생각이었겠죠."

소사쿠는 창백한 얼굴로 손에 있는 권총을 보았다. 스나가와 이바가 에둘러 몇 번이나 달라고 말했지만 지금까지 결코 주지 않았다. 물론 몸을 지키기 위해서, 그것도 자신만이 아니라 모든 외지인의 안전을 지키기 위해서다. 하루오처럼 살해당하지 않는다는 보장은 어디에도 없다. 이 자리에 있는 건 허락을 받았지만 조금도 안심할 수 없었다.

소사쿠의 설명이 이어졌다.

거실에서 다치바나와 옥신각신하고 있을 때, 갑자기 후루하타가 나타나 깜장벌레로 다치바나를 내리쳤다. 그리고 눈에 핏발을 세운 채, 도망치다 넘어진 다치바나에게 주먹을 휘두르고 발로 걷어찼다. 너무나 놀라고 무서워서 소사쿠는 꼼짝도 할 수 없었다. 다치바나의 신음이 그치고 나서야 겨우 정신이 들어 뒷문으로 도망쳤다. 등 뒤에서 발소리가 들리고 기척이 느껴지는 것 같아서 정신없이 산으로 올라갔다.

무덤에 도착해 썩은 달걀 냄새를 맡고 숨을 쉴 수 없을 즈음에야 다치바나의 말이 사실임을 깨달았다. 자살 시도 때 맡으려고 했던 황화수소 냄새를, 그때 맡지 않았던 유독 가스 냄새를 여행지에서 맡게 되다니……. 하루오에게도, 준에게도 미안함이 솟구쳤다. 그와 동시에 이게 운명이라고 받아들일 마음이 들었다. 자신은 황화수소 냄새를 맡고 죽을 운명이라고.

온갖 감정이 소용돌이치는 와중에 그는 준에게 전화를 걸었다. 묘비 사이에 주저앉아 통화를 하는 사이에 의식이 희미해졌다. 휴대폰을 떨어뜨린 것까지는 기억이 난다고 한다.

"지금은 괜찮아?"

준의 질문에 그는 연약하게 고개를 끄덕였다. 통증은 없지만 온몸은 녹초가 되었다. 의식은 명료하고 흥분은 가라앉았지만 기력은 털끝만큼도 없었다. 후루하타가 다가오는 타이밍을 엿보다 권총을 빼앗은 게 지금도 믿을 수 없다고 한다.

레이코가 확신에 찬 목소리로 말했다. "이게 다 유코 님께서 이끌어주신 덕분이에요. 자살 미수로 끝난 소사쿠 씨가 자살하고 싶어하는 후루하타 씨를 말렸잖아요. 이건 결코 우연이 아니에요. 개인의 의지와 선택을 초월한 위대한 힘이 작용한 거죠. 그것만이 아니에요." 그녀는 누운 채 사치카를 가리키며 덧붙였다. "소사쿠 씨가 그렇게 행동할 수 있도록, 아직 살아 있을 수 있도록 당신의 손녀에게 간호 기술과 황화수소의 처리 지식을 남겨주시기도 했죠. 여기로 보내주시기도 했고요."

자신의 말이 마음에 드는지, 그녀는 말을 하면서 연신 고개를 끄덕였다. 소사쿠는 떨떠름한 표정을 지으며 어정쩡하게 맞장구를 쳤다. 사치카는 생각에 잠긴 얼굴로 창문을 바라보았다. 어느새 깨진 유리창에는 더러운 비닐 시트가 붙어 있었다.

레이코가 우쓰기 유코의 위대한 능력에 대해 열변을 토해도 사치카는 반응을 보이지 않았다. 섬사람이 눈앞을 지나가도 피하려고 하지 않았다. 바람이 잔잔해진 덕분인지, 노인들은 뻔질나게 대피소를 드나들었다. 볼일을 보기 위해서다. 대피소 뒤쪽의 눈에 띄지 않는 짐승길에 간이 화장실이 있는 것이다.

"저 노인…… 후루하타 씨는 어떤 분이죠?"

아키코의 질문에 사치카가 흠칫 놀라며 고개를 돌렸다. 입에 침을 튀기며 말하다 지쳤는지 레이코가 힘없이 대답했다.

"그건 사치카 님이 잘 아시지 않나요?"

"이 섬의 주민이고, 무쿠이 초등학교의 마지막 학생이에요. 나보다 두 살 많으니까 서른두 살일 거예요."

아키코는 화들짝 놀라며 눈을 휘둥그레 떴다. "그래요? 그런데 왜 저렇게 됐어요?"

신타로가 한마디 덧붙였다. "꼭 할아버지 같아요."

늙고 초라한 외모, 이성을 잃어버린 모습, 단편적인 정보는 조금 전에 들었지만 확실한 이유는 알 수 없다.

사치카가 복잡한 표정을 지으며 눈길을 떨어뜨렸다. "글쎄요, 그건 저도 잘……."

근처에 있던 노파가 슬픈 얼굴로 말했다. "부모가 죽고 나서 머리가 이상해졌다우."

주변의 노인들이 안쓰러운 얼굴로 맞장구를 쳤다.

"그래그래."

"참 가여운 애야."

마침 잘됐다는 듯이 사치카가 물었다. "저 사람에게 무슨 일이 있었던 거죠?"

노인들은 침통한 얼굴로 앞다투어 말하기 시작했다.

후루하타 집안은 조상 대대로 무쿠이 섬을 지키는 지주 역할을 해왔다. 섬에 무슨 일이 생기면 그의 집안에 판단을 묻는다……. 그게 이 섬의 관습이었다.

1990년대 초반, 섬이 유독 가스 피해를 입게 되었을 때도 사람들은 어떻게 해야 하느냐고 그의 집안에 물었다. 후루하타의 부모는 고민에 고민을 거듭한 끝에 이런 결론을 내렸다.

"우리가 유독 가스를 지켜볼 테니 여러분은 지금처럼 아무 걱정 마시고 편안히 생활하시기 바랍니다."

대부분의 사람들은 그 말을 따랐지만 후루하타 또래의 아이가 있는 사람들은 하나둘씩 섬을 떠났다. 어린 자식이 있는 사람들은 좋은 면에서도 나쁜 면에서도 대담하게 행동하는 법이다. 어른들만이라면 타협할 수 있어도 어린 자식이 있으면 그렇게 할 수 없다. 그 결과 이 섬에 아이는 그밖에 남지 않았다. 그가 사치카를 만난 건 무쿠이 섬의 유일한 어린아이가 된 이듬해의 일이었다.

무쿠이 중학교를 졸업한 그는 이에시마에 있는 고등학교에 진학했는데, 1년 만에 중퇴했다. 부모가 연달아 세상을 떠난 탓에 정신적으로 충격을 받고 쓰러진 것이다.

"부모가 원령 때문에 몸이 약해져, 시름시름 앓다가 세상을 떠났거든."

노인들은 이런 상황에서도 황화수소를 원령이라고 불렀다.

"본토의 병원으로 데려가려고 한 사람은 아무도 없었나요?"

사치카의 질문에 그들은 고개를 갸웃거릴 뿐이었다. 왜 그런 생각을 하지 않았는지 본인들도 잘 모르는 모양이다. 역시 이상하다. 역시 문제가 있다. 이 섬사람들은 어느 한 부분이 결정적으로 일그러져 있다. 아소 부부가 입술까지 새파래져서 서로 몸을 기대고 있었다.

"장례식이 끝난 다음부터였을 걸세. 그 애가 냄새를 없애는 숯을 깎아 깜장벌레라고 부르기 시작한 게……. 진지한 얼굴로 원령을 제거하는 수호신이라고 하더군."

"처음에는 농담인 줄 알았는데 금세 알아차렸지. 히로가 진심으로 히키타 원령을 믿고 있다는 걸."

"머리가 이상해진 게야."

"그런데 다들 속사정을 말해주지 않고 그 애의 말을 따랐지. 가여워서 말이야."

레이코가 물었다. "가여워서요?"

"그래. 그 애는 이 섬의 희생자나 마찬가지니까. 그래서 우리가 받아주어야 한다고 생각했다네. 딱히 의논해서 그렇게 정한 건 아니지만 어느 순간부터 자연히 그렇게 됐지."

"그래도 사는 데에는 별문제가 없으니까."

"우리도 점점 그렇게 생각하게 됐다네."

"히키타 원령이라고 말하면서……."

"우리 섬에 나쁜 물질이 있다고 생각하며 살 수는 없잖나? 그래서 그냥 원령이라고 생각한 거지."

"우리는 그저 보고도 못 본 척하는 수밖에 없었다네."

"어느 순간부터 그 애는 신선 같은 모습을 하게 됐어."

"학교에서 살면서 말이야."

"섬을 지키는 경비원 같은 역할을 한 걸세."

"우리 모두의 자식이었다고나 할까?"

"그래, 히로는 우리 모두 자식일세. 이 섬 전체의 자식이지."

"집안일도 종종 도와주었다네."

"다치바나 씨보다 열심히 일하지 않았나?"

이야기는 어느새 섬사람들의 잡담으로 변했다. 자기들끼리 말을 주고받으면서 외지인은 완전히 무시하고 있다. 사치카가 어두운 얼굴로 돗자리를 바라보았다. 그녀에게 말을 걸려고 했을 때, 아키코가 눈물에 젖은 목소리로 말했다.

"가엾기도 해라……. 그 사람은 섬에서 나갈 수 없게 된 거예요. 섬에 있는 것 말고 다른 생각은 할 수 없게 된 거죠."

그녀의 입에서 울음소리가 흘러나왔다. 미간에 무수한 주름이 잡히고 콧구멍이 벌렁거렸다.

"그래서 자신을 죽이라든지, 모두 죽이겠다고 말한 거예요. 이 섬에 원령이 없다는 걸 알고 섬에 있을 이유가 없어졌으니까요. 자신의 존재 이유가 없어진 거예요. 지금까지 믿었던 게 전부 무너졌다고 할까요? 그럼 죽는 수밖에 없잖아요? 가여워요. 너무 가여워요."

어느새 목소리가 끊어지고 흐느낌만 남았다.

신타로가 진지하게 질문을 했다. "엄마, 그렇게 무서운 사람이 왜 가여워?"

"무서운 사람이 아니야. 가여운 사람이고, 가장 도와줘야 할 사람이지. 이 섬의 누구보다 가장 도와줘야 할 사람이야."

아키코는 눈물에 젖은 눈으로 섬사람들을 노려보았다. 하지만 섬사람들은 그녀의 시선을 알아차리지 못한 채 이야기에 빠져 있었다. 사치카는 입술을 깨물었다. 소사쿠는 손톱으로 돗자리를 긁적였다. 신타로는 진지한 얼굴로 창고 쪽을 바라보았다.

시간이 달팽이 걸음처럼 느릿느릿 지나갔다. 점차 아무도 입을 열지 않았다. 빼곡히 들어선 사람들의 체온이 공간을 가득 메우면서 후끈한 열기가 살에 달라붙었다. 어느새 실내는 더욱 어두워졌는데, 휴대폰 액정 화면이 오후 6시라고 알려주었다.

그때 출입구 쪽에서 소리가 들렸다.

"소사쿠 씨."

희미하게 보이는 큼지막한 눈을 통해 스나가라는 걸 알 수 있었다.

"네?"

스나가가 매달리듯 말했다. "그 권총, 이제 우리에게 줘도 되지 않나? 그렇게 경계하지 않아도 아무 짓 안 하네. 사람이 둘이나 살해된 마당에 더 이상 숨길 게 뭐가 있겠나?"

"총알을 제가 가지고 있어도 된다면 드리겠습니다."

당신들은 믿을 수 없다고 뿌리친 거나 마찬가지다.

"흥!"

어둠 속에서 누런 치아가 보였다. 틀니의 용수철이 반짝 빛을 내

뽑었다.

"사람을 이렇게 못 믿어서야 원. 내가 이상한 짓을 할 사람으로 보이나?"

레이코가 옆에서 단언했다. "네, 그렇게 보여요. 오라가 새까맣거든요."

아소가 걱정스러운 눈길로 아내를 보면서 물었다. "죄송하지만 산에서는 언제쯤 내려갈 수 있을까요?"

스나가가 창문에 시선을 고정하면서 대답했다. "잘은 모르지만 이제 괜찮을 것 같기도 하고. 바람은 없는데 비가 오고 있네. 이러면 빗물에 녹아서 흘러내리니까……."

그때 긴장한 목소리가 스나가의 말을 가로막았다.

"잠깐만요!" 아키코가 무릎으로 서서 불안한 눈길로 주변을 둘러보았다. "신타로가 안 보여요. 화장실에 간다고 했는데, 한참이 지나도 돌아오지 않아요."

창고의 빗장은 벗겨져서 풀숲에 버려져 있었다. 격자문은 활짝 열려 있었지만 바람이 거의 불지 않은 덕분에 안의 바닥은 젖지 않았다. 안에는 신타로가 쓰러져 있었다.

"신타로!"

아키코가 황급히 달려가 신타로를 껴안고 뺨을 두드렸다. 잠시 후, 신타로의 입에서 신음과 함께 가냘픈 목소리가 흘러나왔다.

"엄마······."

"으아아앙!"

아키코는 감정이 극에 달해 울음을 터뜨리며 아들을 껴안았다. 창고 앞에 있던 준과 소사쿠, 스나가, 사치카는 서로 얼굴을 마주 보았다. 후루하타 히로가 없어졌다. 눈에 보이는 범위 안에는 없고, 근처 풀숲이나 나무 뒤에도 보이지 않았다. 간이 화장실에도 숨어 있지 않았다.

산을 조금 내려갔다가 돌아온 이바가 머리를 가로저으며 손전등을 껐다. "없네."

아키코가 울면서 신타로의 뺨을 어루만졌다. "신타로, 미안하구나. 내가 옆에 있었다면 이런 일은······."

후루하타에게 얻어맞았는지, 신타로의 오른쪽 이마 윗부분이 빨갛게 부어올랐다.

스나가가 물었다. "무슨 일이 있었지?"

신타로는 대답하지 않고 공허한 눈으로 이쪽을 쳐다보았다.

"무슨 일이 있었어?"

사치카의 질문을 받고 신타로의 눈에 빛이 돌아왔다.

"내보내달라고 했어요."

"히로가?"

"네. 살려달라고 몇 번이나……. 그냥 내버려둘 수 없어서."

"쓸데없는 짓을 하다니……."

스나가의 말이 끝나기도 아키코가 귀청이 떨어져라 소리쳤다.

"신타로 탓이 아니야!" 그녀는 단발머리를 세차게 흔들며 말을 이었다. "이건 전부 당신들 탓이야. 섬의 자식 좋아하시네. 골치 아픈 일은 전부 뒤로 미룬 채 그저 당신들 편한 대로 생각해서 그 사람 인생을 엉망으로 만들었잖아! 이 시골 무지렁이들!"

스나가가 눈을 희번덕거리며 맞받아쳤다. "이 여편네가 말이면 다인 줄 알아? 당신 같은 사람이 엄마니까 아들이 이렇게 바보 멍청이가 됐잖아!"

사치카가 날카로운 목소리로 스나가의 말을 가로막았다. "그만하세요!"

주변의 공기가 차갑게 얼어붙고, 아키코와 스나가는 말없이 서로를 노려보았다.

"여기에 좀 와보게!"

이바가 어느새 조금 떨어진 곳까지 내려가 항구 쪽을 내려다보며 손짓을 했다. 종종걸음으로 다가가자 그는 자신의 시선 끝을 가리켰다. 무쿠이 초중학교 건물이었다. 1층과 2층 창문에서 푸르스름한 빛이 새어 나오고 있었다.

"히로야, 이제 가스는 괜찮나 보군."

준이 의아한 얼굴로 그렇게 말하는 이바를 쳐다보았다.

"히로 녀석이 학교에 살고 있거든. 학교 문을 닫은 후에도 전기료와 가스료, 수도료를 지자체에서 내주고 있지. 표면적으론 저기가 대피소로 되어 있으니까. 우리도 그렇게 하는 게 편하고."

하, 입에서 어이없는 실소가 새어 나왔다.

"왜 저기에……?"

소사쿠가 고개를 갸웃거리는 걸 보고 이바가 괴로운 표정을 지었다.

"……죽을 곳을 선택한 게 아니겠나? 그렇게 생각하고 싶지는 않지만……."

이바와 스나가가 섬사람들에게 현재 상황을 전하며 의견을 구했지만 대답하는 사람은 아무도 없었다. 걱정스러운 얼굴로 마주 보며 후루하타의 이름을 말할 뿐이었다. 하아아, 라고 한숨인지 탄식인지 모를 숨소리를 내뱉는 사람도 있었다. 그들의 얼굴에는 고뇌와 연민, 그 이상으로 피로가 짙게 배어 있었다.

"난 지금 손가락 하나 꼼짝할 힘도 없네……."

안쪽에서 누군가가 말하자 여기저기서 쉰 목소리가 이어졌다.

"나도 마찬가지일세."

"몸도 마음도 너무 지쳤어."

"지금은 옴짝달싹할 수 없네."

항의하고 싶은 마음이 부풀어 오르다 이내 시들었다. 지금 섬사람들은 아무것도 할 수 없다. 육체적으로도 정신적으로도 새로운 고난에 대항할 수 없는 것이다. 비교적 건강해 보이는 이바와 스나가도 한여름 뙤약볕의 풀처럼 시든 것을 알 수 있었다. 포기의 마음이 목구멍까지 솟구쳤을 때, 사치카가 외지인들을 향해 말했다.

"제가 다녀올게요. 지금 움직일 수 있는 건 저뿐이니까요."

아소와 몸이 무거운 시오리, 간신히 움직일 수 있게 된 소사쿠. 유령처럼 창백한 얼굴의 아키코가 역시 창백한 얼굴의 신타로를 안고 있었다. 레이코는 분한 얼굴로 계속 누워 있었다. 허리 통증이 여전한 모양이다.

준도 피로가 온몸을 짓누르고 있었다. 잠시 쉬었지만 체력은 회복되지 않았다. 아니, 지금 이 순간에도 계속 줄어들고 있다. 사치카는 걱정되지만 어쩔 수 없다. 따라갈 수 없으리라. 그렇게 생각한 순간, 준의 입에서 생각지도 못한 말이 튀어나왔다.

"나도 같이 갈게. 혼자는 위험해. 바람이 또 불어서 가스가 내려올지도 모르고."

왜 그런 말을 하는지 이해할 수 없었다. 여기에 있으면 안전한데. 사치카와 같이 가야 할 의리 같은 건 없는데.

사치카는 눈을 휘둥그레 뜨고 준을 보았다. "왜……?"

"솔직히 말하면 나도 무서워. 가스를 마실 수 있다고 생각하면 심장이 오그라들고. 하지만……." 준은 스스로를 비웃는 미소를 지었다. "지금 사치카 씨를 혼자 보내면 후회할 것 같아."

사치카의 얼굴에 미소가 퍼져나가는 걸 어둠 속에서도 알 수 있었다. 그렇게 말한 이상, 준은 뒤로 물러서지 않으리라. 그는 간단히 옷매무새를 가다듬고 출입구로 향했다. 신발을 신으려다 발길을 돌리더니 소사쿠에게 다가가 작은 목소리로 부탁했다.

"권총, 내가 가져가도 될까?"

호신용이다. 현실 세계에서 이런 말을 들으리라곤 상상도 하지 못했다. 지금 상황이 얼마나 기이한지에 새삼 생각이 미쳤다. 소사쿠가 고개를 끄덕이면서 권총을 내밀었다. 준이 권총을 받으려고 한 순간, 힘줄이 불거진 가느다란 손이 준의 손을 힘차게 때렸다. 레이코였다. 그녀는 겁먹은 얼굴로 준과 소사쿠를 번갈아 노려보았다.

"이건 안 돼요."

"왜죠? 지금은 내가 가져가는 게 제일 좋잖아요?"

"내가 헤아려봤어요. 절대로 안 돼요."

"네?"

그녀는 소사쿠의 손목을 잡고 작은 목소리로 속삭였다. "총알이 이제 두 발 남았죠? 지금까지 네 명이 죽었어요. 예언은 여섯 명…… 계산이 딱 맞잖아요."

2

준이 사치카의 뒤쪽에서 걸어갔다. 신중하게 짐승길을 내려가고 있다. 바지 뒷주머니에서 튀어나온 총의 손잡이를 가끔 만지면서 행여 땅에 떨어지지 않았는지 확인했다. 앞쪽에서 걸어가는 사치카는 조바심이 나는지, 조금 전부터 몇 번이나 넘어질 뻔했다. 돌부리나 나무뿌리에 발이 걸리거나 땅을 잘못 밟아 미끄러지는 것이다. 아직 넘어지지는 않았지만 걱정이 되었다.

항구에서 느릿느릿 달리던 그녀의 모습이 떠올랐다. 선원들에게 배를 세워달라고 하던 준. 간신히 배에 도착한 사치카. 그녀에게 뛰어가 말을 거는 준.

"왜 그러세요?"

앞에서 걸어가던 그녀가 갑자기 말을 거는 바람에 "히익!" 하고 작은 비명을 질렀다.

"아니, 뭐라고 할까……."

"준 씨." 그녀가 발걸음을 늦추며 말했다. "예언을 신경 쓰는 거예요? 아까 레이코 씨가 하는 말을 들었어요."

준은 대답하지 않았다. 흙탕에서 넘어질 뻔해서 황급히 중심을 낮추며 가까스로 버텼다.

그 말이 마음에 걸리지 않는다고 하면 거짓말이다. 권총에 들어 있는 총알은 두 발, 예언에 있는 사망자의 숫자는 앞으로 두 사람. 따라서 무슨 일이 일어날 법한 곳, 무슨 짓을 저지를 법한 사람에게 가면 예언대로 될지도 모른다. 총알 두 발에 두 사람이 죽을지도 모른다…….

레이코의 우려를 말로 표현하면 이렇게 될까? 그런데 막상 정리하고 보자 기우에 불과하다는 사실을 깨달았다. 표면적인 숫자를 억지로 꿰어 맞췄을 뿐, 신빙성은 조금도 찾아볼 수 없다. '따라서'란 말의 앞뒤는 실제 상황과 이어지지 않고, 두려워할 필요는 어디에도 없다.

그래도 한번 마음에 걸리면 뿌리치기 힘들다. 최대 이유는 오늘만 네 명이 죽었다는 사실이다. 하루오, 다치바나, 섬사람인 사나에와 요시로. 더구나 세찬 비바람으로 인해 구조대는 오지 못하고 있다.

예언이 이루어지고 있다. 우쓰기 유코의 예언과 현실이 겹치고 있다.

'내일 새벽'까지…… 앞으로 여덟 시간 사이에 두 사람이 죽으면 예언은 '맞게' 된다.

"……그건 그래."

가슴속 생각을 솔직히 털어놓았다. 말로 표현하자 망상이 더욱 확대되고 불안이 팽창했다.

"바보 같지? 예언 같은 건 그냥 갖다 붙인 거라고, 조금 전에 사치카 씨가 그랬는데 말이야. 내가 생각해도 정말 한심해."

준은 황급히 말하면서 튀어나온 바위를 넘어갔다. 대답은 돌아오지 않았다. 그녀는 앞을 향한 채 묵묵히 언덕을 내려갔다. 그녀의 침묵에 숨이 막히기 시작한 순간.

"저주."

"뭐?"

그녀는 담담한 목소리로 말을 이었다. "……이상하다, 기이하단 걸 알면서도 버릴 수 없는 말. 뿌리치고 싶어도 뿌리칠 수 없는, 눈에 보이지 않는 힘. 그게 바로 저주예요. 그걸 그대로 놔두면 어느새 제대로 판단할 수 없게 되죠. 섬사람들이 유독 가스를 받아들인 것처럼요."

우산에 가려서 표정은 보이지 않고 이야기가 어디로 향할지도 몰랐지만 진지하다는 건 알 수 있었다. 무슨 뜻인지도 이해가 되었다.

"그 말은 곧 지금 예언에 사로잡혀 저주를 받았다는 건가?"

"그래요."

"즉, 소사쿠도 저주를 받았다는 거군."

준의 말투는 그녀에게 말했다기보다 자기 자신에게 설명하는 것 같았다.

소사쿠가 받은 괴롭힘의 실태는 한마디로 말해 매도다. 말에 의한 폭력이자 세뇌다. 그 결과 그는 자살을 시도하려고 했을 만큼 벼랑 끝에 몰렸다. 이것이 저주가 아니면 무엇이랴. 속박이라고 하지 않으면 뭐라고 해야 할까. 문명이 발달한 현대에도 저주에 걸리는 사람이 있다. 소사쿠처럼. 이 섬의 사람들처럼.

사치카가 크게 자란 풀고사리를 두 손으로 헤치면서 말했다. "이 세상에 저주를 받지 않는 사람은 없어요. 모두 누군가에게…… 누군가의 말에 얽매이고 사로잡히며 살고 있죠. 소사쿠 씨도 마찬가지예요. 아소 씨 부부도, 아키코 씨 모자도 그렇고요."

어느 정도 동의하면서도 부분적으로 반론했다.

"그 모자는 척 보면 알 수 있어. 서로가 서로를 얽매고 있다는 느낌이 드니까. 하지만 모두 그렇다곤 할 수 없지 않나?"

'모두'라고 하는 건 지나친 과장이 아닌가?

사치카가 뒤를 돌아보았다. 무슨 말인가 하려고 하더니 이윽고 포기한 얼굴로 한숨을 쉬며 다시 앞을 향했다. 이해할 수 없는 행동에 고개를 갸웃거릴 때, 그녀가 다시 입을 열었다.

"하루오 씨도 그랬을 거예요. 물론 준 씨도요."

"나도?"

"그래요."

그녀는 그 말밖에 하지 않았다. 잠시 기다렸지만 설명하려는 기색은 없었다. '준 씨도'라는 건 무슨 뜻일까? 어떤 저주를 받는다는 걸까? 가슴속에서 의문과 위화감이 팽창되었다. 준은 말없이 그녀의 우산을 바라보았다.

나무들 너머로 강물이 언뜻 보였을 무렵, 솔직하게 말했다. "짐작이 안 돼, 전혀……."

걸으면서 계속 생각했지만 짐작되는 건 눈곱만큼도 없었다. 그녀가 몸을 절반만 돌려서 돌아보았다. 옆얼굴은 슬퍼하는 것처럼도 화가 난 것처럼도 보였다.

"그렇겠죠." 그녀는 뿌리치듯 차갑게 내뱉곤 입을 다물고 있는 준을 바라보며 말을 이었다. "우쓰기 유코에게 영능력은 없었지만 그 사람의 말에는 힘이 있었어요. '영시'를 통해 한 말을 듣고 고민에서 빠져나온 사람, 괴로움에서 벗어난 사람이 많았죠. 사무실에서 몇 명이나 봤어요. 후련한 얼굴로 돌아가는 사람, 어린애처럼 울면서 고맙다고 말하는 사람. 고맙다는 편지는 하루에 몇 통이나 도착했죠. 당신 책을 읽고 구원을 받았다, 강연을 듣고 일어설 수 있었다……."

준이 사치카의 발밑을 신경 쓰면서 말했다. "레이코 씨도 그런 사람 중 하나잖아?"

영감 같은 건 없어도, 영시 같은 건 불가능해도 우쓰기 유코의 말은 지금도 사람들을 움직이고 있다.

사치카는 앞을 향한 채 대답했다. "그렇죠. 하지만 그것도 일종의 저주예요."

"뭐가 저주라는 거지? 반대 아니야? 레이코 씨는 구원을 받았어…… 괴로움에서 벗어났잖아."

준이 솔직하게 말하자 그녀는 잠시 생각하고 나서 대답했다.

"저주가 될 가능성을 감추고 있다고 하면 이해가 되려나요? 예를 들어 그 사람의 예언 중에 '지금 당장 자살해라'라고 해석할 수 있는 부분을 발견하면 레이코 씨는 분명히 스스로 목숨을 끊을 거예요. 망설이거나 갈등은 하겠지만 뿌리칠 수도, 무시할 수도 없죠."

그럴지도 모른다. 구원을 받았기에 저주를 받는다. 세상에는 그런 일도 있으리라. 상사의 비난이나 매도에 한정된 이야기는 아니다. 악의가 있는 말만이 저주가 되는 건 아니다. 사랑하는 가족이나 생명의 은인이 하는 선의의 말에 사로잡히는 일도 종종 있으니까. 사치카의 말은 문제의 본질을 찔렀다. 옳은 말이다. 그런데…….

솔직하게 물어보았다. "그런데 그게 왜?"

이야기의 핵심이 보이지 않는다. 잡담치고는 너무나 심각하다.

후루하타를 만나러 가는 도중에 할 이야기로는 어울리지 않는다.

사치카는 준을 곁눈으로 보면서 대답했다. "모르겠어요? 이제 곧 예언이 이루어져요. 위대한 우쓰기 유코 님의 말씀대로 되는 거죠. 아니, 그렇게 되었으면 좋겠다……라고 생각하는 사람이 이 섬에 있어요. 앞으로 두 사람이라면 내 손으로 죽일 수도 있다고 말이에요."

준은 뒷주머니의 권총을 만지작거렸다. 거의 무의식적인 동작이었다. 손잡이는 직접 만지고, 총신은 뒷주머니 너머로 확인했다. 잠시 걸음을 멈추고 지금까지 온 짐승길을 올려다보았다. 사람의 그림자는 보이지 않고, 누군가가 내려오는 기척도 느껴지지 않았다.

"……레이코 씨가 그런 생각을 한다고?" 준이 작은 목소리로 묻고는 바로 덧붙였다. "아니야, 레이코 씨는 오히려 예언대로 되는 걸 두려워했어. 권총을 가져가지 말라고 했을 만큼. 계산이 딱 맞는다고 하면서."

"준 씨, 그런 사람은 말이죠. 그런 우연을 위대한 의지의 작용이라고 생각해요. 그리고 대담하게 행동하죠. 하늘의 계시라든지 하늘의 명령이라든지 운명이라고 말하면서요. 레이코 씨의 경우에는 물론 우쓰기 유코 님의 인도고요."

"하지만 그 사람은 허리가……."

그녀가 가볍게 어깨를 들썩였다. "허리가 아픈 게 과연 사실일까요? 어쨌든 지금은 안심이에요. 권총은 준 씨가 가지고 있잖아요? 우쓰기 유코 님의 인도에 따라 레이코 씨가 대피소에서 총을 쏘는 일은 있을 수 없겠죠." 준이 대꾸하지 않자 그녀는 다시 덧붙였다. "시오리 씨의 배를 쏘아서 효율적으로 두 개의 생명을 한꺼번에 빼앗을 수도 없고요."

그 말을 들은 순간, 준의 팔에 소름이 돋았다. 눈에 핏발을 세운 채, 두 손으로 권총을 잡고 있는 레이코의 모습이 떠올랐다.

총구에서 피어오르는 연기. 배에서 피를 흘리고 누워 있는 시오리의 모습. 그 옆에서 울부짖는 아소의 모습. 거미가 흩어지듯 허둥지둥 도망치는 노인들의 모습.

"어쩌면 지금도 기회를 엿보고 있을지 몰라요. 아소 씨가 화장실 간 틈을 이용해 폭력을 휘두른다든지……."

준이 황급히 그녀의 말을 가로막았다. "사치카 씨."

"그렇게 생각하면 불안하지만 그보다 히로 씨가 더 걱정이에요. 지금 가장 죽을 가능성이 높은 사람은 히로 씨니까요. 우리 중에 누군가를 죽이고 자기도 죽는다든지……."

"사치카 씨?"

"가능성으로 보면 노인들이 먼저 죽을 수도 있어요. 콩나물시루 같은 공간에 있으면 스트레스가 쌓여서 미칠 수도 있으니까요. 그런데 그걸 참극이라고 할 수 있을까요? 아니면 나중에 집으로 가다가 산길에서 미끄러져서 추락사할 수도⋯⋯."

준이 목소리를 높였다. "사치카 씨!"

그녀가 깜짝 놀란 얼굴로 돌아보더니, 흙탕길에서 쭉 미끄러지고 말았다. 준이 순간적으로 발을 내디디며 그녀의 팔을 잡았다.

넋이 나간 표정의 그녀를 보고 준이 물었다. "왜 그래? 지금 진심으로 그렇게 생각하는 거야? 이 사람이 저 사람을 죽일지도 모른다, 그 사람들이 죽을지도 모른다⋯⋯. 계속 그렇게 생각하면서 걷고 있는 거냐고?"

그녀는 입을 다문 채 눈을 동그랗게 뜨고 준을 보았다. 팔을 잡아당겨 그녀를 세워준 뒤, 준은 잠시 망설이고 나서 단숨에 말했다.

"미안하지만 사치카 씨야말로 예언에 사로잡힌 거 아니야? 레이코 씨보다 더 저주받은 게 아니냐고? 내 눈에는 그렇게 보여."

눈앞에 있는 작고 오동통한 땅 머리 여성이 지금까지와는 다른 사람으로 보였다. 항구에서 처음 만난 이후, 그녀의 인상은 몇 번이나 달라졌지만 지금이 가장 낯설게 보였다. 바람이 불어 나뭇잎이 흔들리면서 커다란 빗방울이 후두두둑 우산을 때렸다. 후텁지근한 비 냄새와 나무 냄새가 피어올랐다.

"⋯⋯아니에요, 그런 일은 있을 수 없어요."

그녀는 뺨에 달라붙은 귀밑머리를 손으로 떼어내고 일그러진 미소를 지었다.

"그렇다면 왜 하필 이 시기에 섬에 왔지? 예언에 대해선 이미 알고 있었잖아?"

준의 말이 끝나기도 전에 그녀의 얼굴에서 미소가 사라졌다. 소사쿠의 뒤를 쫓아갈 때부터 머리의 한쪽 구석에서 모락모락 피어오르던 의문이었다.

"말했잖아요? 히키타 원령의 진실을 파헤치기 위해서예요. 예언 같은 건 아무래도 상관없어요."

"그것만이라면 지난주나 다음 주에 와도 상관없어. 그런데 왜 하필 이 타이밍이지?"

"예언 따위는 맞지 않아요. 그런 비과학적인 일이 일어날 리 없어요. 그보다 빨리 히로 씨를……."

"다시 묻겠는데 왜……."

그녀는 재빨리 그의 말을 가로막았다. "예언이 빗나가는 걸 확인하기 위해서예요. 원령을 조사하는 김에 겸사겸사요. 난 그저 그 모든 일을 하루에 끝내고 싶었을 뿐이에요. 어차피 그 사람의 말은 맞지 않아요. 그래서 예언이 가리킨 날에, 예언이 가리킨 곳에 갔어요. 물론 특정할 수 있는 곳에만요. 그러곤 아무 일도 일어나지 않았다, 예언이 빗나갔다고 안 순간에 비웃었죠. 우쓰기 유코는 평범한 인간이었다, 옷에 대한 센스라곤 손톱만큼도 없는 평범한 할망구, 과대망상증 할망구였다고요. 이번에도 마찬가지예요."

뺨이 빨갛게 달아오르는 걸 어둠 속에서도 알 수 있었다.

"간호사 자격증이 있으면 여러모로 편리해요. 어디서든 일할 수 있고, 언제든 예언을 확인하러 갈 수 있으니까요. 그 사람이 위대한 영능력자가 아니라 평범한 할망구라는 걸 증명할 수 있는 거죠. 이 봐요, 이 얘기는 이제 충분하죠?"

그녀는 대답을 듣지 않고 발걸음을 돌렸다. 그 순간, 발이 미끄러지면서 풀고사리 덤불에 머리부터 박혔다. 말라가던 커다란 이파리에서 퍼석퍼석한 소리가 들렸다.

상반신이 덤불에 파묻힌 채 그녀는 미동도 하지 않았다. 신음 소리 하나도 들리지 않았다. 튀긴 흙탕물이 티셔츠를 군데군데 갈색으로 물들였지만 준은 아랑곳하지 않고 그녀를 일으켰다. 똥 머리는 짓눌리고 물에 젖은 얼굴에는 갈색 이파리가 달라붙어 있었다. 하지만 겉으로 보기에 다친 곳은 없는 듯했다.

거북한 얼굴로 눈길을 피하면서 그녀가 중얼거렸다. "차라리 이런 걸 예언했으면 좋았을 텐데⋯⋯."

"뭐?"

"넘어질 거라든지, 지각할 거라든지, 그런 예언을 해줬다면 조금은 고마웠을 거예요. 빗나간다 해도 무시하지 않았을 테고요. 왜 그렇게 큰 사고나 지진, 운석 같은 것만⋯⋯."

그녀는 소매로 얼굴을 쓱쓱 닦으면서 불평을 늘어놓았다. 아니,

불평이 아니라 생떼다. 나이를 먹은 만큼 먹은 손녀가 이미 세상을 떠난 할머니에게 생떼를 쓰는 것이다.

준이 우산을 주워주면서 말했다. "……할머니를 좋아했구나? 싫어했다면 그런 기대는 하지 않아."

"아니, 싫어했어요."

"거짓말."

"그럼 준 씨는 아버지를 좋아해요?"

뜬금없는 질문을 받고 말문이 막혔다. 준을 바라보는 그녀의 눈길은 매우 진지해서 농담이라곤 여겨지지 않았다.

준이 한숨을 내쉬며 대답했다. "그건 대답하기 힘들어."

"미안해요. 일부러 심술을 부렸어요. 나도 알고 있어요." 그녀는 우는 것 같기도 하고 웃는 것 같기도 한 얼굴로 덧붙였다. "가장 저주를 받은 사람은 나예요. 그 누구보다 우쓰기 유코의 말에 사로잡혀 있죠."

준이 솔직하고도 간결하게 물었다. "왜지?"

그녀는 준을 똑바로 올려다보며 대답했다. "우리 엄마는 나를 낳은 다음 날 죽었어요. 나를 낳고 회복이 안 돼서 그랬다는데, 그 사람은 그렇게 된다고 예언했죠. 물론 우연이에요. 그렇게 해석할 수 있는 글을 미리 남겨놓은 것뿐이에요. 하지만 그 사람 안에서는 달라요. 사치카는 내가 예언한 대로 자기 엄마를 죽였다…… 난 우쓰

기 유코의 힘이 얼마나 대단한지 증명하는 증거인 거죠. 그 사람은

나를 그런 식으로 키웠어요."

3

짐승길을 통해 산을 내려온 뒤, 사치카는 보디백에서 펜라이트를 꺼냈다. 가느다란 빛 속에서 강바닥에 있는 두 노인의 시신이 떠올랐다. 요시로와 사나에. 검푸르게 변한 얼굴은 고통으로 일그러져 있었다.

후욱…… 숨을 들이쉬는 소리가 들리는가 싶더니 그녀가 종종걸음으로 강으로 향했다. 시신 옆에 몸을 숙이고 이쪽을 돌아보면서 말없이 슬픈 표정을 지었다.

시신을 이대로 내버려둘 수는 없다. 준과 사치카는 숨을 멈추고 눈짓으로 두 노인을 강에서 끌어올려 강가에 반듯하게 눕혔다. 그녀는 시신의 눈꺼풀을 감긴 뒤, 염주를 손에 들고 합장했다. 준도 뒤늦게 두 손을 마주 잡았다.

나란히 있는 시신 앞에서 눈을 감으려고 한 순간, 머릿속에서 예언의 한 구절이 떠올랐다.

　'산을 기어 내려오는 죽음의 손.'

　곧바로 고개를 가로저으며 눈을 감았다. 예언이 맞는지 여부는 생각하지 않고, 오직 두 사람의 명복을 빌었다.

　민박 아소 앞으로 나온 뒤에야 그녀는 다시 숨을 쉬었다. 기이한 냄새는 나지 않는다. 그녀의 말처럼 괜찮은 것 같다. 그래도 마음이 놓이지 않고, 공기를 폐에 집어넣는 것만으로도 온몸이 긴장되었다.

　그녀가 강가에 있는 시신에 펜라이트를 향한 뒤 바로 내렸다.

　"정말 최악이에요. 대피할 때는 못 본 척하고 허둥지둥 도망쳤으면서, 이제 와서 시신을 방치하는 건 가엾다고 끌어올리다니."

　준이 대답했다. "그때는 어쩔 수 없었잖아? 자칫하면 우리까지 휘말렸을 테니까."

　공기보다 무거운 황화수소는 땅에 닿을락 말락 한 곳에서 쌓인다. 쓰러진 사람의 옆에서 몸을 숙인다면 그대로 흡수할 수밖에 없다. 하지만 그 상황에서 황화수소 이야기를 했다면 아무도 받아들이지 않았으리라. 저주다, 재앙이다, 라고 위협하며 사람들을 산으로 데려간 그녀의 판단은 옳았다.

　선두에 서서 짐승길을 걸어간 그녀의 모습이 떠올랐다. 당당한 행동, 놀라운 설득력. 분명히 할머니에게서 이어받았으리라. 정확하게 말하면 '자기도 모르는 사이에 이어받은 것'이다.

조금 전에 풀고사리에 처박히고 나서 산을 내려올 때까지, 그녀는 띄엄띄엄 자신의 성장 과정에 대해 말해주었다. 우쓰기 유코는 딸이 죽고 나서 그 딸…… 자신에게는 손녀인 젖먹이를 거둬 직접 키웠다. 사치카라는 이름은 할머니가 지어주었다. 그녀의 엄마가 생각했던 이름이 따로 있었음을 안 건 할머니가 세상을 떠나고 유품을 정리할 때였다. 창고 안쪽에서 엄마의 일기장을 발견했다. 유치원에 다니는 어린아이가 사용할 법한, 헬로키티가 그려진 작은 노트였다.

"그 이름이 가즈미였어요."

구청에 가서 이름 변경을 신청했지만 받아주지 않았다. 명확한 불이익을 받지 않았다는 이유에서였다. 아버지가 누군지는 지금도 모른다. 얼굴도, 이름도, 출생도……. '유명한 영능력자의 딸'이란 이유로 사람들은 그녀의 엄마를 호기심의 눈으로 바라보고, 엄마는 그걸 괴로워하며 자포자기한 상태로 살았다고 한다. 이것도 할머니한테서 들은 이야기라서 진위는 분명하지 않다. 사진도 할머니가 모두 처분했다. 즉, 그녀는 부모님의 얼굴을 본 적이 없다.

읽고 쓰기를 배운 건 유치원에도 들어가기 전인 만 두 살 때였다. 초등학교에 들어가자마자 할머니는 어려운 책을 읽게 했다. 『천상계와 지옥』, 『베일을 벗은 이시스*』, 『심령 강좌』, 『오모토 신유**』…… 전부 근현대의 심령과 오컬트 분야를 다룬 책이라고 한다. 그녀는 제목을 말해주었지만 구체적으로 어떤 내용이고, 어떤 가치가 있는지는 알 수 없었다.

"전부 과장스럽게 지어낸 얘기라든지, 과장스러운 자기 자랑이라든지, 아니면 두 가지가 다 쓰여 있었어요."

그녀는 초등학교 1학년 때 이미 할머니가 말하는 영혼이나 영감은 '신앙'에 불과하다는 걸 깨달았다. 할머니가 말하는 영혼은 실제로 존재하지 않고, 할머니가 가지고 있다고 큰소리치는 영감도 존재하지 않는다. 콜드리딩과 핫리딩을 간파한 것도 비슷한 무렵이다.

사무실에서 의뢰인을 '영시'하는 우쓰기 유코. 의뢰인이 보낸 심령 사진을 '감정'하는 우쓰기 유코. TV 카메라 앞에서 연예인의 '전생'을 맞히는 우쓰기 유코. 강연회에서 사후 세계에 관한 '진실'을 보고하는 우쓰기 유코…… 그녀는 그 모든 걸 가까이에서 보았다. 할머니의 교육의 일환이었다.

"강제로 보게 했다고 하는 편이 맞을 거예요. 나는 친구와 놀고 싶었고, 학교에도 가고 싶었는데 말이죠."

여기까지 들었을 때, 마음속에서 그녀에 대한 인상이 달라진 걸

---

* 고대 이집트의 여신으로, 천신과 지신의 딸.
** 데구치 나오가 만든 오모토라는 새로운 종교의 교전.

깨달았다. 부모가 없다는 것, 친구가 잘 생기지 않았다는 것…… 그 두 가지 점에서 준과 사치카는 비슷하다. 그래서 기묘한 친근감을 느끼는 걸까?

할머니가 세상을 떠나고 그녀는 먼 친척 집에서 살게 되었다. 할머니는 막대한 유산을 남겨놓아서, 친척은 오히려 두 손 들고 환영했다고 한다. 친구도 생겼다. 예전에 비해 훨씬 자유롭고 즐거운 날들이 시작되었다. 그녀는 매일 행복하게 지냈지만 할머니의 저주는 풀 수 없었다. 지금 이 순간까지 할머니의 말에 얽매여 있는 것이다.

"유서에 뭐라고 쓰여 있었는 줄 아세요?" 대답하기 전에 그녀가 먼저 답했다. "할머니 말을 잘 듣고 지금까지처럼 올바르고 행복하게 살거라, 이 유서도 소중히 간직하거라. 이게 말이 된다고 생각하세요? 할머니는 자신이 손녀를 얼마나 괴롭혔는지 손톱만큼도 몰랐어요. 그래서 유서를 찢어버리려고 했죠. 아니면 불태워버리거나…….." 그녀는 의미심장하게 말을 마무리했다.

준이 조용히 물었다. "……그 어느 쪽도 할 수 없었어?"

그녀는 슬픈 미소를 지었다. "그래요. 벽장 맨 안쪽에 넣어두었어요. 할머니 말을 잘 듣고 있죠."

"그래서 예언도 확인하고 있군."

준의 말이 끝나기도 전에 그녀는 재빨리 덧붙였다. "빗나가길 말이죠."

그것만은 양보할 수 없는 모양이다.

할머니를 신앙처럼 떠받들어서는 안 된다. 예언이라는 황당한 것에는 이성으로 대항해야 한다. 그렇게 여기는 것이다. 그러는 한편으로 '대항하지 않는다'는 행동은 선택하지 않았다. 친척들도 모두 세상을 떠난 지금은 간호사로 일하며 전국 각지를 돌아다니면서 예언을, 아니…… 예언이 빗나가는 걸 확인하기 위해 예언이 가리키는 날짜에 예언이 가리키는 곳을 찾아다니고 있다.

할머니에게 심리적으로 속박되어 있다…… 주변 사람에게 그렇게 털어놓은 적이 두 번 있었다. 한 번은 부모 대신 키워준 친척에게. 또 한 번은 간호학교의 친구에게. 양쪽 모두 "신경 쓰지 마"라는 한마디로 끝내서, 그 후에는 아무에게도 말하지 않았다. 그리고 어느 누구에게도 말하지 않겠다고 맹세했다.

이야기를 듣고 이해가 되었다. 그녀의 말과 행동을 이해할 수 있었다. 그녀에게는 할머니밖에 없다. 정확하게 말하면 '할머니의 말'밖에 기댈 곳이 없다. 아무리 이성으로 할머니를 부정해도 감정은 자기도 모르게 할머니를 따르고 의지하고 있다. 저주이자 속박이라는 걸 알면서도……. 그래서 지금도 이 섬에 얽매이고, 이 섬밖에 없는 후루하타 히로를 구하려고 하는 것이다.

말없이 앞에서 걸어가는 그녀의 왼쪽 손목에서 염주가 빛났다.

그녀의 등을 향해 준이 말을 걸었다. "그런데 왜?"

무쿠이 초중학교의 건물이 눈앞에서 보였다. 교문이 절반쯤 열려 있다. 불빛이 새어 나오는 건물에서 사람의 그림자는 보이지 않았다. 들리는 건 오직 빗소리와 그들의 발소리뿐이었다.

사치카가 걸음을 멈추고 준을 돌아보았다. "뭐가요?"

준이 다시 정확하게 말했다. "미안해, 아까 그 얘기야. 저주에 관해서 다시는 어느 누구에게도 말하지 않겠다고 맹세했다면서?"

솔직한 의문이었다. 이런 상황에서 왜 자신의 이야기를 털어놓았는지를 포함해 마음에 걸렸다. 산을 내려오면서 말해준 긴 이야기는 자신에 대해 말하기 위한 포석이 아닐까? 그런 억측마저 들었다. 확인할 시간은 지금밖에 없으리라.

그녀의 얼굴에 미묘한 표정이 깃들었다. 망설이는 걸까? 생각하는 걸까? 그렇게 생각했을 때.

"이해해줄 것 같았어요. 왜냐하면……." 그녀는 눈을 가늘게 뜨고 덧붙였다. "준 씨에게는 강력한 수호령이 있으니까요."

그녀의 입가에 가벼운 미소가 떠올랐다.

"갑자기 그렇게 '영시'를 하면……."

쓴웃음을 지으면서 말한 순간, 코가 냄새를 포착했다. 썩은 달걀 냄새였다. 흔히 말하는 유황 냄새이자 온천 냄새다. 착각은 아니다. 분명히 주변에 그 냄새가 떠다니고 있었다. 바람이 서쪽…… 히키타 산 쪽에서 불어오고 있었다.

4

"뛰어요!"

사치카가 우산을 내던지고 입을 막으며 교문 안으로 뛰어들었다. 준이 황급히 따라가며 금세 그녀를 추월했다. 일단 건물 안으로 들어가는 게 최선이리라. 황화수소를 완전히 막을 수는 없지만 위층으로 올라가면 이 위기에서 벗어날 수 있다. 그렇게 생각한 순간, 갑자기 냄새가 나지 않았다. 바람은 아직도 불고 있지만 썩은 달걀 냄새는 전혀 나지 않았던 것이다.

"어……?"

걸음을 멈추려고 하자 그녀가 소리쳤다.

"멈추면 안 돼요! 황화수소는 코를 마비시켜요. 방심하지 말고 숨을 멈춰요!"

그러더니 정면 현관을 향해 타다다닥 뛰어갔다. 현관문 두 개는 모두 잠겨 있었다. 준이 손잡이를 잡고 힘껏 흔들었지만 삐걱삐걱 소리만 날 뿐 열릴 기미는 없었다. 후루하타의 모습도 보이지 않았다.

벌써 숨을 참기가 힘들었다. 아픈 가슴을 누르고 있자니 찌르는 듯한 통증이 눈을 습격했다. 순간적으로 눈물이 흘러내렸다. 사치카가 고통으로 얼굴을 찡그리며 화단 쪽으로 펜라이트를 향했다. 작은 수박 정도의 회백색 돌덩이가 젖은 흙 위에 놓여 있었다. 준이 우산을 버리고 뛰어가 두 손으로 돌덩이를 들어 올린 뒤, 팔을 뒤로 젖혔다 현관문의 유리를 향해 던졌다.

하지만 요란한 소리를 내며 깨진 것은 돌덩이였다. 돌덩이는 산산조각으로 부서지더니 경쾌한 소리와 함께 발밑으로 떨어졌다. 금도 가지 않은 유리를 망연히 보고 있자 그녀가 왼손으로 입을 막은 채 오른손으로 검지와 엄지를 세웠다.

권총이다. 준이 뒷주머니에서 권총을 꺼냈다. 쏜 적은 한 번도 없다. 쏘는 방법도 모른다. TV나 영화에서는 수도 없이 보았지만 그것뿐이다. 하지만 망설일 틈은 없었다. 가스가 눈에 스며들어 바늘로 찌르는 것처럼 아팠고, 두통이 관자놀이를 관통했다. 준이 두 손으로 권총을 잡고 열쇠 구멍 근처의 유리를 조준했다. 엄지로 공이치기를 당기고 방아쇠에 손가락을 댄 뒤 그대로 단숨에 당겼다.

빵! 폭죽 터지는 소리가 눈앞에서 울려 퍼졌다. 생각보다 많은 연기가 피어올랐다. 화약 냄새가 콧구멍을 스쳤다. 떨어진 탄약이 발밑에서 경쾌한 소리를 냈다. 유리에 1센티미터쯤 되는 구멍이 뚫리고, 그곳에서 방사상으로 균열이 내달렸다. 준이 발을 들어 올려 유리에 구멍을 내듯이 걷어찼다. 유리가 산산이 부서지면서 현관 안쪽으로 흩어졌다.

준이 손을 집어넣어 손잡이를 잡고 힘껏 비틀었다. 달칵 하고 잠금장치가 풀리는 소리와 함께 문이 열려서 구르듯이 신발장 사이로 뛰어갔다.

복도로 올라가 곧장 가까운 계단으로 달려갔다. 심장이 찢어질 듯한 고통이 가슴을 엄습했다. 뒤를 돌아보니 사치카가 웅크리고 있었다. 펜라이트를 든 채 얼굴이 삶은 문어처럼 새빨갰다. 준이 맹렬히 달려가 단숨에 그녀를 일으켰다. 그러는 와중에 권총을 떨어뜨리는 바람에 황급히 주워 계단으로 향했다.

준이 층계참 벽에 있는 방화문을 한 손으로 잡아당기고, 안으로 들어가 힘껏 걷어찼다. 하지만 방화문은 제대로 닫히지 않았다. 경첩이 녹슬었는지 절반쯤 닫히다 멈춘 것이다. 계속해서 발로 찼지만 덜컹거리기만 할 뿐이다. 준은 포기하고 오렌지색 계단을 두 단씩 뛰어올랐다. 질식하기 직전에 2층에 도착해 "푸아아아아아!"라고 거칠게 숨을 토해내고 곧바로 다시 들이마시며 복도에 쓰러졌다.

준은 사치카를 내던지듯 바닥에 내려놓고 헉헉 숨을 몰아쉬었다.

"사치카 씨, 걱정 마. 아무 일도 없을 거야. 가스는 아직 여기에 오지 않았어."

숨을 헐떡이면서 말하고는 그 자리에 큰 대자로 누웠다. 눈의 통증은 계속되지만 두통은 사라졌다. 사치카가 강아지처럼 숨을 몰아쉬면서 바닥을 짚고 몸을 일으켰다. 넘어졌을 때 바닥에 머리를 찧었는지 이마가 빨갛게 부어올랐다.

준이 튕기듯 일어나서 그녀의 얼굴을 두 손으로 감쌌다.

"떨어뜨려서 미안해. 많이 아파? 어지럽지는 않아?"

그녀는 축 늘어진 얼굴로 준을 올려다보며 연약한 목소리로 대답했다.

"괜찮아요." 그리고 준의 팔을 잡으며 덧붙였다. "이런 건 익숙해요. 보기보다 둔하거든요."

"……그렇지? 나도 진작 눈치챘어."

"그럴 줄 알았어요. 하하하."

그녀의 입에서 메마른 웃음소리가 흘러나왔다. 준도 덩달아 웃음으로 대꾸했다.

어떻게 이런 상황에 웃을 수 있지? 어떻게 사치카에게 웃음을 보여줄 수 있지? 마음 한구석에서 놀라움이 퍼져나갔다. 유독 가스가 가득 찬 섬에서 지금 막 구사일생으로 살아남았는데…….

어쩌면 상대가 사치카라서 웃을 수 있는지도 모르겠다. 나이보다 어려 보이는 동안에 신비한 매력이 있는, 기구하게 살아온 사치카라서. 준보다 나이도 한참 어리고 사는 지역도 다른데, 그녀에게 기묘한 공통점을 느낀 게 아닐까?

정신이 들자 사치카는 벌떡 일어섰다. 준은 소사쿠에게 전화를 걸어 상황을 설명하면서, 바닥에 있던 사치카의 펜라이트를 들었다.

"……그러니까 지금은 산을 내려오면 안 돼. 다른 사람들한테도 전해줘."

"알았어. 그런데 아키코 씨가 그러는데, 좀 전에 총소리를 들었다던데? 잘못 들은 거라고 모두 달래긴 했지만……."

휴대폰 스피커에서 들리는 소사쿠의 목소리는 매우 불안해 보였다. 신경질적으로 소리치는 아키코와 당황하는 신타로, 진정시키려고 달래는 사람들의 모습을 쉽게 상상할 수 있었다. 준이 간단하게 사실을 말해주자 스피커 안쪽에서 안도의 한숨이 들렸다.

"후우, 다행이다."

대피소에 있는 사람들은 지치기는 했지만 정신이 이상해지지는 않은 모양이다. 시오리는 잡담을 하며 웃을 수 있을 만큼 회복하고, 레이코도 걸을 수 있게 되었다고 한다. 섬사람들도 아프거나 쓰러진 사람은 없고, 벌써 곤히 잠든 사람도 있다고 한다.

"지금 거기에 모두 있어?"

문득 마음에 걸려 물어보자, 잠시 공백이 있고 나서 소사쿠가 의아한 목소리로 되물었다.

"물론, 왜……?"

모두 있다. 아무도 산을 내려오지 않았다. 즉, 누가 여기에 와서 나머지 두 사람을 죽이지는 않는다. 시시한 생각과 망상을 뿌리치며 고맙다고 말하고 나서 전화를 끊었다.

사치카가 복도 한가운데에 서서 소리쳤다. "히로 씨! 내 말 들려? 지금 가스가 내려오고 있어! 1층에는 가지 마!"

커다란 목소리가 아무도 없는 기다란 복도에 메아리치다가 사라졌다. 대답은 돌아오지 않았다. 작은 소리도 들리지 않았다. 그녀는 점차 안절부절못하면서 초조한 모습으로 복도를 둘러보며 귀를 기울였다.

"……만약 1층에 있으면."

"그렇진 않을 거야. 우리가 시끄럽게 했으니까 1층에 있었다면 알아차렸겠지."

"다른 방화문을 닫는 편이 좋을까요? 북쪽 계단과 남쪽 계단에 있을 거예요."

"아니, 닫히지 않을 거야."

어느 문도 닫히지 않는다고 봐야 한다. 여기를 대피소로 사용하지 않는다는 게 가장 좋은 증거다. 이 건물은 보기보다 더 낡은 모양이다. 그렇다면 위층으로 도망치는 편이 좋으리라. 그러기 전에 2층에 후루하타가 있는지 없는지 확인하는 편이 좋을 것이다.

사치카가 다시 소리 높여 불렀지만 대답은 돌아오지 않았다.

2층 교실에서는 후루하타의 모습이 보이지 않았다. 만일을 위해 화장실도 들여다보았지만 남자 화장실과 여자 화장실 모두 사람이 없었다.

북쪽 계단을 통해 3층으로 올라갔다. 복도는 캄캄했다. 계단 불빛을 통해 벽의 스위치를 발견하고 눌렀지만 불이 들어오지 않았다. 어둠 속에서 시선을 고정하고 살펴보자 복도 형광등이 모두 빼내져 있었다. 교실에는 형광등이 있었지만 불은 켜 있지 않았다. 후루하타의 이름을 불러보았지만 여기에서도 반응은 없었다.

준은 몸을 숙인 채 펜라이트를 들고 복도 바닥을 비추었다. 크림색 바닥에 쌓인 먼지에는 발자국이 몇 개나 있었지만 너무 많아서 후루하타의 발자국인지 아닌지 알 수 없었다. 금방 알아볼 수 있게끔 한 사람의 발자국만 남아 있다면 얼마나 좋을까? 조바심이 목구멍까지 치밀어 올랐다. 심장 고동이 점점 빨라졌다.

"후루하타 씨!"

복도에 목소리가 허무하게 메아리쳤다. 점차 발걸음이 빨라졌다. 준만이 아니라 사치카의 발걸음도. 후루하타 말고도 마음에 걸리는 게 있었다. 황화수소다. 황화수소가 계단을 올라와 위층에 가득 차면 어떻게 해야 할까? 옥상에 가면 살 수 있다는 보증은 어디에도 없다. 서둘러야 하지만 서둘러도 소용없을지 모른다. 초조함과 허무함에 짓눌리면서 걸음을 옮겼다.

복도 세면대에 있는 수도꼭지에서 물이 똑똑 떨어지고 있었다. 교실 문은 대부분 열려 있었다. 문이 잠긴 경우에도 창문은 열려 있었다. 형광등이 있는 교실에서는 안에 들어가 불을 켜고, 형광등이 없는 교실에서는 펜라이트로 비추어 안을 확인했다. 먼지가 쌓인 바닥. 넘어진 의자와 책상. 준은 연신 재채기를 하면서 안으로 들어가 책상 뒤쪽을 확인했다.

두려워하고 있을 수만은 없었다. 하지만 뭔가가 눈에 들어올 때마다 공포가 등줄기를 스멀스멀 기어 다녔다. 의미나 이유를 멋대로 상상하자 발이 오그라들었다. 손발에는 땀이 솟구치고 입안은 바싹 말랐다. 목의 통증은 단순한 목마름 때문인가? 황화수소 때문인가?

녹이 잔뜩 낀 찌그러진 청소도구함과 문 사이.

바람을 잔뜩 품은 낡고 지저분한 커튼.

교실 한쪽 구석에 탑처럼 쌓아올린 책상.

천장에 매달린 낡은 조명 기구가 틈새 바람에 흔들렸다. 먼지가 잔뜩 쌓인 형광등이 달칵달칵 소리를 내며 깜빡였다.

먼지 위의 발자국. 빗자루 같은 걸로 쓸었던 자국. 창문을 때리는 빗방울 소리. 칠판에 희미하게 남은 '안녕'이라는 큼지막한 글자. 창문에는 갈기갈기 찢긴 지푸라기 장식품이 매달려 있고, 음악실의 울퉁불퉁한 벽에는 음악가들의 초상화가 붙어 있었다.

교실로 들어가기가 점차 두려웠다. 들어간 후에는 반대로 복도로 나오기가 두려웠다. 펜라이트를 향한 끝에 누군가가…… 낯선 누군가가 서 있는 게 아닐까? 다음 순간에는 이쪽으로 뛰어오는 게 아닐까? 후루하타를 찾고 있으면서, 사람을 찾으려고 하면서, 사람이 있을지도 모른다는 예감에 겁을 먹었다.

작은 소리도 마음에 걸렸다. 사치카가 움직일 때마다 바스락바스락하는 운동복 소리가 신경을 자극했다. 그녀가 책상에 발이나 허리를 부딪히는 소리도, 신발이 바닥을 스치는 소리도, 숨을 쉬는 소리조차도…….

어느새 준은 발소리를 죽이고 걸었다. 숨소리도 죽였다.

"그냥 평소처럼 걸으면 될 텐데."

무심코 그런 불평이 튀어나왔다. 오히려 우리가 있다는 걸 후루하타가 알아차리는 편이 좋지 않을까? 그렇다, 알아차리지 않으면 곤란하다. 준의 입에서 흘러나온 혀 차는 소리가 복도에 울려 퍼졌다.

그때 사치카가 뒤를 돌아보며 물었다. "참, 준 씨는 무당이란 거 알아요?"

준은 고개를 끄덕였다. "응, 알아."

339

"할머니는 무당의 딸이에요. 쓰가루 지방 무당의 피를 이어받았죠. 눈이 안 좋았던 건 그 탓일 거예요."

"눈이 안 좋았구나!"

깜짝 놀라서인지 준의 목소리가 높아졌다. TV에서 볼 때는 그렇게 보이지 않았다.

"왼쪽 눈은 꽤 흐릿했던 것 같아요. 돌아가시기 전에는 거의 안 보였고요."

"그래서 영감이랄까, 초자연적인 존재를 믿은 걸까?"

"그럴지도 모르죠. 어머니…… 즉, 증조할머니에게는 이런저런 애증이 있었던 것 같지만 무당이라는 직업에는 경의를 표했어요. 힘들고 훌륭한 일이라고요."

준은 그녀의 뒤를 따라가면서 대답했다. "그랬구나. 오소레 산의 무당처럼, 무당은 옛날부터 있었잖아."

문득 아소의 얼굴이 떠올랐다. 이런 이야기는 그의 주특기다. 옛날부터 전해 내려오는 전통과 민속, 더구나 초자연적 요소가 얽혀 있다. 아소라면 눈을 반짝이며 설명해주었을 텐데.

남쪽 계단에 도착했다. 불이 켜 있는 게 고마웠다. 형광등의 무기질적인 하얀 빛을 보면서 가슴을 쓸어내렸다. 준은 펜라이트를 끄고 사치카는 계단에 발을 올렸다.

"없었어요." 그녀는 차가운 얼굴로 당연하다는 듯이 말하면서 이쪽을 내려다보았다.

　준은 당황한 얼굴로 황급히 대꾸했다. "아니, 없었을 리 없잖아."

　"물론 무당은 있었죠. 하지만 '오소레 산의 무당'이 등장한 건 1970년대, 고작해야 40년밖에 안 됐어요."

　준이 눈을 휘둥그레 떴다. "말도 안 돼!"

　"정말이에요. 오소레 산은 불교의 천태종에서 정한 영산으로, 무당은 민간 신앙에서 말하는 무녀죠. 그래서 본래는 아무 관계가 없어요. 그게 뒤섞인 건 국유 철도 캠페인의 결과죠. 디스커버 재팬이라고 알아요?"

　"그래."

　당황하면서도 한 계단, 한 계단 힘껏 밟고 올라갔다. 디스커버 재팬은 개인과 가족 여행을 장려하기 위해 국유 철도, 즉 지금의 JR이 했던 대규모 이벤트다. 당시 신문과 TV에서 지방의 문화와 풍습을 크게 다루었다.

　사치카는 디스커버 재팬에 대해 간단히 설명하고 나서 말을 이었다. "그때 각 지방에 대해 기사를 쓸 때, 눈에 띄는 걸 다루면서 자세한 부분은 잘라버리고 비슷한 건 뒤섞었죠. 그 결과 어떻게 됐을까요? '도시에서 본 지방' 이미지가 굳어졌어요. 아오모리든 규슈든, 도시가 아니면 어디나 이렇다 하는 대략적인 이미지가 말이에요. 차이는 더우냐 추우냐, 눈이 오냐 오지 않느냐는 것뿐. 아소 씨가 좋아하는 토착이라든지 토속의 원형이죠. 그러고 보니 사람들이 요코미조의 추리 소설에 열광한 것도 1970년대였네요."

"그럼 우리가 갖고 있는 시골 이미지는, 옛날부터 내려오는 인습으로 인해 무시무시한 일이 벌어진다는 시골 이미지는⋯⋯."

준의 당황한 목소리를 듣고도 사치카는 태연하게 대답했다.

"그래요. 그것 자체가 현대의 산물이에요. 오소레 산의 무당도 마찬가지고요. 오소레 산은 전통적이고 무당은 토속적이지만, 오소레 산의 무당은 현대의 직업일 뿐이죠. 짜깁기한 신문 기사를 보고 많은 사람들이 갖게 된 '사실과 다른 아오모리 무녀의 이미지'를 무당들이 받아들여 만들어낸 새로운 타입의 무녀예요. 무녀가 했던 수많은 일 중 하나였던 영혼 빙의로 특화하고 아무런 인연도 없는 오소레 산 보리사*를 빌려서 말이죠. 심령 사진 감정이나 노스트라다무스 대예언이 유행한 것도 같은 무렵이니까 우쓰기 유코 같은 영능력자와 오소레 산 무당은 동창생이나 마찬가지네요."

그녀의 입가에 희미하게 미소가 떠올랐다. 형광등 불빛을 받고 뺨의 보조개가 뚜렷하게 보였다. 그녀는 3층과 4층 사이의 층계참에 멈추어 서서 위쪽에 귀를 기울였다.

"⋯⋯즉, 할머니는 무당의 딸이지만 오소레 산 무당의 딸은 아니

* 한집안에서 대대로 장례를 지내고 조상의 위패를 모셔 명복을 빌고 천도와 축원을 하는 절.

342
예언의 섬

에요. 그 사람은 그걸 엄격하게 구별했죠. 어떤 경우에도 오소레 산 무당의 딸이라고 말하는 일은 없었어요. 카메라 앞에서도요."

준이 감탄한 얼굴로 말했다. "그랬구나. ……그럼 사치카 씨는 그런 걸 알고 있어서 원령의 정체를 알아차린 거야?"

"그럴지도 모르죠." 그녀는 차갑게 말하더니 다시 계단을 오르며 유난히 큰 한숨을 토해냈다. "하지만 그 사람의 '영시'가 없었으면 원령은 태어나지 않았어요. 그 사람이 쓸데없는 말을 하지 않았으면 이 섬의 산업 폐기물은 더 일찍 밖으로 드러났을지 모르죠."

준이 고개를 갸웃거렸다. "그랬을까?"

"그 사람은 주변 사람들을 자기 멋대로 휘두르는 할망구……."

그녀가 갑자기 말을 끊고 계단 한가운데에서 발을 멈추더니 손목의 염주를 만졌다. 준이 층계참에서 그녀를 올려다보았다. 그녀가 왼손을 귀까지 올리자 염주 알이 부딪치는 소리가 들렸다.

동작의 의미를 깨닫고 귀를 기울였다. 끼리릭, 끼익, 끼익……. 위쪽에서 귀를 자극하는 기묘한 소리가 들렸다. 무슨 소리인지는 모르고, 상상도 되지 않았다. 하지만 불길한 예감이 점차 부풀었다.

그녀는 바닥을 박차고 단숨에 계단을 뛰어올랐다. 하지만 역시 어이가 없을 만큼 느렸다. 순식간에 준이 추월하며 그녀의 손을 잡았다. 그 순간 펜라이트를 떨어뜨렸다.

어둠 속에서 준이 말했다. "서두르는 게 좋겠어. 남은 얘기는 나중에 들려줘."

그녀가 고개를 끄덕이는 걸 기척과 숨결로 알 수 있었다.

발밑의 펜라이트를 주워서 위쪽 계단을 비추었다. 소리는 끊어지지 않고 계속 들렸다. 마음을 마구 휘저어놓는 껄끄러운 소리였다.

준이 그녀의 손을 잡고 뛰기 시작했다.

5

4층 복도의 형광등도 모두 빼내져 있었다. 교실도 전부 캄캄했다. 앞쪽부터 순서대로 교실을 확인했지만 후루하타의 모습은 보이지 않았다. 세면대 옆을 지나쳤다. 펜라이트를 향했지만 마음에 걸리는 건 없었다. 오른쪽 수도꼭지에서 졸졸졸 물이 흘러나오고 있을 따름이었다.

다시 펜라이트를 복도로 향한 순간, 준이 "앗!" 하고 숨을 들이마셨다.

사치카가 몸을 떨자 염주에서 희미한 소리가 들렸다. 계단 정면에 있는 교실 앞문이 열려 있었다. 귀를 기울이자 희미하게 삐걱거리는 소리가 들렸다.

끼이익, 끼익…… 끼이이익……. 계단에서 들은 소리와 똑같은 소리였다.

"히로 씨."

그녀가 속삭이듯 부른 뒤, 문으로 다가가 멈칫멈칫 들여다보았다.

끼이익…….

펜라이트 불빛 안에서 누더기를 걸친 야윈 몸이 떠올랐다. 빼빼 마른 흙투성이의 두 다리가 흔들리며 나란히 허공에 떠 있었다. 손가락 끝에서 떨어지는 물방울이 소리도 없이 바닥과 책상을 때렸다. 책상 몇 개가 바닥에 쓰러져 있었다. 책상을 쌓아올린 뒤 발로 찼다는 걸 쉽게 상상할 수 있었다.

후루하타 히로가 교실 한가운데에서 목을 매달았다. 가늘게 묶은 커튼을 조명 기구에 걸고……. 수염과 머리칼에 가려서 얼굴은 보이지 않았다. 매달린 시신이 관성으로 흔들리면서 조명 기구에서 끼익끼익 소리가 난 것이다. 형광등이 있다는 걸 알아차리고 벽의 스위치를 눌렀다. 몇 번 깜빡이다가 교실 안이 밝아졌다.

준이 손으로 입을 막았다. 손가락 사이에서 "으으으" 하는 신음이 새어나왔다. 교실에는 깜장벌레가 발 디딜 틈도 없이 놓여 있었다. 허리춤까지 오는 깜장벌레가 후루하타를 에워싸듯 놓여 있었던 것이다. 옆으로 쓰러진 건 아직 가공하지 않은 숯이다.

교탁에는 낡은 식칼이 놓여 있고, 칠판에는 하얀 분필로 이렇게 쓰여 있었다.

예언의 섬

잘 있어, 사치카

몇 번이나 겹쳐 써서 굵게 만든 글자가 칠판을 가득 메웠다. 칠판 밑에 있는 깜장벌레는 하얀 분필 가루를 뒤집어쓰고 하얗게 변해 있었다.

다섯 번째 영혼이 명부에 떨어졌다.

예언이 맞고 있다.

그렇게 생각한 순간, 뒤에서 책상 쓰러지는 소리가 들렸다. 엉덩방아를 찧은 사치카가 입을 뻐끔뻐끔 움직였다.

"……히로 씨."

그녀는 후루하타의 이름을 부르더니 팔을 둘러 스스로를 껴안았다. 자라라락 하며 염주 알 부딪치는 소리가 들렸다. 웃는 것처럼 입술에 경련이 일었다.

"왜, 왜 히로 씨지? 할머니는 알고 있었어? 알고 있었다면 미리 말해주지……. 왜 좀 더, 왜 좀 더 자세히 쓰지 않았어? 응? 어째서?"

준이 황급히 그녀 곁으로 뛰어갔다. "사치카 씨?"

"할머니, 난 이제 어떻게 하면 되지?"

어린애 같은 목소리와 애교 부리는 말투……. 기이한 말과 행동에 준은 말문이 막히면서, 그녀의 어깨를 잡으려고 내민 손을 멈추었다.

"부, 부탁해, 가르쳐줘, 도와줘. 제발 도와줘. 하, 하…… 할머니, 할머니, 할머니……."

그녀는 그 자리에서 웅크린 채 "할머니, 할머니" 하고 몇 번이나 중얼거렸다. 그러곤 점차 발음이 불분명해지더니 이윽고 흐느낌으로 바뀌었다.

"준 씨, 어떡하죠?" 사치카는 손에 힘을 잔뜩 주어 준의 팔을 잡았다. 그러곤 눈물을 주르륵 흘리면서 빠르게 말했다. "또, 또 한 사람, 또 한 사람이 죽어요. 분명히 죽을 거예요. 예언이 맞을 거예요. 이번에는 틀림없이 맞을 거예요. 어떡하죠? 네? 어떡하면 좋죠?"

"사치카 씨, 진정해."

준의 만류에도 그녀는 정신없이 떠들었다. 준에게 말한다기보다 입에서 말이 멋대로 흘러나오는 듯했다.

"왜 이런 때만 맞는 거죠? 준 씨, 어떡해요? 예언 같은 건 원래 존재하지 않는 거잖아요?"

"그래, 그런 건 존재하지 않아. 존재할 리 없어. 이건 그냥 우연일 뿐이야."

"아니에요!"

그녀가 목이 터져라 고함을 질렀다. 얼굴에서 모든 표정이 사라졌다. 그러더니 찢어질 만큼 부릅뜬 눈으로 준을 바라보며 속삭이듯 말했다.

"이건 우연이 아니라 필연이에요. 그렇잖아요? 우리는 모두 할머니의 저주에 이끌려왔어요. 예언에 이끌려 여기에 온 거예요. 할머니의 말에 빨려 들어온 거라고요." 그리고 이쪽이 반론하기도 전에 다시 말을 이었다. "할머니가 아무렇게나 말한 원령에 사로잡혀 히로 씨는 죽을 때까지 섬에서 나가지 못했어요. 아니, 섬에서 나가려면 죽는 수밖에 없다, 그렇게 생각해서 실행할 만큼 궁지에 몰렸죠."

"사치카 씨."

후루하타의 시신이 흔들리는 소리가 끊임없이 귀로 파고들었다.

"준 씨도 섬사람들이 하는 얘기 들었죠? 산업 폐기물에서 나오는 황화수소를 어느새 원령이라고 부르게 됐다고요. 사람들을 섬에서 나갈 수 없게 만든 건 할머니의 말이에요."

형광등 불빛을 받고 그녀의 입가에서 콧물이 반짝였다.

"그러니까 한 사람이 더 죽어요. 전부 여섯 명이 죽는 거예요. 준 씨, 마지막 한 사람이 누구라고 생각해요? '그림자가 있는 피에 물든 칼날'이란 건 뭐죠? 저기에 있는 식칼……."

그녀는 교탁에 손을 내밀며 일어서려고 했다.

준은 그녀의 어깨를 흔들며 일부러 담담하게 말했다. "사치카 씨, 진정해. 예언 같은 게 맞을 리 없어. 다섯 명이 죽었다고 여섯 명이 죽는 일은 있을 수 없단 뜻이야. 사치카 씨가 말했던 대로 우쓰기 유코에게 특별한 힘 같은 건 없다고." 준은 당연한 말을 어린아이에게 들려주듯 천천히 또박또박 말했다.

허탈한 표정이 조금씩 일그러지면서 그녀는 준의 팔에서 손을 놓고 힘없이 늘어뜨렸다.

"미안해요…… 머리가 이상해졌나 봐요." 그러더니 고개를 깊숙이 숙이며 덧붙였다. "바보 같죠?"

준은 그녀의 머리를 잡고 살며시 가슴으로 끌어당겼다.

"아냐, 이상해지지 않았어. 나도 한순간 그렇게 생각했으니까." 그리고 후루하타의 시신을 올려다보고 덧붙였다. "아니, 지금도 머리 한구석에선 그렇게 생각해. 아침까지 또 한 명 죽는 게 아닐까? 그럴 리 없다는 걸 알면서도 불안을 씻어낼 수 없어. 이게 저주라는 건가?"

고개를 든 그녀를 향해 애써 미소를 지었지만 준의 입술은 파르르 떨렸다. 불안한 것이다. 말로 표현함으로써 마음이 더욱 흐트러진 것이다. 예언이 머리에서 떠나지 않은 것이다.

'내 목숨이 끊어지고 20년 후, 저 너머의 섬에서 참극이 일어나리라.'

예언을 선명하게 기억하는 것에 새삼 놀라고 전율했다.

'원령의 복수인가 저주인가 재앙인가, 구원은 눈물의 비에 가로막히리라.'

수수께끼 같은 말들과 현실이 '부합한다'는 생각이 들었다. 억지로 갖다 붙였다는 걸 알면서도 생각을 멈출 수 없었다.

'바다의 밑바닥에서 뻗어 나오는 손.'

하루오의 시신은 바다에 떠 있는 채 발견되었다.

'살아 있는 피를 마시는 길고 새카만 벌레.'

다치바나의 시신은 깜장벌레에 둘러싸여 있었다.

'산을 기어 내려오는 죽음의 손.'

요시로와 사나에는 '원령'에 의해 죽임을 당했다. 히키타 산을 내려온 유독 가스를 마시고 목숨을 잃은 것이다. 그리고 후루하타는 스스로 죽음을 선택했다. 원령이 원령이 아님을 알았기 때문이다. 그 또한 '죽음의 손'에 이끌려 죽었다고 할 수 있다.

아니다. 말도 안 된다. 억지로 꿰어 맞춘 것뿐이다. 예언이 맞는다고 생각한 건 예언을 근거로 현실을 해석하려고 한 탓이다. 우쓰기 유코의 말에 저주를 받은 탓이다.

'그림자가 있는 피에 물든 칼날.'

시시하다. 어리석다. 그저 섬뜩하기만 한 의미 없는 말이다. 그렇게 생각하면서도 웃어넘길 수 없었다. 그런 일은 있을 수 없다는 걸 알지만, 새벽부터 지금까지 벌써 다섯 명이 죽었다. 좀처럼 일어나지 않는 일이 일어난 것이다.

'다음 날 새벽을 기다리지 않고, 여섯 영혼이 명부로 떨어지로라.'

그렇다면 아침까지 한 사람이 더 죽을지도 모른다. 아마 죽을 것이다. 아니, 분명히 죽는다. 틀림없이 죽는다. 칼에 찔려서.

머릿속에 어리석은 망상이 뿌리를 내렸다는 것도 똑똑히 알고 있다. 괜히 폼 잡기 위해 어려운 말을 늘어놓았을 뿐, '떨어지로라'는 '떨어지노라'로 써야 한다는 것도 알고 있다. 그래도 이 자리를 떠날 수 없었다. 준과 사치카는 그 자리에 앉은 채 오랫동안 서로 몸을 기대고 있었다.

사치카는 커튼으로 바닥에 눕힌 시신을 덮어주었다. 그리고 이미 말을 할 수 없게 된 후루하타 옆에 무릎을 꿇고는 분필 가루로 뒤범벅이 된 그의 손을 꼭 잡았다. 몇 분 전에 겨우 울음이 그쳤는데, 다시 입술이 떨려왔다.

"미안해, 너무 늦게 와서. 구해주지 못해서."

으으, 하면서 그녀가 다시 울음을 토해냈다. 준은 그녀의 어깨를 안고 말없이 진정되길 기다렸다.

공조 시스템이 작동하지 않는 탓에 교실은 찜통처럼 더웠다. 가만히 있어도 이마에 땀이 솟구치고, 온몸에서 땀이 배어나와 옷을 적셨다. 그럼에도 차가운 기운이 등줄기를 슬금슬금 기어 다녔다. 머릿속에서는 불길한 예감이 소용돌이쳤다.

귀에 들리는 건 창밖의 빗소리와 사치카의 숨죽인 울음소리, 벽시계 소리뿐이었다. 칠판 위에 있는 벽시계가 희미하기는 하지만 째깍째깍 시간을 새겨나갔다. 펜라이트를 향하자 문자반이 보였다.

시곗바늘은 4시를 가리키고 있었다.

믿을 수 없을 만큼 오랜 시간이 흘렀다. 어둠에 둘러싸인 탓에 감각이 일그러졌는지, 시간이 이렇게 됐으리라곤 생각도 못 했다. 몸 안쪽에서 쿵쾅거리는 심장 소리가 귀에 닿았다. 울음소리도, 시곗바늘 소리도 밀어내고 시끄러울 만큼 크게 울리고 있다.

새벽이 온다. 예언이 가리키는 '기한'이 다가오고 있다.

해가 언제 뜨는지 정확한 시간은 모르지만 이 시기라면 5시대일까? 그보다 이른 4시대일까? 그렇다면 이제 한 시간도 남지 않았을지 모른다. 어쩌면 더 일찍 뜰 수도 있고 늦게 뜰 수도 있다. 인터넷으로 검색해보면 알 수 있지만 의미는 없다. 해는 반드시 뜰 테니까. 아침은 반드시 올 테니까. 아직 끝나지 않았다. 예언은 완결되지 않았다. 그렇게 생각할 수밖에 없었다.

조금씩이기는 하지만 사치카의 흐느낌이 가라앉고 있다. 준은 말없이 그녀의 등을 쓰다듬었다.

앞으로 한 명. 그렇게 말할 뻔하다가 황급히 집어삼켰다. 목구멍 안으로 집어넣은 말이 가슴속에서 마구 뛰어다녔다. 앞으로 한 명, 또 한 명, 앞으로 한 명, 또 한 명. 동이 틀 때까지 앞으로 한 명. 아침이 올 때까지 또 한 명.

무거운 침묵 속에서 조바심이 서서히 싹을 틔웠다. 살며시 눈을 들어 교탁을 쳐다보았다. 식칼의 칼날이 푸르스름한 빛을 받고 둔

탁하게 빛났다. 보통은 음식을 만들 때 사용하는 식칼을, 자살하기 위해 일부러 준비한 걸까? 자신을 베거나 찌를 수 없어서 결국 목을 매단 걸까?

후루하타의 고뇌는 이해할 수 있었지만 사치카처럼 슬퍼할 수는 없었다. 머리와 마음을 점령한 생각은 오직 하나뿐이었다. 아침이 올 때까지 한 명이 더 죽는다. 아니, 죽지 않으면 안 된다. 다섯 명이 죽은 건 우연이 아니고 여섯 명이 죽는 건 필연이다. 우쓰기 유코가 그렇게 예언했으니까.

지울 수 없는 망상이 다시 부풀어 올랐다. 누가 죽을까? 마지막 한 사람은 누구일까? 여섯 번째 영혼의 주인은 누구일까? 어떤 식으로 죽을까?

어느새 시선은 식칼에서 떠나지 않았다. 드문드문 날이 빠지고, 손잡이에는 하얀 가루가 묻어 있었다. 분필 가루다. 후루하타는 칠판에 글을 쓰고 나서 일단 식칼을 잡았으리라. 그가 스스로를 죽이려고 준비한 도구. 사람을 죽음에 이르게 할 수 있는 흉기.

"준 씨, 고마워요."

사치카의 목소리를 듣고 정신이 들었다. 황급히 식칼에서 눈길을 돌렸다. 그녀가 조용히 일어섰다. 통통 부은 눈을 훔치고 문을 향해 걸음을 내디뎠다. 준이 말을 걸려고 하자 그녀는 뒤를 돌아보지 않고 말했다.

"화장실에 가서 세수하고 올게요."

"나도 갈게."

준이 종종걸음으로 그녀를 따라갔다.

긴 바늘이 약간 움직여서 짧은 바늘과 겹쳐졌다. 4시 22분, 아니 23분인가?

해 뜰 시간이 다가오고 있다. 이제 곧 누군가가 죽는다. 누구 한 사람이 죽는다. 죽지 않는 편이 이상하다. 분명히 죽을 것이다. 죽을 수밖에 없다. 이미 다섯 명이 죽었으니까.

망상이 머리와 마음을 잠식했다. 망상이라는 걸 알면서도 잠식을 막을 수 없었다. 조용히 교탁에 손을 내밀어 식칼을 들고 주머니에 넣었다.

사치카가 고개를 숙이고 문을 지나갔다. 준이 바로 뒤를 따라갔다. 펜라이트로 복도를 비추면서 걸어가자 그녀가 준을 불렀다.

"준 씨…… 조금 있으면 날이 밝아요."

"어? 아아, 그래."

당황하면서 대꾸하는 준을 올려다보고는 그녀가 갈라진 목소리로 말했다. "만약 레이코 씨가 여기 있었다면 야단법석을 피웠을 거예요. 한 사람이 더 죽는다, 아침이 올 때까지 조심해라, 라고요."

준이 짧막하게 대답했다. "그래……."

"이상한 말을 해서 미안해요. 하지만 레이코 씨가 한 사람을 죽일지도 모른다는 끔찍한 생각은 이제 하지 않아요. 아니, 하지 않으려고 해요."

"그래야지." 태연한 척 아무렇지 않게 대꾸했다.

심장이 세차게 방망이질 쳤다. 숨이 목구멍까지 차올라 숨을 쉴 수 없었다.

그녀의 말이 마음을 더욱 어지럽혔다. 아직 끝나지 않았다. 마무리가 되지 않았다. 또 한 사람 죽는다. 한 사람이 더 죽는다. 우쓰기 유코가 그렇게 예언했으니까.

남녀 화장실은 북쪽 계단 앞쪽에 나란히 자리하고 있었다.

준이 안쪽에 있는 남자 화장실 문을 잡고 말했다. "사치카 씨가 화장실에서 나오면 일단 소사쿠에게 연락할게. 그리고 날이 밝을 때까지 여기서 기다리자. 예언에 상관없이 함부로 돌아다니지 않는 게 좋을 것 같아."

"네."

그녀는 작은 목소리로 대답하고 앞쪽의 여자 화장실로 들어갔다.

아직 끝나지 않았다. 예언은 분명히 맞는다. 한 사람이 더 죽는다.

그렇다면.

소중한 사람이 죽을 바에야.

그럴 바에야.

누군가에게 죽임을 당할 바에야.

차라리…….

빵! 건물 전체에 총소리가 울려 퍼졌다.

"무슨 일이야!"

준이 여자 화장실 문을 거칠게 열어젖히고 쓰러져 있는 사치카를 발견했다. 검은색 나일론 운동복, 납작해진 똥 머리, 하얀 얼굴에 달라붙은 귀밑머리.

엎드린 얼굴 밑에서 연분홍색 타일이 붉은 액체로 젖어 있었다. 어디선가 바람 소리 같은 횡횡 하는 소리가 들렸다.

준은 그녀를 안고 반듯하게 눕힌 뒤 움직임을 멈추었다. 준의 손바닥과 손목이 새빨갛게 변했다. 주변에는 화약 연기와 피 냄새가 피어오르고 있었다.

사치카의 가슴과 배가 번들번들 빛나기 시작했다. 가슴 얼룩 한가운데에는 작은 구멍이 뚫리고, 배 부분의 옷은 찢어져서 티셔츠가 새빨갛게 물들었다.

준은 멍하니 입을 벌린 채 그녀의 상처를 바라보았다. 가슴에 총을 맞고 칼로 배를 찔린 사치카가 반쯤 뜬 눈으로 준을 올려다보았다.

6

"또 사람이 죽었나요?"

"네, 사람이 칼에 찔렸어요. 무쿠이 섬의 폐교예요."

119에 전화를 걸어 말하자 전화를 받은 담당자는 그렇게 말했다. 말투에는 체념과 분노가 배어 있었다. 올 수 없는 것이리라. 예상한 대로였다.

"……되도록 빨리 가겠습니다."

감정을 죽인 담당자의 목소리가 차갑게 들렸다. 하지만 지금은 "그럼 부탁합니다"라고 대답하는 수밖에 없었다.

전화를 끊은 직후에 휴대폰이 울렸다. 소사쿠였다. 준이 휴대폰을 들었다. 피에 젖은 손으로 만진 탓에 액정 화면에 붉은 지문이 몇 개나 묻었다.

준이 휴대폰을 귀에 대자마자 말했다. "후루하타 씨가 자살했어."

"뭐?"

그리고 떨리는 목소리로 사실만을 말했다.

"그런 다음에 사치카 씨가 총에 맞고 칼에 찔렸어."

"말도 안 돼! 어떻게 된 거야?"

소사쿠의 고함이 휴대폰에서 튀어나와 층계참에 메아리쳤다. 그 목소리에 여성의 비명이 섞였다. 아키코인가? 아니면 레이코인가?

준의 팔 안에서 사치카가 기침을 했다. 창백한 얼굴이 고통으로 일그러졌다.

"자세히 말해봐! 총에 맞고 칼에 찔렸다는 게 무슨 소리야?" 소사쿠가 다시 소리쳤다. 완전히 혼란에 빠진 듯했다.

최소한의 말로 대화를 마친 뒤, 준은 전화를 끊고 다시 그녀를 껴안았다.

"사치카 씨, 정신 차려. 119에 신고했고, 소사쿠에게도 말했어."

하지만 양쪽 모두 그녀를 구해줄 수는 없다. 무의식중에 입술을 깨물었다. 그녀는 멍하니 준을 올려다보았다.

"일단 밑으로 내려가자. 독가스는 괜찮은 것 같아. 아프면 말해."

"……요."

"어? 뭐?"

"준 씨." 그녀는 갈라진 목소리로 준의 이름을 불렀다. 그리고 얼

359

제5장 속박

굴을 찡그리며 연약하게, 그러면서도 단호하게 말했다. "이제 됐어요. 난 살 수 없어요."

"그건 아직 몰라. 일단 마음을 강하게 먹어야⋯⋯." 준은 황급히 대꾸했지만 도중에 말문이 막혔다.

그녀는 힘없이 미소를 지으며 말했다. "틀렸어요. 여섯 영혼이, 명부로⋯⋯ 내가 마지막 여섯 번째예요."

머리가 어지러웠다. 그녀의 말이 정상적인 생각을 마구 뒤흔들었다. 그녀는 이런 때에도 예언을 생각하고 있다. 할머니의 엉터리 시와 자신의 죽음을 연결시켜 받아들이려고 하고 있다. 저주를 받은 채 죽음을 맞이하려고 하는 것이다.

어리석다곤 생각할 수 없었다. 기이하게 여겨지지도 않았다. 다만 연민과 슬픔, 미안한 마음만이 가슴을 가득 메웠다. 준은 그녀의 배에 손을 대고, 찢어진 운동복 위에서 살짝 힘을 주었다. 상처 부위에 힘을 가하면 피를 멈추게 할 수 있다고 TV에서 본 기억이 났다.

"읏⋯⋯."

그녀가 미간에 주름을 잡고 왼손으로 준의 손목을 잡았다.

"딴생각 하지 마. 지금은 오직 살겠다는 생각만 해."

그렇게 말하는 준의 목소리가 갈라지고 뒤집어졌다. 그녀는 투정을 부리듯 고개를 가로저었다. 조금 전보다 얼굴이 더 창백해졌다.

"예언 같은 게 맞을 리 없어. 당신은 절대로 죽지 않아. 깨끗하게 낮고 나서 비웃어줘. 그러기 위해 온 거잖아? 또 빗나갔다고 무시하기 위해 전국을 돌아다닌 거잖아?" 준은 그녀에게 들은 말을 그대로 해주었다. "예언은 아직 많이 있잖아? 다음 예언이 빗나가는 것도, 그다음 예언이 빗나가는 것도 확인해야 하잖아! 당신만 원한다면 같이 확인하러 다니자. 우리 둘이. 우리 둘이만. 응? 그러니까 죽으면 안 돼!"

"……136세."

"어?"

그녀는 입술을 일그러뜨리더니, 잠꼬대라고밖에 할 수 없는 말을 했다.

"다음 예언 말이에요. 2123년에 후지산이 분화한대요. 내가 그때까지 살아 있으면 136세예요. 그러니까 빗…… 빗나가는 걸 확인할 수 있는 건 이번이 마지막이에요."

그녀의 시선이 염주로 향했다. 형광등 불빛을 받고 염주가 투박한 빛을 뿌렸다.

"이제, 이렇게 어리석은 짓은, 안 해도 된다고, 생각, 했는데."

눈물이 그녀의 두 눈을 적시고 콧물이 입술로 흘러내렸다.

"……이렇게 되다니."

그녀는 오른손으로 염주를 잡았다. 운동복의 검붉은 얼룩이 가슴과 배만이 아니라 허리까지 퍼져나갔다. 준의 손도 새빨갛게 물들

361

제5장 속박

었다. 준의 기대와 달리 피는 아직도 멎지 않았다.

"준 씨."

"왜?"

"준 씨."

그녀가 약간 목소리에 힘을 주고 이쪽을 노려보았다. 악다문 치아가 빨갛게 물들어 있었다.

"난 준 씨, 를, 부, 불렀는데."

준이 재빨리 대답했다. "사치카 씨, 미안해. 왜 그래? 내가 어떻게 해줄까?"

"……염주, 빼줘요." 그녀의 눈에서 흘러넘친 눈물이 뺨을 타고 흘러내렸다. "내가 죽으면 빼줘요. 버려줘요. 부탁해요."

목소리가 점점 약해졌다. 눈동자가 힘없이 흔들렸다.

"사치카 씨, 안 돼……."

"난 이제 곧 죽어요. 죽은 할머니의, 말에, 저주를 받아서."

그녀는 신음을 내면서 몸을 일으켰다. 그러더니 준의 머리를 잡고 얼굴을 가까이 댔다.

"준 씨는…… 지금 하세요, 살아 있는, 동안에, 알았죠?"

그렇게 속삭이고는 준에게 기대어 "후우우우우" 하고 길게 숨을 내뱉었다.

"사치카 씨?"

준은 그녀의 이름을 부르며 몸을 흔들었다. 아무런 반응도 없다. 숨도 쉬지 않는다. 이름을 불러도 대답하지 않는다. 살며시 몸을 떼자 그녀는 눈을 감고 있었다. 입에서 피가 넘쳐서 턱을 타고 목으로 흘러내렸다. 준의 티셔츠가 새빨갛게 물들었다.

준이 아무리 불러도 그녀는 대답하지 않았다. 뺨을 때려도 눈을 뜨지 않고 얼굴을 찡그리지도 않았다. 숨을 쉬는 일도 없었다.

그녀는 죽었다. 이걸로 예언이 적중했다. 우쓰기 유코가 예언한 대로 2017년 8월 25일에 무쿠이 섬에서 여섯 명이 죽었다.

우쓰기 유코의 말에서 태어난 원령에 얽매여 섬에서 나가지 못한 후루하타. 그녀의 말에 사로잡혀 끊임없이 방황했던 사치카. 친구를 위로하기 위해 이 섬으로 여행을 가자고 한 하루오. 산업 폐기물과 황화수소에서 계속 눈길을 돌린 다치바나. 그리고 섬사람인 요시로와 사나에.

억지로 갖다 붙일 것까지도 없이 예언은 현실이 되었다. 방대한 차이를 무시할 수 있을 만큼 결정적인 부분이 일치했다.

"사치카 씨……."

준은 피투성이가 된 사치카를 꼭 껴안았다. 준의 흐느낌이 여자 화장실을 가득 메우고, 가끔 오열도 뒤섞였다. 창자가 끊어지는 것처럼 괴로웠다. 세계는 이 낡고 좁은 여자 화장실 이외에 존재하지 않는다. 이 화장실 바깥에는 아무도 없다. 모든 사람에게 버림받고 외톨이가 된 듯한 감각이 온몸을 휘감았다.

준은 울고 또 울었다. 오열이 가라앉으며 훌쩍거림으로 변했을 무렵, 사치카의 변화가 눈에 들어왔다. 얼굴이 달라졌다. 창백한 얼굴이 푸르스름하고 얇은 백지장처럼 보였다. 하루오의 시신을 보았을 때와 똑같은 감각이다. 왠지 현실이라는 생각이 들지 않았다.

준은 사치카의 손목에서 염주를 빼냈다. 청록색 염주는 아무리 봐도 싸구려 플라스틱에 알도 몇 개 빠져 있었다. 준은 염주를 자기 손에 끼우고 고개를 들었다.

바로 옆에는 권총이, 그 옆에는 피에 젖은 식칼이 떨어져 있었다. 우연히 그렇게 됐겠지만 총신과 칼끝이 평행으로 나란히 놓여 있었다. 마치 의식처럼 정연하게.

피 냄새가 피어올랐다. 준은 사치카를 안은 채 뒷주머니에서 휴대폰을 꺼내 액정 화면을 만지작거렸다.

"여보세요."

스피커 너머에서 소사쿠의 목소리가 흘러나왔다. 상황을 살피면서 걱정하는 목소리였다. 그 뒤에서 잡음 같은 자연의 소리가 들렸다. 빗소리, 풀과 나무가 흔들리는 소리…….

준은 어두운 창문을 멍하니 바라보면서 사무적으로 말했다. "사치카 씨가 죽었어. 구할 수 없었어."

"빌어먹을!"

소사쿠가 거칠게 욕하는 소리가 들렸다. 파삭파삭하는 메마른 소리는 풀을 걷어차는 소리이리라. 소사쿠가 "미안해"라고 중얼거렸을 때 준이 물었다.

"지금 어디 있어?"

"실은 그쪽으로 가고 있어. 이제 독가스는 괜찮을 것 같다고 섬사람들이 그래서."

스나가, 이바와 함께 산을 내려오고 있다고 한다.

준이 맥 빠진 목소리로 대답했다. "그렇구나……. 지금 4층 여자화장실에 있어. 불이 켜 있으니까 금방 알 거야."

"준."

"뭐가 뭔지 몰라서 혼란스럽지?"

"그래, 머리가 터질 것 같아. 후루하타란 사람은 자살했다면서? 사치카 씨가…… 살아 있었을 때."

"그래."

"그럼 거기엔 너희들 말고 아무도 없잖아?"

"응."

소사쿠가 이해할 수 없다는 목소리로 중얼거렸다. "……도대체 어떻게 된 거야? 사고인 줄 알았는데 살인이고, 원령인 줄 알았는데 독가스고, 그런데 이번에는 아무도 없는 곳에서 사치카 씨가 살해됐다니."

준은 대답하지 않았다. 휴대폰 안에서 새어 나오는 소사쿠의 희미한 목소리를 들으면서 확신했다. 상사의 저주와 괴롭힘에 시달리면서 한때 정신까지 이상해졌지만 지금은 완전히 회복되었다. 이제 어떤 저주도 그를 옭아매지 않는다. 그래서 당황하고 있다. 사치카가 왜 살해되었는지 이해할 수 없는 것이다.

그런데…….

소사쿠가 황급히 덧붙였다. "그런데 준, 괜찮아? 거기는 안전하지 않잖아? 누구 짓인지는 모르겠지만 어쨌든 누가 사치카 씨를 죽였잖아? 그럼 너도 위험하고, 그리고……."

"괜찮아." 준이 소사쿠의 말을 가로막으며 선언하듯 대답하고는 권총과 식칼을 보면서 덧붙였다. "이제 아무도 죽지 않아."

"무, 무슨 근거로 그런 말을……?"

"예언이야. 우쓰기 유코의 말대로 여섯 명이 죽었어. 그러니까 더는 안 죽어. 물론 우연히 누군가가 죽을 수도 있겠지만."

"준, 미안하지만 무슨 뜻인지……."

"일단 여기로 와줘. 기다릴게."

준은 그 말을 끝으로 전화를 끊었다. 무거운 침묵이 여자 화장실을 에워쌌다.

멀리서 발소리가 들리더니 서서히 가까이 다가왔다. 한 사람의 발소리가 아니었다. 아마 소사쿠 일행이리라. 준이 전화를 끊고 나서 30분쯤 지났다.

복도를 걷는 소리가 다가오면서 조용히 문이 열렸다. 머리가 젖은 소사쿠가 준을 보자마자 눈을 크게 떴다. 그 뒤쪽에서 스나가와 이바가 주춤거렸다.

준은 여전히 사치카의 시신을 안고 있었다. 그들이 올 때까지 그 자리에서 꼼짝도 하지 않았다. 피투성이가 된 티셔츠와 반바지는 벌써 마르기 시작해서 갈색으로 변했다.

"……준."

"바닥에 놔둘 수 없었어."

"네 마음은 이해하지만."

준은 소사쿠를 보지 않고 말했다. "소사쿠, 지금까지 오랫동안 힘들게 해서 미안해. 하루오도 마찬가지고."

복잡한 표정을 짓는 소사쿠를 향해 준은 손목의 염주를 보여주었다.

"그건 곧 끝날 거야."

잠시 망설이다가 소사쿠가 화장실에 들어왔다. 이바와 스나가가 그의 뒤를 따랐다.

바닥에 있는 권총과 식칼을 발견하고 이바가 중얼거렸다.

"그, 그렇게 된 건가……." 스나가가 큼지막한 눈을 더욱 크게 뜨고

제5장 속박

신음하듯 말했다. "왜지……?"

준이 뒤를 돌아 스나가를 올려다보았다.

"후루하타 씨가 자살했기 때문이죠."

"왜…… 왜 히로가 죽었는데 그 애를 죽여야 하나?"

도저히 이해할 수 없다는 표정을 짓는 스나가를 향해 조용히 말했다. "마지막으로 한 사람이 남았으니까요."

"뭐?"

준 이외의 사람들이 모두 의아한 표정을 지으며 얼굴을 찡그렸다.

"후루하타 씨가 죽었잖아요? 그래서 한 명이 더 죽을 거라고 생각했어요. 우쓰기 유코의 예언대로 말이죠."

이바가 목소리를 높였다. "그게 무슨 말인가?"

"예언 말이에요, 예언. 아무리 기를 써도 뿌리칠 수 없었어요. 그게 저주라고 사치카 씨도 말했어요. 이상하다는 걸 알면서도 뿌리칠 수 없는 게 저주라고 말이죠. 그래서……."

"시끄러워요!"

준이 말을 가로막았다. 입을 다물게 한 것이다.

너무나 놀라서 할 말을 잃어버렸다.

준이 염주를 보고 나서 소사쿠에게 시선을 돌렸다. "오늘 아침까지 이 섬에서 여섯 명이 죽는다…… 우쓰기 유코는 죽기 전에 그렇게 예언했죠. 그리고 실제로 다섯 명이 죽었습니다. 어쩌면 한 명이 더 죽을지도 모른다, 그건 자신일지도 모르고, 자신에게 가장 소중한 사람일지도 모른다……. 그런 망상에 사로잡힌 사람이 있었습니다. 그 사람은 이렇게 결론을 내렸습니다……. 내 손으로 한 사람을 죽이면 그 이상 사람이 죽는 일은 없다.”

그리고 몸을 돌려 이쪽을 향하더니, 나를 똑바로 바라보았다.

“어머니는 그렇게 생각해 사치카 씨를 죽인 겁니다.”

7

스나가의 까무잡잡한 얼굴에서 핏기가 사라졌다.

그는 입술을 바들바들 떨면서 혼잣말처럼 중얼거렸다. "어떻게 이런 일이⋯⋯. 아소 씨 민박집에서 만났을 때부터 뭔가 이상하다고 느꼈지만, 겨우 그런 이유로 사람을 죽인다고? 자네 어머니는 그렇게까지 이상한가?"

준에게 말을 하면서 연신 힐끔힐끔 이쪽을⋯⋯ 나를 훔쳐보았다.

"내가 죽였어요."

"뭐야? 맙소사⋯⋯."

"죽일 수밖에 없었어요. 거짓말이 아니에요. 이것 보세요, 실제로 사치카 씨는 죽었고⋯⋯."

준이 내 말을 가로막았다. "엄마는 입 좀 다물어!"

조금 전에 시끄럽다고 했을 때보다 훨씬 차갑고 무거운 목소리였다.

"하, 하지만 준."

"입 좀 다물라니까!"

그렇게 소리치자마자 준은 휴대폰을 바닥에 내동댕이쳤다.

콰당! 바닥에서 튕기는 휴대폰 소리가 고막을 찢었다. 나도 모르게 몸을 움츠리며 뒷걸음질 쳤다. 뒷머리가 부딪힌 유리창에서 쿵 하고 소리가 들렸다.

"……엄마는 항상 그랬어, 지금까지 계속……." 준은 나와 눈을 맞추지 않고, 바닥의 타일을 보며 토해내듯 말을 이었다. "사람들이 나한테 물으면 나보다 먼저 대답하고, 내가 사람들과 말하는 도중에 태연하게 끼어들고, 항상 내 뒤를 졸졸 따라다니고."

"그런 건 평범한 일이잖아?"

"아니, 그렇지 않아."

"하지만 소사쿠도, 하루오도……."

"두 사람이 특별한 거야. 평범한 상황이 아니지만, 그래도 두 사람은 나를 받아줬어. 지금은…… 한 사람만 남았지만."

준은 슬픈 눈으로 소사쿠를 쳐다보았다. 소사쿠도 말없이 준을 바라보았다.

그렇다. 소사쿠는 지금까지 계속 준과 나를 평범하게 대해주었

제5장 속박

다. 나를 위로해주기도 했다. 이타미 역 앞의 커피숍에서 오랜만에 셋이 만났을 때도 싫은 내색을 하지 않았다.

H 역으로 가는 열차 안에서는 나를 노약자석에 앉혀주기도 했다. 준과 이야기를 나누는 그에게 고마워하면서 그의 턱수염을 올려다본 기억이 난다. 섬에 도착하자마자 자동판매기에서 음료수를 사서 내게 주기도 했다.

하루오도 나를 이해해준 소중한 사람이었다. 자기 집에 초대했을 때는 나도 할 수 있는…… 넷이 즐길 수 있는 게임을 하자고 했다. 숙소도 네 명으로 예약해주었다.

준은 다시 말을 이었다. "생판 모르는 남들은 이상하단 걸 알아도 대부분 적당히 대하고 끝이야. 우리가 손님으로 만났을 때는 더욱 그렇지. 가끔 비아냥거리는 사람도 있지만. 이상한 사람이라든지 독특한 그룹이라든지, 강력한 수호령이 지켜준다든지, 사이좋은 엄마와 아들이라든지."

스나가와 레이코가 한 말이다. 알고 있었다. 우리를 비아냥거린다는 건 알아차리고 있었다. 하지만 그 정도로 발끈하지는 않는다. 기묘하다, 이상하다고 바라보는 세상 사람들의 시선에는 이미 익숙해졌다. 사나에가 우쓰기 유코와 촬영팀으로 착각했을 때는 조금 당황했지만 주변의 반응을 태연하게 받아들이는 건 그렇게 어렵지 않다. 이미 30년 가까이 준 곁에서 거의 떨어지지 않았으니까. 그 남

자와 이혼하고 나서 계속 이 관계를 유지하고 계속 이렇게 살고 있
으니까.

"엄마를 거부한 사람은 사치카 씨뿐이었지. 자기 문제로 아무리 힘들
어도, 하물며 죽는 순간에도 나를 걱정했어. 엄마를 아무렇지 않게
대하는 것 같았지만 실제로는 칭칭 얽매여서 꼼짝도 못하는 나를
말이야."

준은 먼 곳을 바라보며 입술을 깨물었다. 나는 사치카를 떠올렸
다. 준의 품에 안겨 있는 그녀가 내게 어떻게 행동했는지를…….

그렇다. 준의 말처럼 그녀는 나를 거부했다. 준에게 한 말에 내가
대꾸하면 쌀쌀맞게 받아넘기거나 확실하게 못을 박듯 준의 이름을
불렀다. 너에게 말하는 게 아니다, 그렇게 말하는 것처럼.

이상해서 견딜 수 없다. 지금도 이해되지 않는다. 내가 대답하든
준이 대답하든, 달라지는 건 아무것도 없는데. 사실 관계는 물론이
고 나와 아들은 계속 옆에 있어서 아들이 무슨 생각을 하는지, 무엇
을 원하는지 손에 잡힐 듯이 알고 있는데.

물론 나와 준이 일심동체라고 말할 생각은 없다. 나와 준의 인격
은 별개다. 서로 충분히 이해하지만 혼동하지는 않는다. 내 마음과
감정, 생각은 준의 것이 아니다. 또한 준의 마음과 감정, 생각은 내
것이 아니다. 그것은 항상 의식하고 있다. 신경 쓰고 있다. 인생의 모
든 장면에서 나는 항상 나와 준을 구별하고 있다. 적당한 거리를 유지하

고 있다.

행동은 말할 필요도 없다. 아무리 친밀한 관계라도, 내 행동과 아들의 행동을 혼동하지는 않는다. 아키코와 신타로처럼 딱 달라붙지도 않는다. 그렇게 소름 끼치는 모자와 우리는 다르다.

하지만 준의 슬픔과 괴로움은 누구보다 잘 알고 있고, 준이 상처 받는 건 가만히 지켜볼 수 없다. 하물며 준이 죽는 건 도저히 견딜 수 없다. 그래서 해치운 것이다.

"내가 사치카 씨를 죽였어요. 그러면 준은 죽지 않는다, 여섯 명이 죽으면 정원이 된다…… 그렇게 생각했어요. 물론 이상한 얘기라는 건 나도 알아요. 하지만 내 마음이 그렇게 하라고 시켰어요. 그래서 사치카 씨가 여자 화장실에 들어갔을 때, 총으로 쏜 거예요."

나는 그때를 떠올렸다. 1층에서 준이 사치카를 일으켰을 때 떨어뜨린 권총. 그걸 주워서 계속 가지고 있었다.

"그리고 칼로 찔렀어요."

후루하타가 미리 준비해놓은 교탁 위의 식칼. 화장실에 가려고 교실에서 나올 때, 그걸 슬며시 손에 들었다. 예언을 따르는 편이 좋다. '그림자가 있는 피에 물든 칼날'이란 말에 따른다면 칼로 찔러야 한다. 그렇게 생각해서였다. 준과 사치카는 내가 식칼에 손대는 걸 알아차리지 못했다. 바닥에 있는 식칼. 그 칼날을 적신 사치카의 피를 바라보았다.

"죄를 저질렀다는 건 알고 있습니다. 심판을 받아야 한다면 받겠어요."

미련은 없다. 다만 준과 떨어져야 한다는 게 괴로울 따름이다.

나는 오랜만에 아들의 이름을 불렀다. "준."

저절로 발이 앞으로 나아갔다. 이바와 스나가가 동시에 뒷걸음질 쳤다. 나를 보고 바들바들 떨고 있다. 소사쿠가 크게 휘청거리더니, 한 손으로 입을 막고 다른 한 손으로 옆의 세면기를 짚었다. 재빨리 그의 옆으로 달려가 이름을 불렀다.

"소사쿠."

그는 겁먹은 눈으로 내게서 떨어졌다.

"왜 그래?"

"……걸."

"뭐?"

"더 일찍 어떻게 했으면 좋았을걸."

소사쿠가 이해할 수 없는 말을 했다. '더 일찍'이라니, 그게 무슨 말이지? '어떻게 했으면'이라니, 그건 또 무슨 말이야?

"준의 잘못이 아니다, 그러니까 그냥 모른 척하자, 준과는 친구로서 만나자. 하루오와 둘이 그렇게 몇 번이나 말했는데…… 이상하다고 대놓고 말했으면 사치카 씨는……."

눈물을 흘리며 머리를 쥐어뜯는 그를 향해 준이 말했다.

"괜찮아. 내 잘못이야." 그리고 몸을 돌려 나와 소사쿠를 올려다 보았다. "내가 엄마에게서 빨리 도망쳤다면 이렇게 되진 않았을 거야. 살아 있는 사람의 저주에서는 얼마든지 도망칠 수 있는데, 그대로 질질 끌면서, 나 자신을 속이고 또 속이며, 이 섬사람들처럼, 그냥 적당히⋯⋯."

통통 부은 눈에 다시 눈물이 고였다.

"내가 죽인 거나 마찬가지야. 그런데 사치카 씨는, 주, 죽는 순간까지 내 걱정을⋯⋯."

말이 끊어졌다. 준은 사치카의 시신을 꼭 껴안은 채 소리 없이 울었다.

에필로그

"내 기도는 아주 효험이 좋거든."

_요코미조 세이시의 『옥문도』 중에서

어느새 창밖이 밝았다. 프로펠러 소리와 배의 엔진 소리가 항구 쪽에서 시끄럽게 들렸다. 경찰이나 해상자위대의 헬리콥터와 배이리라. 한숨도 자지 않고 밤을 꼬박 샌 준 일행은 그것을 신호로 딱딱하게 굳은 몸을 움직였다.

오전 6시. 비는 그치고 바다도 잔잔해졌다. 자위대원 두 명이 사치카를 검은 시신 주머니에 넣어 학교 건물에서 들고 나왔다. 레이코가 허겁지겁 달려와 주머니에 매달렸다.

"사치카 님!"

동이 트자마자 섬사람들과 같이 산을 내려온 것이다. 자위대원이 아무리 타일러도 말을 듣지 않고, 레이코는 검은 시신 주머니에 얼굴을 묻었다.

"사치카 님이 왜, 왜 이렇게! 예언 같은 건 있을 리 없다고 했잖아!"

어린아이처럼 울며 소리치는 그녀를 카무플라주 군복을 입은 자위대원 셋이 떼어냈다. 허리 통증은 사라졌는지, 그녀는 대원들을 뿌리치고 들이받으며 화를 냈다. 담요로 몸을 감싼 소사쿠가 교정 한구석에서 멍하니 그 모습을 바라보았다. 준은 소사쿠 옆에서 정면 현관을 황급히 드나드는 자위대원과 경찰관들의 모습을 말없이 지켜보았다.

아소 부부가 돌담 옆을 걸어가고 있었다. 시오리는 불룩한 배를 안고, 아소는 그녀의 어깨를 감싼 채 항구로 향했다. 아키코 모자가 애인처럼 서로 껴안은 채 그 뒤를 따르고, 섬사람들이 그 뒤에서 비척비척 걸어갔다. 자위대원이 그들 사이를 누비듯 뛰어다니고 있었다.

다시 시신 주머니로 시선을 옮기는 자신을 깨닫고 준은 한순간 당황했다. 시신 주머니 안에 있는 것, 아니, 있는 사람에 대해 반사적으로 생각했다. 그토록 눈물을 흘렸는데, 다시 슬픔이 소용돌이치며 가슴을 마구 난도질했다. 순간적으로 숨쉬기가 힘들었다.

풀도 꽃도 없는 메마른 화단 앞에서 레이코가 덩치 큰 자위대원의 가슴에 얼굴을 묻고 울고 있었다.

"……좀 진정됐어?"

소사쿠의 질문을 받고 준은 고개를 옆으로 흔들었다. 잠시 생각하고 나서 자신의 마음을 자신의 말로 표현했다.

"아니. 밖으로 드러내지 않을 뿐, 마음은 레이코 씨와 똑같아."

오직 사치카의 죽음이 슬플 따름이었다. 그 순간, 이 자리에 없는 또 한 명이 머리에 떠올랐다. 무의식중에 그 사람의 모습을 찾아 주변을 두리번거렸다. 어디 갔을까? 경찰에 사정을 설명한 뒤 주변이 어수선해지면서 일단 여기로 왔고, 그리고…….

"오랜만이야, 그 사람 없이 너와 마주하는 것. 사회에 나오고 나서 처음 아니야?" 소사쿠는 온몸을 떨면서 말했다. "기분이 묘해. 그 사람이 없는 곳에서 너와 말하면 왠지 죄를 짓는 것 같았거든. 그럴 필요가 없는데 말이야."

준은 진심으로 사과했다. "미안해."

자신의 가족으로 인해 수십 년이나 정신적 압박을 느껴온 친구에게 처음으로 제대로 사과한 것이다.

항구에 있는 하얀 소형정 몇 척이 눈에 들어왔다. 준의 마음에 술렁술렁 물결이 일었다.

저 배에 있을까? 이미 경찰관이 데려갔을까? 아니면 아직 건물 안에 있을까? 우리 엄마, 아마미야 도시에는. 우쓰기 사치카를 죽인 범인은.

하루오에게도 마음속으로 사과했다. 소사쿠도 그렇지만 하루오도 오랫동안 힘들게 했다. 신경을 쓰게 했다. 두 사람 모두 아무렇지도 않은 얼굴로 대해주었지만 역시 부담이 되었으리라. 실은 이번에도 어머니와 함께하고 싶지 않았을 것이다.

본가로 돌아온 하루오가 소사쿠 이야기를 듣기 위해 준에게 전화를 걸었을 때의 일이 떠올랐다. 준의 휴대폰을 어머니가 받았을 때 하루오는 얼마나 당황스러웠을까? 수화기에서 들리는 목소리는 매우 자연스러웠지만 속마음은 그렇지 않았으리라. 휴대폰까지 어머니가 관리하는 걸 알고 한편으론 어이가 없고 한편으론 준을 가여워하지 않았을까?

이 섬으로 오는 연락선 안에서 하루오와 소사쿠의 뒷자리에서 어머니와 나란히 앉아 있었던 것도 떠올랐다. 어머니가 없었다면 당연히 셋이 3인석에 나란히 앉았을 텐데. 민박집에서도 방 하나로 충분했으리라.

'분위기가 점점 더 뜨거워지는군. 벌써부터 즐거운데?'

배를 타기 위해 뛰어오는 사치카를 도와줬을 때, 하루오가 한 말이 떠올랐다. 단순한 놀림으로도 들리지만 안쪽에 다른 뜻이 숨어 있다는 건 금세 알았다. 그 직전까지 분위기가 어색했던 걸 가리키며 하루오는 '분위기가 뜨거워졌다'고 좋아했다. 즉, 준이 사치카를 만난 것도, 손을 잡은 것도 '분위기가 어색했다'고 생각한 것이다. 어머니가 '도와준 것뿐이야'라고 냉정하게 말했던 탓도 있으리라.

예언의 섬

생전 처음 보는 여성과 분위기가 좋아지면 준의 어머니가 불쾌해하지 않을까? 아니면 이미 기분이 상한 게 아닐까? 과연 앞으로 어떻게 될까…… 하루오는 그런 마음을 담아 말한 것이다.

'물론 말했어. 친구들끼리 즐겁게 놀다 오래.'

이것도 하루오의 말이다. 정확하게 말하면 애인인 아이 씨의 말을 하루오가 준과 소사쿠에게 전해주었다. 그때 하루오의 표정과 말투가 떠올랐다. 그 직후에 준에게 왜 애인이 생기지 않느냐고 말했던 어머니, 그런 어머니에게 거칠게 말했을 때 거북한 표정을 짓던 하루오.

준은 다시는 만날 수 없는 친구를 생각했다. 마음속으로 조의를 표하고 계속 사과했다.

키 작은 제복 차림의 경찰관 세 명이 이쪽으로 다가왔다. 배로 가자, 본토의 경찰서로 가야 한다, 배 안에서 참고인 조사를 하겠다……라는 말을, 협조를 요청한다는 식으로 부드럽게 말했다. 준과 소사쿠는 힘없이 고개를 끄덕였다.

교문을 지나 항구를 향해 걷고 있을 때, 등 뒤가 소란스러워졌다. 그렇게 생각한 직후.

"준!"

귀에 익은 목소리가 들려서 준은 돌아보았다. 그곳에는 늙은 여성이 서 있었다. 올해 67세인 가냘픈 체구의 노파. 그녀는 경찰관들 사이에 끼여서 준을 향해 다가왔다. 감색의 헐렁한 바지, 하얀색 반소매 블라우스. 짧은 회색 머리칼과 주름투성이의 얼굴에 아침 햇살이 쏟아졌다. 마른 나무처럼 야윈 팔에는 감색 천이 걸려 있었다.

준의 어머니인 아마미야 도시에가 안도의 미소를 지었다. 섬사람들이 스마트폰과 태블릿을 들고 사진을 찍으며, 호기심 가득한 눈길로 모니터 너머에 있는 준의 어머니를 바라보았다.

준은 무의식중에 걸음을 멈추었다.

"미안해, 준. 소사쿠도."

그녀는 슬픈 표정을 지으며 준의 바로 앞에서 걸음을 멈추었다. 준의 가슴에 코끝이 닿을 것처럼 가깝다. 너무 가깝다, 라고 준은 새삼 생각했다. 다음 순간, 무의식중에 몸이 크게 떨렸다.

가깝다고 생각해도, 계속 그렇게 생각해도 자신은 지금까지 아무것도 하지 않았다. 계속 방치한 탓에 한 여성이 귀한 목숨을 잃었다.

도시에가 준을 올려다보며 말했다. "당분간 네 곁에 없겠지만 잘 견디고 있으렴."

소사쿠가 얼굴을 일그러뜨리며 시선을 피했다.

"내가 나쁜 짓을 했다는 건 알고 있어. 사치카 씨가 가엾다고 생각해. 준과 비슷한 면도 있었고. 하지만……." 그녀는 학교 건물 쪽을 힐끔 쳐다보더니 당연하다는 얼굴로 덧붙였다. "아침까지 거기서 죽일 수 있었던 사람은 사치카 씨밖에 없었어. 그 사람과 마찬가지로 나도 우쓰기 유코의 예언에 사로잡혀 있었던 거지."

저주다. 사치카의 말처럼 이 섬에서 일어난 참극은 전부 우쓰기 유코의 예언이 만들어낸 저주다. 그녀의 예언으로 인해 살인을 결심한 어머니가, 그녀에 말에 사로잡힌 채 끊임없이 방황하던 사치카를 죽였다. 그녀의 말에서 태어난 원령에 얽매여 섬에서 나가지 못한 후루하타는 스스로 목숨을 끊었다. 원령을 방패막이 삼아 산업 폐기물과 유독 가스에서 눈을 돌려온 다치바나도, 섬의 주민인 요시로와 사나에도 죽었다. 그리고 그녀를 추억하며 이 섬으로 여행을 계획한 하루오도.

모두 우쓰기 유코와 그녀의 예언으로 이어진다. 우쓰기 유코를 축으로 여섯 명의 죽음이 연결된다. 그녀의 예언이 적중했다고, 그렇게 생각한다.

"하지만 지금도 그러길 잘했다고 생각해. 덕분에 준은 죽지 않았으니까. 안 그래?"

어딘지 모르게 자랑스럽게 말하는 어머니를 보고 준은 정신이 번쩍 들었다. 숨을 거두기 직전에 들었던 사치카의 말이 떠올랐다. 그 말 덕분에 머릿속에서 소용돌이치는 생각과 망상을 뿌리칠 수 있었다.

준은 작게 심호흡을 했다. "나 때문이야."

도시에가 어정쩡한 미소를 지었다. "뭐?"

"사치카 씨가 죽은 건 나 때문이라고."

"무, 무슨 말이야?"

"예……." 준은 각오를 다지고 단숨에 말했다. "예언 때문이 아니야. 우쓰기 유코의 저주 때문이 아니라고! 사치카 씨는 언제까지나 엄마의 속박에 얽매여 있었던 나 때문에 죽은 거야. 당신처럼 이상한 사람을 계속 데리고 다닌 탓에 이렇게 된 거란 말이야!"

도시에가 멍하니 입을 벌린 채, 눈을 크게 뜨고 바들바들 떨기 시작했다.

준은 도시에의 양쪽에 있는 경찰관들에게 고개를 숙이며 사과했다. "괜히 지체하게 만들어 죄송합니다."

그 말이 신호인 것처럼 경찰관들이 걸음을 내디뎠다. 끌려가는 도시에의 얼굴에 경련이 일었다.

"주, 준."

준은 그녀를 노려보면서 차갑게 소리쳤다. "나한테 말 걸지 마!"

경찰관들에게 연행되면서 그녀는 계속 준을 돌아보았다.

"장난이지? 괜히 심술부리는 거지? 넌 원래 착한 아이잖아? 소사쿠를 찾기 위해 계단을 올라갔을 때도, 내 페이스에 맞춰서 천천히 걸어갔잖아?"

그때는 지금 같은 심경이 아니었다.

"나도 할 만큼 했어! 네가 소사쿠를 업었을 때, 우산을 씌워준 사람이 누군 줄 알아? 학교 4층에서 펜라이트를 비춰준 사람이 누군 줄 아느냐고! 잊었어?"

순식간에 그녀의 말투에 가시가 박혔다. 분노가 담기면서 말투는 점점 더 날카로워졌다.

"소사쿠! 너도 말해줘! 지금까지처럼 아무 문제도 없다고 준에게 말해줘! 응? 응? 소사쿠?"

소사쿠는 고개를 숙인 채 대답하지 않았다. 반응도 보이지 않았다.

"준! 너도 그럴 거야?"

도시에가 마침내 폭발해 경찰관의 팔을 뿌리치려고 했지만 오히려 더 꽉 잡혔다. 그녀는 눈에 핏발을 세우고 짐승처럼 이를 드러냈다.

"너도 그 남자처럼 도망칠 거야? 지금까지 돌봐줬던 나한테서 도망칠 거냐고! 빌어먹을 녀석! 이거 봐!"

아버지를 증오한 사람은 어머니뿐이다. 준은 아버지에게 나쁜 감정이 없다. 자신을 버렸다고도 생각하지 않는다. 오히려 가엾다고 여겼다. 어머니가 없는 곳에서 행복하게 살길 바라고 있다.

월급이 적다, 한심하다, 칠칠치 못하다……

집에 있는 동안 아버지는 귀에 딱지가 앉을 만큼 어머니에게 비난을 받고 잔소리를 들었다. 그런 아버지를 준은 계속 가엾게 여겼다. 어렸을 때 술에 취해 자신을 떠민 적이 한 번 있었지만, 그건 사고 같은 것으로 눈물을 흘리며 곧바로 사과했다. 준은 아무렇지도 않았지만 어머니는 그 일을 과장하면서 여기저기에 마구 떠들어 댔다.

"너도 어차피 그 인간의 아들이구나, 준! 준!"

고래고래 소리를 지르는 어머니의 목소리를 들으며, 준은 오래된 기억과 감정을 곱씹었다. 아버지가 집을 나갔을 때, 준은 마음 깊은 곳에서 안도를 느꼈다. 이제 아버지에 대한 비난은 듣지 않아도 된다. 묵묵히 참는 아버지의 얼굴을, 그 슬픈 모습을 보지 않아도 된다. 나는 괜찮다. 어머니의 어떤 말도 한 귀로 흘려보낼 수 있다. 그렇게 생각했다.

"뭐라고 말 좀 해봐! 준!"

준은 짐승처럼 날뛰는 도시에한테서 등을 돌렸다. 경찰관들의 시선을 느끼면서 말없이 마을 쪽을 바라보았다. 어머니의 비명과 저주의 목소리가 점점 멀어지다가 이윽고 들리지 않았다.

"쯧쯧, 용케 저런 사람과 같이 살았군."

섬사람들의 목소리가 귀로 파고들었다. 어이없는 듯한, 한심하게 여기는 듯한 목소리였다. 경찰관이 그렇게 말한 사람을 노려보았다. 소사쿠가 어두운 얼굴로 준을 바라보았다.

항구에 도착하자 준은 걸음을 멈추었다. 그리고 경찰관들에게 "죄송하지만 잠시만 기다려주십시오"라고 말한 뒤, 왼쪽 손목에 있는 염주를 잡았다. 구슬이 몇 개 빠지고 몇 개는 금이 갔다. 손가락으로 맨 끝에서 달랑거리는 방울을 잡고 힘을 주자 하얀색과 파란색 실이 소리도 없이 빠졌다.

사치카가 떠올랐다. 이런 것조차 버리지 못했던 그녀가 머리에서 떠나지 않았다.

아니, 떠나보내서는 안 된다. 그녀를 잊어서는 안 된다. 자신은 앞으로도 계속 그녀를 죽음으로 몰아넣은 죄를 떠안고 살아야 한다.

화장실 바닥에 쓰러져 있던 피투성이 모습이 뇌리를 가로질렀다. 그녀가 죽기 직전에 해준 말이 떠올랐다. 자신이 그녀에게 한 말도.

우리 둘이. 우리 둘이만.

무의식중에 한 말이었다. 그는 그때 이미 속박에서 해방되려고 했다. 어머니한테서 멀리 도망치려고 했다.

사치카 덕분에. 사치카의 목숨과 바꾸어서. 그녀가 그렇게 해주지 않았다면 자신은 도망칠 수 없었으리라.

눈물로 인해 염주와 그것을 쥔 손이 뿌옇게 보였다.

경찰관 한 명이 물었다. "왜 그러십니까?"

매우 평범한 말투인데도 빨리 하라는 뜻이 숨어 있었다. 앞쪽의 배 앞에서 소사쿠가 걱정스러운 눈길로 바라보았다.

"약속을 지켜야 해서요."

준은 그렇게 말하고 두 손으로 염주를 뜯었다. 염주에서 빠진 몇 몇 알은 발밑에 떨어지고, 몇몇 알은 데굴데굴 굴러서 바다로 떨어졌다. 다른 경찰관이 "이런!" 하고 알을 잡으려고 했다. 준은 아랑곳하지 않고 손에 있는 알을 모두 바다로 던져버렸다.

염주 알은 커다란 활을 그리며 탁한 바다로 떨어지더니 이내 보이지 않았다.

옮긴이의 말

'말'이 가진 저주의 힘!

당신은 지금 다른 사람 말에 지배당하고 있지는 않은가?

우쓰기 유코. 그녀는 한 시대를 풍미한 영능력자로, 원한을 가진 영혼을 달래거나 미래를 예언하는 힘을 가지고 있었다. TV에 출연하거나 잡지의 상담 코너를 통해 많은 사람의 마음을 위로해주고 치유해주기도 했다.

그러던 그녀가 22년 전, 세토 내해에 있는 '무쿠이 섬'이란 작은 섬에서 쓰러진다. TV 프로그램을 촬영하러 갔다가 원령의 저주를 받은 것이다. 그리고 그로부터 2년간 시름시름 앓다가 세상을 떠나기 두 시간 전에 최후의 예언을 남긴다. 자신이 사망한 지 20년 후, 무쿠이 섬에서 여섯 명이 죽는다는 예언이다.

한편 지방의 소도시에서 태어나고 자란 아마미야 준과 미사키 하루오, 오하라 소사쿠는 어린 시절에 우쓰기 유코에게 열광했던 죽마고우다. 준은 그녀에게 상담 편지를 보냈다 따뜻한 답장을 받은 적도 있다. 하루오는 그녀의 예언이 맞는지 확인하기 위해 무쿠이 섬으로 여행 가자고 제안하고, 준이 이 제안에 동의하면서 그들의 여행이 시작된다.

　사실 이것은 소사쿠를 위로하기 위한 여행이었다. 소사쿠는 친구들 중에서 가장 공부를 잘한 수재로, 일류 대학을 졸업한 후에 도쿄의 대기업에 취직했다. 그런데 그 후에 이직한 벤처 기업에서 매일 상사의 괴롭힘에 시달리며 무능하다, 낙오자다, 패배자다, 라고 가스라이팅을 당한 끝에 자살을 시도한다. 다행히 그때 집으로 찾아온 아버지에 의해 자살은 미수에 그치고 고향으로 내려왔지만, 지금도 종종 상사의 말이 떠올라서 괴로워하는 날들을 보내고 있었던 것이다.

　그런데 예상과 달리 그들의 여행은 기묘한 방향으로 흘러가기 시작한다. 배를 타기 직전에 한 여성이 나타나더니, 섬에 가면 무서운 일이 벌어지니까 가지 말라고 한다. 또한 섬에 도착한 후에는 예약했던 여관에서 숙박을 거절당한다. 이제 곧 원령이 내려와 손님을 받을 수 없다는 이유에서였다. 더구나 힘들게 찾아낸 민박집에서 그들을 기다리고 있는 것은 숯으로 만든 새카만 장식품이었다. 원령을 막아주는 수호신인 깜장벌레라고 한다.

다음 날 새벽. 한 사람이 시신으로 발견된 것을 계기로 잇따라 사망 사건이 발생한다.

무쿠이 섬에는 정말로 원령이 있는 걸까?

우쓰기 유코는 정말로 영능력자였을까?

그녀의 예언대로 정말로 여섯 명이 죽는 걸까?

과연 사건의 진실은 무엇일까?

『보기왕이 온다』로 독자들을 극한의 공포로 몰아넣었던 사와무라 이치. 호러 소설의 새로운 강자로 자리매김한 그가 이번에는 호러가 아니라 호러와 미스터리가 결합된 새로운 장르의 소설을 내놓았다.『시시리바의 집』을 끝내고 1년 넘게 매달린 작품이다.

이번 작품은 일본 본격파 추리소설의 거장인 요코미조 세이시의 『옥문도』에 대한 오마주라고 한다.『보기왕이 온다』에서도 알 수 있듯이 사와무라 이치는 민간전승을 다룬 토속 미스터리에 심취해 있다. 더구나 요코미조 세이시의 주특기는 음습한 인습이 남아 있는 마을에서 벌어지는 기괴한 연속 살인사건이 아닌가. 그런 이미지를 충실히 따르듯 사와무라 이치는 이 작품에서 토속적이며 오컬트적인 공포와 현대에 만연하는 어둠을 날카로운 필치로 그려낸다. 스마트폰이 보급된 현대에서 외부 세계와의 고립된 상황을 그리면서, 현대 사회가 안고 있는 여러 병폐를 파헤치는 것이다.

옮긴이의 말

이번 작품의 주제는 '말', 즉 '언어'가 가진 저주의 힘이다. 아무리 어설픈 말일지라도 한번 입을 통해 밖으로 나오면 누군가의 행동을 좌우하기도 한다. 우쓰기 유코의 예언은 여러 사람의 인생을 일그러뜨리기도 하고, 지속적인 가스라이팅은 상대를 극단적인 상황까지 몰아넣기도 한다. 작가는 이 작품을 통해 말이 가지고 있는 성질과 기묘한 힘을 새로운 각도에서 파헤치고 싶었다고 한다.

저주는 현대 사회에서도 흔히 찾아볼 수 있다. 저주란 말이 너무나 무겁게 다가온다면 '상처 받는 말'이나 '가스라이팅'으로 바꾸어도 좋다. 상대가 무심코 내뱉은 한마디가 뇌리에 달라붙어 떨어지지 않는 경험은 누구에게나 있을 것이다. 그런데 장기적이고 지속적으로 불쾌한 말을 들으면 어떻게 될까? 자신은 패배자이고 실패자라고 생각하며 죽음까지 떠올리지 않을까? 이 작품에 등장하는 소사쿠처럼.

우리는 매일 누군가의 말에 상처를 받고, 누군가에게 상처 주는 말을 하지는 않을까?

우리는 매일 누군가를 말로 지배하고, 누군가의 말에 의해 지배를 받고 있지는 않을까?

당신은 말의 지배에서 완전히 자유로울 수 있는가?

한 가지 예언(!)을 하자면 이 작품은 『보기왕이 온다』처럼 영화로 만들어질 수 없다. 책의 마지막 페이지를 덮는 순간, 당신은 이 말에 100퍼센트 공감하며 고개를 끄덕이게 될 것이다.

2022년 8월

이선희

예언의 섬

1판 1쇄 발행 2022년 8월 8일
1판 2쇄 발행 2022년 9월 7일

지은이 사와무라 이치 옮긴이 이선희
펴낸이 김영곤 펴낸곳 (주)북이십일 아르테

책임편집 원보람 디자인 데시그 일러스트 산호
아르테출판사업본부 문학팀 최연순 임정우
해외기획실 최연순 이윤경
출판마케팅영업본부 본부장 민안기
출판영업팀 최명열
마케팅2팀 나은경 정유진 박보미 백다희
제작팀 이영민 권경민

출판등록 2000년 5월 6일 제406-2003-061호
주소 (우 10881) 경기도 파주시 회동길 201(문발동)
대표전화 031-955-2100 팩스 031-955-2151

아르테는 (주)북이십일의 문학 브랜드입니다.

ISBN 978-89-509-0599-6 (03830)